Julgamento em Notre Dame

A saga de uma médica do Século XIV

Julgamento em Notre Dame

A saga de uma médica do Século XIV

Heitor Rosa

1ª edição

MINOTAURO

JULGAMENTO EM NOTRE DAME
A SAGA DE UMA MÉDICA DO SÉCULO XV

AUTOR: Heitor Rosa
EDITOR DE AQUISIÇÃO: Marco Pace
DIAGRAMAÇÃO: Juliana Smeers e Almedina
DESIGN DE CAPA: Zeca Martins
FOTO DA CAPA: Engin Akyurt (Pexels)
ISBN: 9786587017051

Dados Internacionais de Catalogação na Publicação (CIP)
(Câmara Brasileira do Livro, SP, Brasil)

Rosa, Heitor
Julgamento em Notre Dame : a saga de uma médica do Século XV / Heitor Rosa. -- São Paulo : Almedina, 2020.

ISBN 978-65-87017-05-1

1. Ficção brasileira I. Título.

20-36508 CDD-B869.3

Índices para catálogo sistemático:

1. Ficção : Literatura brasileira B869.3

Cibele Maria Dias - Bibliotecária - CRB-8/9427

Este livro segue as regras do novo Acordo Ortográfico da Língua Portuguesa (1990).

Julho, 2020

EDITORA: Almedina Brasil
Rua José Maria Lisboa, 860, Conj.131 e 132, Jardim Paulista
01423-001 São Paulo | Brasil
editora@almedina.com.br
www.almedina.com.br

Em homenagem às mulheres da Idade Média
Às médicas Hersene, Trotula, Hildegarde
Ao amor de Heloisa
À coragem de Joana D'Arc
À minha heroína Jacqueline Felicie

Sumário

PARTE I

GILBERT D´ALMANIA

I - Uma carta do chanceler

Philippe, servo de Deus e Chanceler da Universidade de Paris, ao seu bem-amado irmão, Gilbert D'Almania. Saudações

Caríssimo irmão,

Tua carta trouxe-nos dois sentimentos. O primeiro, de alegria por saber-te em condições de razoável saúde e disposto para todos os momentos da vida. Tua brilhante presença na Universidade ainda é recordada por teus velhos mestres e por aqueles que partilharam contigo dos estudos da arte médica. Os desígnios do Senhor deram-te outro caminho que não aquele de servir a nossa universidade. Mas não quero isso lamentar, se tu mesmo não lamentas.

O segundo sentimento foi o de constrangimento. O que nos pedes poderia ser interpretado como uma provocação, se não o soubéssemos vindo de ti, a menos que tenhas mudado os conceitos aprendidos aqui. Mesmo reconhecendo-te como mestre e com direito a ensinar, não aplaudimos tua particular dedicação em instruir uma mulher. Como bem sabes, a medicina não é uma arte adequada para ser exercida pelas filhas de Eva. Mesmo considerando tua capacidade de orientar, e mesmo que ela tivesse lido todos os livros necessários à formação médica, certamente tua protegida não tem a ciência da Teologia, que bem sabes, é a rainha de todas as ciências e sem a qual o saber humano perde o seu alicerce. Portanto, deves admitir que excedeste o juízo nessa postulação.

Para que tua sobrinha não tenha desgosto futuro, recomendamos impedi-la de desempenhar uma função para a qual não está e, certamente não será licenciada, e cuja desobediência às normas da universidade poderá custar-lhe momentos difíceis. Confiamos em teu bom senso. Que a graça do Senhor esteja contigo e te abençoe.

Escrito em Paris, aos vinte dias de dezembro ano de 1312 de Nosso Senhor Jesus Cristo. Saúda-te, Philippe de Froissart, Chanceler da Faculdade de Medicina.

II - O Mestre Gilbert

Desde 1303 com as pernas imobilizadas e dependente da ajuda de suas servidoras e da sobrinha, Gilbert D'Almania mantinha poucas ilusões quanto a diminuir o pesado sofrimento que ainda lhe reservava a vida. Porém, não quis apodrecer no leito e muito menos morrer antes de transmitir à sobrinha todo o ensinamento de que era capaz como verdadeiro professor. A partir do ano seguinte e durante oito cuidara de preparar e instruir Felicie nos segredos da medicina, e, mais importante, educara-a com uma mente livre das intocáveis doutrinas médicas e suas tradições seculares. Gilbert não via em sua sobrinha, na condição de mulher, um ser naturalmente inferior, mas uma jovem de grande inteligência e espírito independente. Talvez a única pessoa que assimilasse suas ideias avançadas sem os preconceitos acadêmicos. Ele tinha uma visão pessoal da arte médica, fruto de longas meditações sobre o pesado currículo que fora obrigado a ler e decorar. Observava que quase todo o conhecimento que adquirira viera de eruditas traduções dos sábios de países distantes e de épocas muito, muito longínquas. Poucas obras representavam o conhecimento da sua época ou mostravam o pensamento do seu tempo.

— Felicie, observa, dizia ele à sobrinha, já não temos mais profetas, pois o tempo deles passou. Será que o tempo dos sábios da medicina também não passou, e temos de nos contentar com os antigos livros e seus imutáveis ensinamentos? Será que não há mais nada a descobrir ou aprender? Não acredito que tenha que ser assim. Novas doenças existem e muitas das antigas permanecem sem cura.

— O que pensas fazer a respeito, meu tio? És por acaso mais sábio do que a universidade que te ensinou?

— A universidade não é mais nem menos sábia, ela apenas abriga o pensamento de hoje e guarda o de ontem. Ela está pronta para avançar, desde que os seus membros tenham a coragem de libertar o espírito.

— E o teu espírito é livre?

— Sim, não vês? A prática diária com os meus doentes me obriga a fazer perguntas que nossos mestres e livros ainda não respondem, ou a observar tratamentos que não surtem efeito. Criticar esses fatos coloca-nos contra o que tem sido estabelecido há vários séculos e tido como um conhecimento aceito, assentado e oficial. A crítica precisa ser cuidadosa, para não parecer um confronto com a universidade e a Igreja, porém, o exercício da crítica ajuda-nos a dar um passo à frente. Mas essas coisas só posso dizê-las a ti, em quem confio, e, porque tens o meu sangue, sei que irás buscar algumas respostas para muitas das indagações que te contarei e a outros tratamentos que sejam mais eficazes do que os de hoje.

E assim, dialogando, discutindo teorias e ensinando a prática, Gilbert preparou Felicie durante oito anos, nos quais lhe deu um bom conhecimento do latim e grego que lhe permitisse ler e consultar todos os livros de sua boa biblioteca médica. O aprendizado dos saberes tinha dois caminhos: o estudo geral, praticado pela universidade, autorizado e estabelecido por uma autoridade superior, como o papa ou o rei; o outro era o estudo particular, ministrado por um mestre de reconhecida competência e autorizado para tal fim. Embora Gilbert não tivesse essa autorização, era indiscutivelmente identificado pela academia como um homem com capacidade e autoridade para ensinar. Mas seria sua aluna reconhecida com direito a praticar atos médicos? Desejava ele provar que lhe dera uma educação competente e esperava que assim fosse reconhecida.

Para o ensino da anatomia, utilizava como recurso homens ou jovens atletas, que o consultavam com algum tipo de doença ou ferimento e cuja musculatura era bem desenhada e saliente, para servirem como modelos vivos para demonstração da forma e função dos músculos, enquanto que, nos porcos, sacrificados para o abastecimento de carne, era demonstrada a anatomia visceral e o provável funcionamento dos diversos órgãos. Notou com alegria que a moça tinha uma memória tão privilegiada quanto a sua, além de sensibilidade, percepção e grande talento para diagnosticar e aplicar os tratamentos aprendidos. Ao contrário dos estudantes da universidade, que só depois do curso teórico é que se ligavam a um instrutor para o ensino prático, Felicie aprendeu desde o início a associar os preceitos doutrinários da leitura à sua aplicação imediata, como aluna e ajudante do tio.

Findo aquele período, Gilbert convenceu-se de que a pupila estava pronta para substituí-lo e em condições de prosseguir com suas ideias. Não pretendeu preparar uma médica com grau acadêmico de Mestre ou Doutor, mas uma pessoa capaz de diagnosticar e tratar as doenças mais comuns do seu povo, além de estar preparada para refletir sobre os vários problemas que ele lhe propunha.

Por isso enviara a carta ao chanceler naquele outono de 1311, na esperança de que fosse concedida à sua aluna uma licença especial para cuidar de enfermos, considerando a autoridade de quem fizera tal pedido.

A resposta negativa não era uma surpresa e ele entendera muito bem o que fora dito nas entrelinhas. Conhecia os labirintos e o comportamento da Universidade, principalmente naqueles anos em que ela estava com enorme prestígio, querida e protegida pelo papa Clemente V em Avignon, e pelo rei Phillipe V em Paris. Além disso, a decisão do chanceler provavelmente fora influenciada pela crítica do arcediago, que tinha motivos para opinar contra o seu pedido.

III - A iniciação do jovem Gilbert

Gilbert D'Almania nasceu em Toulouse, em 1270, no mesmo ano em que o capetíngeo Philippe III, le Hardi, filho de Luis IX e Margarida de Provença, sucedeu a seu famoso pai, que seria canonizado vinte e sete anos depois. No ano seguinte, o jovem rei foi sagrado em Reims e a seguir conquistou o condado de Toulouse.

Os pais de Gilbert também eram de origem provençal, porém, possuidores de fazendas nas regiões de Bigorre e Aragon, com certo prestígio em Paris, principalmente por causa do bispo Edouard D'Almania, seu tio paterno, que estendia sua influência até ao clero de Notre Dame. Quando atingiu a adolescência, o bispo tentou convencê-lo a seguir a ordem religiosa, pois combinaria sua personalidade absolutamente simpática com a possibilidade de colocar-lhe um chapéu cardinalício. Um parente cardeal era tudo com que sonhava o tio Edouard, já que suas próprias oportunidades eram reduzidas. Porém, a vida clerical não atraía o jovem Gilbert tanto quanto a universidade e as mulheres da cidade de Paris. Charles, seu irmão mais novo, não queria nem uma coisa nem outra, decidindo por tentar a vida como comerciante de lã em Troyes.

A Universidade de Paris tinha quatro faculdades, e três delas serviriam para Gilbert atender aos propósitos de seu tio: Artes, Direito Canônico e Teologia. Entretanto, seu fascínio pela medicina o fizera optar por essa quarta e não dava lugar para mais nenhuma outra vocação. O tio teve o bom senso de não forçar o sobrinho nem a família para a opção pela carreira religiosa.

A independência econômica e a proteção clerical seriam suficientes para a admissão do jovem em Medicina na Universidade de Paris; porém, foi graças aos próprios méritos que nela ingressou aos vinte e um anos, em 1291. Para muitos, o porte físico e a personalidade de Gilbert tornavam-no obrigatoriamente um alvo de atenções e da simpatia dos mestres. Um pouco mais alto do que a média dos parisienses, os cabelos curtos, encaracolados e claros emolduravam um rosto alegre com atentos olhos azuis. Vestia-se com apuro, porém, sem sofisticação. Na universidade podia ser visto como a maioria dos colegas, trajando uma túnica comprida sob um casaco feito de lã e peles, que deixava aparecer as longas mangas da veste. O chapéu de delicados pelos e de forma quadrada revelava a sua condição de certo privilégio social. Mas ao se juntar aos amigos nas ruas ou tavernas frequentadas pelos estudantes, o seu físico punha-se saliente pela simples, porém elegante vestimenta, preferida dos jovens: a blusa de lã, plissada, justa ao tórax, descendo e alargando-se até a cintura; a calça, colada às pernas, exibia a saliência dos atributos viris. Riso descontraído e bom contador de casos, era geralmente o centro da roda de companheiros. O ligeiro sotaque da *langue d'oc*, que identificava sua origem da região dos Pirineus, tornava seus casos mais divertidos.

Mas foi na taverna de Lucille, onde comemorava com os amigos o aniversário de Paul Baptiste, o poeta do grupo, que ele descobriu que o seu corpo podia ser mais interessante sem as roupas. A Taverna dos Anjos, como assim a batizara Lucille, era um dos poucos lugares de Paris do qual se podia dizer que era uma bodega de respeito, evidentemente não familiar, mas sem ladrões e desordeiros, localizada numa das travessas da rua Saint-Martin, próxima à Grande Ponte que unia a Ilha da Cidade com os arredores. A proprietária fazia-se respeitar e transformara aquele lugar no preferido dos estudantes universitários e até de professores. Um local onde se discutia filosofia ou se faziam debates estimulados por um bom e honesto vinho, excelentes carnes de caças e preços razoáveis. A taverneira morava no andar superior do sobrado, ao qual se tinha acesso pela escada nos fundos do salão, porém interditada à maioria dos mortais sem dinheiro. Corriam histórias de que lá em cima havia dois ou três quartos onde mulheres lindas, além da proprietária, recebiam secretamente homens importantes. Lucille, quando abordada a respeito, tinha como resposta apenas um sorriso misterioso. A turba alegre e irreverente de frequentadores apostava para ver quem ganharia os favores da linda dona ou teria a felicidade de conhecer o mais secreto dos lugares que mantinha acesa a fantasia dos jovens. Naquela noite, durante o brinde ao aniversariante, os copos de vinho se chocaram e o vermelho líquido derramou-se sobre a blusa de Gilbert. Ninguém deu a isso importância, mas foi o pretexto usado pela provocante Lucille para segurar os ombros do rapaz, chamando sua atenção.

— Como tu és desastrado. Te molhaste todo e desperdiçaste o meu vinho. Vem comigo, sei como limpar tua camisa.

O espanto de Gilbert foi do tamanho do silêncio que se seguiu ao convite. Todos os amigos ficaram surpresos, mas foram unânimes em concordar que o molhado companheiro devia obedecer à senhora. Paul Baptiste e François derramaram sobre si suas taças de vinho, exigindo assim o mesmo tratamento dispensado a Gilbert, porém, Lucille não tinha olhos nem ouvidos para eles. O escolhido deixou-se conduzir pela mão em direção aos fundos da taverna e em instantes o casal desapareceu no topo da escada. Novos brindes, vivas, palavrões e tremenda algazarra comemoraram a conquista do felizardo amigo, como se fossem eles próprios os escolhidos.

Gilbert permitira-se levar porque não sabia como reagir. Sabia rir e brincar maliciosamente com os amigos, e, como todos eles, contava também bravatas de amores imaginários. Mas não sabia como conquistar mulheres, e suas ações práticas consistiam apenas em olhares enviesados que disparava às donzelas. O *jeu d'amour* era praticado por ele apenas na mente, na solidão da cama e nos sonhos. Naquele momento estava confuso, e talvez fosse melhor limpar de verdade a camisa e contar outra versão àqueles malditos barulhentos. Mas, para sua sorte, Lucille não pensava assim, e levou-o ao seu quarto, simples, mobiliado com uma pequena arca, uma mesa com os objetos da vaidade feminina, uma confortável cadeira e, naturalmente, uma cama sem dossel, coberta por uma grossa colcha de lã. Duas pequenas tochas ardiam em cantos opostos das paredes.

— Dá-me a camisa, ordenou suavemente a moça.

— Tu achas mesmo necessário?

— Como pensas limpá-la? Senta-te. À ordem seguiu-se a retirada da camisa. Lucille acariciou o musculoso tronco do rapaz, que se mantinha imóvel, em absoluto estado de alerta e passividade. Não basta ter um belo corpo, continuou ela, mas é preciso ser um homem de verdade.

— Mas é claro que sou um homem.

— Um homem de verdade é um amante carinhoso e insaciável.

— Ah. Eu sou carinhoso, juro-te.

— Não duvido. Mas, para seres um amante, precisas usar essas volumosas coisas que trazes penduradas. Vem, vou dar-te o segredo.

A aventura de Gilbert correu de boca em boca, célere, entre amigos, mestres e mulheres. Considerando-se um iniciado e livre da contenção prepucial, promoveu-se também à condição de conselheiro amoroso.

Na universidade, era o mais disciplinado dos alunos, e sem se acomodar com a boa impressão que causava, logo se mostrou aos professores e colegas com uma inteligência brilhante, forte talento para a dialética e extraordinária memória.

IV - O acadêmico Gilbert

A Faculdade de Medicina recebia alunos de diversos lugares, atraídos pela fama de seus professores, e suas idades variavam entre dezoito e vinte e cinco anos. A escola procurava equiparar-se aos dois principais pilares do ensino médico da época, Montpellier e Salerno, porém, tinha um currículo diferente e bem adaptado ao pensamento universitário e clerical parisiense.

O curso em Paris começava com as vinte leituras preliminares ou introdutórias, o *Isagoge*, de Johannitius, com o objetivo de familiarizar o aluno com alguns elementos como febre, banhos, pós, humores, exercícios e formas de doenças. O período seguinte era destinado à introdução do aluno na mais sagrada das leituras e conhecimento médico: o *Corpus Hipocraticus*, isto é, o conjunto de obras escritas por Hipócrates, o mestre dos mestres. O ensino de sua doutrina se prolongava por quase seis anos, mas iniciava-se com as 50 leituras sobre seus Aforismas e as 28 lições sobre o Prognóstico. O curso prosseguia com aulas semanais, durante um ano, sobre a arte de examinar as urinas de Theophilus e Isaac Judaeus, e mais um ano de ensinamento sobre o Diagnóstico de Doenças pelo Pulso, da autoria de Philaretus.

Gilbert lembrava divertindo-se da irreverência do seu colega Michel durante uma aula sobre urinas, lida pelo mestre Mondeville.

Entregando a Michel um frasco de cristal transparente, contendo urina até sua metade, supostamente fornecida por uma simpática serviçal daquela disciplina, Mondeville perguntou:

— Que cor defines para essa urina?

— Branco como o vinho da minha região, mestre.

— E que odor percebes?

— Ah, senhor, o cheiro da caverna do amor, disse, olhando de soslaio para a linda servente que recolhia objetos para lavar.

— Prova-a então e descreve seu gosto.

Como havia aprendido com o professor, colocou a pontinha de seu dedo mínimo na superfície da urina, levou-o à língua e respondeu:

— É doce, senhor, como de uma pura e meiga donzela, disse sorrindo.

— Ora, ora, eu não sabia que andavas a beber urinas de donzelas, porém, teu colega Jacinthe acaba de trazer esta urina de um velho e agonizante cavalheiro, que se solta como um sifão e só tu e as formigas gostam do seu sabor – Risos. Este frasco, cavalheiros, disse apontando para o recipiente de cristal, é o símbolo da nossa arte, e não deve conter jamais as tolices que acabastes de ouvir.

À medida que o curso se adiantava, matérias mais complexas iam sendo acrescentadas, até que, ao final, o futuro médico dominava o conhecimento dos cinco deuses da cultura médica, Hipócrates, Galeno, Avicena, Averróis e Rhazès, cujos textos foram em grande parte reunidos e traduzidos por Constantino, o Africano, monge beneditino da Escola de Salerno.

Uma das dificuldades iniciais enfrentadas pelo aluno era a de formar a sua própria coleção de livros, por diversos motivos: o preço, o tempo para consegui-los e pessoas que os copiassem. Em Paris, como na maioria das grandes cidades da Europa, os mosteiros detinham quase um monopólio da arte de copiar os textos utilizados nas universidades e na Igreja. Muitos alunos também copiavam livros, sob encomenda, e com o pagamento sobreviviam e custeavam seus estudos.

Gilbert pensou então em adquirir alguns livros usados, e, aconselhado por um colega judeu mais adiantado, foi recomendado a Salomon ben Erza, um velho médico que havia abandonado a profissão ainda jovem, para dedicar-se à tradição da família, isto é, emprestar dinheiro a juros. Ao ser procurado por

Gilbert, lamentou que os seus livros mais importantes houvessem sido vendidos havia muitos anos, mas ainda possuía alguns que poderiam ser usados nos primeiros anos do curso. Era, felizmente, o que interessava ao comprador naquele momento.

— O senhor não é o primeiro que me procura para comprar meus preciosos livros. Com muita dor no coração vendi obras de Maimônides, Rhazés e até Hipócrates. Ah. Fiquei sem meus livrinhos queridos, e o senhor pode imaginar o quanto me custa ficar sem esses últimos filhinhos. E só tenho mais quatro. Não sei se devo vendê-los, senhor...

— Gilbert D'Almania.

— Senhor D'Almania. Um autêntico cristão.

— Mas isso não vem ao caso, senhor Salomon. Quantos livros o senhor pode me vender?

— Apenas três para não perder totalmente a lembrança de que um dia fui médico.

— E quanto pede por eles?

— Pela minha tristeza em perdê-los eles não têm preço, mas Javé me diz que o senhor precisa deles e eu quero ajudá-lo. Dême vinte mailles.

— Agora quem fica triste sou eu, senhor Salomon. Só posso lhe pagar quinze mailles.

— O senhor quer enterrar Salomon. Vamos fazer o seguinte. O senhor D'Almania me paga quinze mailles hoje, e os outros sete mailles dentro de um mês.

— Sete não, são apenas mais cinco.

— Um pequeno juro que não enxuga minhas lágrimas.

O negócio foi finalmente fechado por dezoito mailles e acabou com as lágrimas do vendedor e do comprador. Salomon prometeu enviar os livros, por um portador, dentro de três dias, tempo necessário para certos tratamentos nos pergaminhos.

Enquanto esperava a encomenda, Gilbert visitou alguns livreiros cujas lojas situavam-se próximas à Universidade, na margem esquerda do Sena. A grande procura havia esgotado diversas obras dos grandes mestres e, assim, os livros que restavam ainda para ser adquiridos e que seriam lidos nos próximos anos, Gilbert teve de encomendá-los a dois copistas de Notre Dame e outros dois do mosteiro de Santo Antônio. Para baratear o custo, combinou que nenhuma cópia teria iluminuras. Era comum encontrar certas diferenças de texto entre os livros copiados pelos monges e pelos estudantes, pois vários monges copistas não sabiam ler, apenas copiavam. Os livros foram prometidos para serem entregues em três anos, e os pagamentos seriam feitos a cada seis meses. O jovem estudante considerava-se pronto para o início do curso médico. Enquanto isso, seria um consulente assíduo da biblioteca da universidade.

Três dias depois do encontro com Salomon, um pequeno contratempo aborreceu Gilbert ao receber seus livros. Estavam todos sem as capas. Furioso, foi ao seu encontro, e o vendedor mostrou-se bastante surpreso ao vê-lo.

— Senhor D'Almania, não o esperava. Asseguro que não tenho mais livros à venda.

— Senhor Salomon ben Erza, estou indignado com o senhor. Por que me mandou os livros sem as capas? Como eu posso colocar os livros em pé sem as capas? Pelo poder de são Denis, por que o senhor fez tal coisa?

— A ira é inimiga da paz. Então o jovem D'Almania não entendeu nosso honesto e franco negócio.

— Como honesto e franco? O senhor me fez de idiota e quer que eu o entenda?

— Qual o preço que lhe dei, inicialmente?

— Vinte mailles.

— E quanto o senhor pagou?

— Dezoito mailles.

— Então, essa diferença foi o preço que paguei para encadernar os livros. Apenas recebi de volta meus dois mailles.

— Mas o senhor não me disse que iria tirar as capas, o que é um total absurdo.

— O que interessa é o que está dentro; a capa nem sempre diz o que abraça, assim como o vestido não mostra a alma da pessoa.

— Não me interessam os seus pensamentos filosóficos. Quero as capas.

— Ai, meu bom Senhor. Já as mandei ao encadernador para fazer outro serviço. Mas não fique nem triste nem com raiva. Se os livros assim não servem para o senhor D'Almania, aceito a devolução. Devolvo ao senhor os seus dezesseis mailles e não se fala mais nisso.

— Como dezesseis? Eu lhe paguei dezoito.

— Ah. Uma questão de ponto de vista. Na verdade quem sai perdendo sou eu. O senhor ao levar os livros me faz perder quatro mailles.

— Não acredito no que ouço. Só por curiosidade quero ouvir sua explicação.

— Claro, senhor D'Almania. Ao lhe fazer um abatimento de dois mailles no preço justo de vinte, perdi dois. Se o senhor não quiser os livros, vou devolver os seus dezoito mailles, quando na verdade o correto seria pagar-lhe apenas dezesseis, pois também é justo que eu lhe cobre dois mailles de juros por desfazer o negócio. Assim, meu prejuízo total será de quatro mailles.

— E se eu ficar com os livros?

— Aí o senhor ganha dois mailles.

— Senhor Salomon ben Erza, por que deixou de ser médico?

— Ah, meu nobre senhor D'Almania, não queira reabrir as feridas do coração deste indefeso velho. Confie em mim. Se vier a precisar de algum dinheiro emprestado, eu o farei com os menores juros que o senhor merece. Que o Senhor seja consigo. Vai em paz.

Assim dizendo, voltou para sua sala de negócios, fechando suavemente a porta. Gilbert sorriu da sua derrota, e saiu à procura de um encadernador...

V - Gilbert na banca de exame

Nos quatro primeiros anos de aprendizado, ouviu as leituras das obras de todos os sábios, incluindo médicos, filósofos e teólogos, cujos textos serviam de temas para discussões, debates ou disputas, recitação, memorização e reflexões. O conhecimento dos astros, das matemáticas e geometria solidificava a formação médica. Esses anos deram-lhe a condição de bacharel, porém, era muito pouco e não lhe dava o direito de clinicar. Assim, prosseguiu os estudos por mais cinco anos e, em 1299, tornou-se Mestre em Artes e durante todo o ano seguinte preparou-se para enfrentar uma banca de doutores para o grande e solene exame final, e assim obter a Licença.

Ao final do curso, seu mestre e tutor François de Breteuille, grande intérprete de Galeno, apresentou-o ao arcediago de Notre Dame, Julian Corton, dizendo que seu mais dileto aluno estava pronto para o exame final, cumprindo assim a primeira e indispensável parte do ritual de conclusão do curso. O arcediago era o supervisor geral da Faculdade de Medicina e organizava as formalidades dos exames. A primeira delas consistia em apresentar o candidato ao chanceler.

Levado à presença de Philippe de Froissart, chanceler da Faculdade de Medicina, Gilbert submeteu-se ao primeiro passo da cerimônia de conclusão de curso.

— Concordas com o que teu mestre François diz? Perguntou-lhe Froissart. Estás então pronto em espírito e seguro de teus conhecimentos para te apresentares diante dos doutores?

— Sim, Excelência, disse com aparente naturalidade.

— Renovas diante de mim tua fé em Cristo, na Santa Igreja e a fidelidade à Universidade?

— Sim, Excelência.

— Pois então renovarás estas afirmações na missa do Espírito Santo, no domingo, junto com teus outros colegas, porém, antes deves confessar-te.

— Assim o farei, Excelência.

Conduzido até a pequena capela particular do chanceler, sentou-se ao lado do capelão que lhe ouviu a confissão preparatória para a comunhão.

A missa do Paráclito no segundo domingo do mês encerrava a primeira parte do cerimonial introdutório ao exame final. Nessa missa reuniram-se, nos bancos em frente ao altar-mor, todos os alunos em condição de prestar o exame de licenciamento e doutorado. Era a especial ocasião de pedir ao Espírito Santo a inspiração para o sucesso nos exames.

Na cerimônia da bênção, permaneceram ajoelhados e contritos, envoltos por uma nuvem de incenso, enquanto o coro dos monges entoava:

Veni creator spiritus,
mentes tuorum visita
imple superna gratia,
quae tu creas.

Duas semanas depois, Gilbert apresentou-se diante da banca formada por quatro doutores: Coutelier, Pauliac, Poiton e Gentilly, presidida pelo arcediago Julian Corton que procedeu ao sorteio dos pontos para arguição. Cada examinador fez-lhe perguntas que abrangiam toda a matéria médica, e as respostas eram avaliadas de acordo com a capacidade de análise e os comentários do candidato sobre as formas de doenças, seus diagnósticos e tratamentos.

Também era habitual julgar o conhecimento do candidato sobre os grandes autores e o significado de suas obras.

Gilbert recordava alguns personagens preferidos dos examinadores e como fora obrigado a responder e comentar para Coutelier sobre Constantino, o herói africano, nascido em Cartago, no norte da África, talvez no ano 1010, e que após longas viagens pela Arábia e Índia, aprendera a arte de diagnosticar e medicar. Tal era sua habilidade, que seus conterrâneos o consideraram como um bruxo, e assim foi obrigado a fugir de sua cidade, disfarçado de mendigo. Só encontrou a paz quando se tornou um dedicado monge em Monte Cassino e de lá traduziu para o latim as obras fundamentais da medicina e filosofia gregas, copiadas em árabe, e de vários mestres árabes, que chegaram a Paris via Escola de Salerno.

— Sabes, senhor Gilbert, o nome daquele a quem chamamos de Rhazès? Perguntou logo a seguir o professor Poiton.

— Sim, meu senhor. Seu nome era Abu Bakr Muhammad ibn Zakariyá ar-Razi.

— Quem foi este Rhazès e o que nos legou?

— Ele era um persa, senhor, que viveu em Bagdá entre os anos 860 e 930, cultuava a filosofia, música, medicina e alquimia. Nossos mestres o consideram o maior clínico do mundo árabe e um verdadeiro seguidor de Hipócrates. Foi ele o primeiro a descrever e reconhecer a varíola. Deixou-nos o Almansor, o conjunto de livros de matéria médica, escritos em grego e árabe, traduzidos por Constantino, os quais devemos ler e recordar para o bom juízo clínico.

— Concordo contigo. Descreve os primeiros sintomas da varíola, conforme nos ensina Rhazés.

— Bem, senhor, essa maligna erupção é precedida por febre, dores nas costas, terror noturno e até prurido nasal.

— Respondeste bem.

— Obrigado meu senhor.

— Sabes a quem chamamos de o Príncipe dos Médicos e verdadeiro intérprete de Galeno, não é mesmo? Perguntou Pauliac.

— Sim, meu senhor, ele se chama Avicena.

— Dize-me então o seu nome, para honrares a tua memória e a dele.

— Abu Ali al-Husain ibn Abdullah ibn Sina era o seu nome, senhor.

— Espero que não esqueças os nomes de teus mestres vivos. O que sabes da vida desse mestre?

— Apesar de não ter sido um cristão, parece que o Senhor também o abençoou com uma extraordinária memória, pois aos dez anos sabia todo o Corão de cor. Aprendeu sozinho a matemática, filosofia e as leis. Com apenas dezesseis anos sabia a arte médica e com menos de vinte já era o mais famoso dos clínicos no oriente.

— O que pensas se a esse homem fosse dada a oportunidade de ler a verdade, a Bíblia do Senhor?

— Talvez se tornasse um doutor da Igreja, caso se convertesse.

— Bela resposta meu jovem. E o que nos deixou Avicena?

— A sua obra, senhor, nós a chamamos de Cânon, e contém o ensino e filosofia médicas, voltados ao espírito de Hipócrates, Galeno e Aristóteles.

— Então, compreendes hoje por que tiveste de estudá-lo?

— Sim, mestre.

— Conheces a doutrina da teriaga e como Avicena nô-la legou? Perguntou Gentilly.

— O Mestre recomendou a teriaga de Andrômaco, que possui oitenta e quatro indicações para as diversas doenças.

— E por que não fazes um remédio específico para cada doença?

— Porque é muito difícil um único remédio combater um mal e suas complicações, como afirma mestre Avicena.

— Recita a composição da teriaga e sua preparação, disse Gentilly para testar a memória do candidato. Na realidade uma provocação, pois raríssimos médicos a sabiam de cor, tanto pelo elevado número de ingredientes, quanto pelos detalhes da preparação. A receita da teriaga era uma das mais cobiçadas cópias em pergaminho, e fazia parte das coisas que o clínico transportava consigo durante longas viagens.

Gilbert não se perturbou.

— A qual delas vos referis, mestre? A do iluminado Avicena ou à do sábio Andrômaco? A composição de Avicena contém sessenta e quatro ingredientes, oito além daquela de Andrômaco, acrescida de vinho e mel.

E durante um longo tempo, Gilbert recitou todos os nomes dos componentes da teriaga, suas quantidades e ordem de entrada na mistura, as características que cada planta devia ter e a época de sua colheita, segundo a formulação de Avicena e Andrômaco. Raros médicos e professores eram capazes de tal demonstração de memória. Como se não bastasse, citou também as oitenta e quatro indicações do remédio. Um pesado silêncio pairou sobre a sala de exame, com os quatro doutores absolutamente extasiados com o que ouviam. Seguiu-se um uníssono aplauso dos examinadores. O futuro médico estava se consagrando. Ou quase...

Como presidente daquela banca, o arcediago Corton concluiu que havia chegado o momento de encerrar o exame fazendo as últimas considerações. Corton era respeitado e principalmente temido por seu conhecimento teológico, pois fazia dele uma arma para atacar ou constranger qualquer pessoa que não o adulasse. Mesmo os bispos evitavam o debate com ele, preferindo usá-lo como conselheiro em caso de sérias dúvidas na matéria.

— Monsieur D'Almania, como identificais aquelas doenças decorrentes do pecado? Devem ser elas tratadas também com remédios ou deixadas à sorte da Divina Providência ou da fé?

Gilbert sentiu a malícia da pergunta, feita com intenção de lembrar que a teologia ainda era a rainha das disciplinas, e a Universidade de Paris o centro mundial como referência para julgar tais questões, mesmo por Roma. Era um teste para comprovar se as lições não foram esquecidas. Uma forma também de o candidato provar-se piedoso e humilde, como convinha a um bom cristão. A resposta bem poderia estar na conhecida e velha história da moeda de César.

— Senhor arcediago, acredito que só aqueles ungidos por Cristo, como é o caso de Vossa Excelência, podem realmente diagnosticar a presença do pecado numa doença. Mas não compete ao médico julgar nem o pecado nem o pecador, mas apiedar-se com a doença; portanto, ele deve usar da virtude da caridade para aliviar o sofrimento do infeliz doente de acordo com os bons preceitos da medicina.

— Mesmo quando a doença se manifesta como um castigo coletivo, como, por exemplo, no Fogo de Santo Antão, que é uma prova da ira Divina?

— Senhor, não me compete diagnosticar o estado de humor divino. Tenho refletido, perguntando-me se as doenças que atingem populações inteiras possivelmente não seriam provocadas por causas naturais, algo que está à espera de observação e dedução, e não necessariamente o resultado de um pecado coletivo.

— Estais colocando em dúvida os ensinamentos da Madre Igreja ou pretendeis ir além do que aprendestes com Hipócrates, Galeno ou mesmo Aristóteles?

— Nem uma coisa nem outra, senhor. Creio que os segredos da fé, da alma e do espírito são do domínio de Deus, Nosso Senhor; porém, as doenças são do domínio da medicina. E não é o próprio Aristóteles que nos ensina a deduzir após a observação?

— Estais a negar o poder do demônio e consequentemente a sua maléfica influência sobre o homem e os astros?

— Senhor, eu não nego o poder demoníaco, antes, o renego, mas não seriam os astros um assunto da geometria e da matemática, enquanto que sobre o céu e o inferno ensinam-nos os doutores da Igreja e vós, os teólogos?

— Aonde pretendeis chegar? Quereis separar o domínio de Deus sobre todas as coisas? Ousais blasfemar diante desta banca?

— Jamais pensei em tal afronta, senhor. Apenas procuro a verdade. Credes, senhor arcediago, que nada mais há para saber de segredos da medicina ou das doenças? Credes que devemos só olhar para os ensinamentos do passado e não procurar acrescentar mais nada? Será que já temos todas as respostas para os males que afligem o homem?

— Basta, senhor D'Almania. Estais deslizando para um terreno movediço e acho que deveis refletir sobre os perigos do pecado do orgulho. Melhor ides ao vosso confessor, se quereis obter vossa licença. Estais dispensado.

O clima estava tenso. Os doutores Pauliac, Poiton, Gentilly, à exceção de Coutelier, divertiram-se intimamente com o duelo entre o provocativo arcediago e o inteligente Gilbert. O que seria apenas um polido diálogo e demonstração de submissão ao poder clerical transformara-se num acidente teológico. Uma arguição formal e acadêmica, cujo objetivo era o de o arcediago exibir-se, transformara-se numa disputa com constrangedora vitória do aluno.

O grupo se reuniu na sala do Conselho para a decisão do exame.

— Este jovem petulante e orgulhoso não merece a licença, explodiu o arcediago. Eu o tinha em boa consideração, mas não sabia de suas perigosas intenções. É muito moço para ser tão soberbo. Um doutor representa a ciência, e sabe muito bem que ela não sobrevive sem as verdades teológicas. Hoje ele blasfema, amanhã será um herege.

— Eu não o vejo assim, senhor arcediago, disse Pauliac. Creio que ele apenas procedeu como um filósofo inexperiente, e que por ser bastante jovem ainda não teve tempo de enxergar suas limitações.

— Também acho, disse Gentilly. Se o aplaudimos por suas brilhantes respostas, não podemos negar-lhe o direito de clinicar nem de doutorar-se.

— Mas suas ideias avançadas são quase heréticas, disse o arcediago. O mal deve ser amputado ao nascer.

— Ora, ora, senhor. Apesar de não gostar da irreverência dos jovens, que julgam a tudo saber e serem possuidores de todas as respostas, acredito que ele será mais útil do que perigoso, disse o doutor Coutelier. Ele não é um herege, mas um médico que pensa no doente e vê a doença como uma matéria de contínuo estudo e pensar.

— Em matéria de heresia não sois autoridades competentes, arrematou o arcediago; porém, aparentemente vós vos deixastes convencer pela facilidade de suas palavras. Pois bem, darei um crédito à confiança dos senhores, mas isto não isenta o senhor D'Almania de ser caridosamente observado.

E assim deu-se o assunto como encerrado, mas só aparentemente. Gilbert ganhara sua Licença.

VI - Médico em nome de Deus

Nenhum candidato foi reprovado, mas certamente Gilbert fora a estrela mais brilhante dos novos médicos. Os dotes de memória e capacidade de raciocínio do audacioso estudante impressionaram os mestres, e, ao final, recomendaram ao Chanceler que lhe concedesse a licença pretendida, *cum laudae*. O arcediago absteve-se de votar na distinção.

A outorga das insígnias que reconheciam o aluno como mestre e com direitos a ensinar e a curar era a cerimônia máxima da universidade, que se realizava três domingos após o exame, na catedral de Notre Dame, coincidindo com a celebração de Pentecostes.

Apenas trinta anos haviam passado desde o término da construção da majestosa igreja e dois anos da instalação e ampliação do novo órgão com duzentos tubos.

Era o ano de 1300 e Gilbert jamais esqueceria aquele domingo de abril. Ele e seus colegas formaram uma dupla fila diante da porta ogival da catedral. O cortejo foi conduzido por noviço paramentado com alvíssima sobrepeliz rendada, levando uma comprida cruz, a qual procurava manter bem elevada, de modo a destacar-se sobre todas as cabeças. A segui-lo estavam os professores e doutores da Universidade, vestidos com suas coloridas capas cerimoniais, com cores particulares para cada ramo do saber, enfeitadas por colares e fitas honoríficas, e, cobrindo-as, ricos pelerines. Entre os docentes e os novos doutores, interpunha-se o arcediago ladeado por quatro acólitos; um deles levava a Bíblia, e o segundo, um grande pergaminho enrolado num bastão de prata, como alusão à sabedoria divina e ao saber humano. Os dois outros acólitos, como a iluminar o caminho, seguravam enormes círios.

Ao repique dos poderosos sinos, abriram-se as grandes e esculpidas portas da catedral, e ao som do *Veni, Sancte Spiritus*, emitido pelo grande órgão, a procissão marchou em direção o altar-mor através da longa nave. Grande parte do clero, estudantes da universidade e gente comum lotavam a igreja. Diante da plataforma do coro, o cortejo era esperado pelo reitor, que conduziu os processionais para os bancos do lado sul. Numa extremidade sentaram-se os professores e doutores, e na outra, os doutorandos. Do lado oposto, o coral de quarenta vozes aguardava o momento de cantar *Te Deum Laudamus*, de Portinus, música pessoalmente escolhida por Jean Mounier, bispo da catedral.

A cerimônia de autêntica sagração médica deu-se no Ofertório. Por autorização do celebrante, o reitor, colocando-se no centro da plataforma, chamou nominalmente cada um dos jovens, que, de joelhos, recebia o pergaminho de sua licença para exercer e ensinar a medicina, além do anel e o gorro, símbolos de sua função.

O coral entoava:

> *Veni, Sancte Spiritus, et emitte coelitus lucis tuae radium.*
> *Veni, pater pauperum, veni datur munerum, veni, lumen cordium.*

Enquanto caminhava em direção ao reitor, Gilbert não podia esconder sua emoção e nervosismo; lamentava a ausência de seus pais e seu irmão na bela cerimônia, bem ao gosto de sua mãe. De joelhos foi envolvido pela nuvem perfumada do incenso, e o som do poderoso órgão quase o impediu de ouvir sua sagração: "Monsieur Gilbert D'Alamania, em nome da Santa Madre Igreja e pela autoridade desta excelsa Universidade de Paris, eu vos declaro médico e mestre nesta arte e que Deus vos ajude a cumprir vossa missão conforme os ensinamentos que aqui recebestes". O anel no dedo indicador foi-lhe colocado pelo arcediago, a seguir o reitor assenta-lhe o gorro e entrega o seu pergaminho.

Essas emocionantes imagens Gilbert jamais as esqueceu, e mesmo o seu aparente desdém pelas solenidades foi encoberto pela grandiosidade do ritual.

VII - O estagiário do Hôtel Dieu

Depois de obtida a licença, ao médico restava ainda um ano de exercício de prática, a ser cumprido em 1301 no famoso Hôtel Dieu; naquele hospital, dependendo do nível e recomendação do recém-licenciado, era-lhe permitido escolher o orientador clínico. Após um descanso de algumas semanas, Gilbert compareceu à direção do hospital revelando que gostaria de colocar-se sob a orientação do experiente doutor Jean D'Auverges.

Seu pedido foi orgulhosamente aceito pelo escolhido, pois ele era um dos que tinham assistido ao exame de licenciamento.

Das primeiras horas da manhã até ao anoitecer, todos os dias, Gilbert entregava-se à aplicação de tudo o que tinha lido e discutido. Aprendeu a ouvir sem interromper, a interrogar com inteligência e objetividade, a tomar o pulso, ver a cor e aspecto da língua, a coloração dos olhos, observar a barriga e os membros, a interpretar a cor e as propriedades das urinas. Percebeu a grandeza de aliviar a dor e curar as feridas. Viu de perto a verdadeira doença física e aquela provocada pelas forças sobrenaturais. Praticou a arte da prescrição e do preparo dos linimentos e poções. A cada mês melhorava o seu desempenho junto aos doentes, resolvia dúvidas e acertava as decisões. Ao fim do período do estágio, era o mais confiável e talentoso dos orientados por D'Auverges. O mestre não só solicitava constantemente a presença do discípulo, como também lhe entregava seus próprios pacientes.

O sucesso de Gilbert não passou despercebido por Julian Corton, que tinha informações constantes do desempenho e das ideias do novo médico.

Porém, a grande afinidade entre D'Auverges e Gilbert não ocultava um ponto de discordância entre eles, que residia na abordagem da terrível praga do fogo de Santo Antão. Anualmente, com grande regularidade, um elevado número de camponeses era recolhido ao Hôtel Dieu, apanhados nas ruas de Paris, onde corriam como loucos, com alucinações e sensação de terrível queimor nas pernas. Os casos confirmados de possessão demoníaca, que correspondiam à maioria das pessoas, eram devolvidos ao campo ou encarcerados para cura da loucura satânica por meio de adequadas providências religiosas. Gilbert não estava convencido de que fosse um castigo divino e coletivo, pois como imaginar um pecado óbvio e comum a uma população de camponeses? E por que só a eles? Essa opinião já fora emitida durante a sua arguição pelo arcediago. D'Auverges acreditava que a doença poderia ser considerada como uma manifestação sobrenatural, desde que não pudesse ser explicada à luz da medicina, e em tais casos aceitava as posições exegéticas da Igreja. A diferença entre os dois era que Gilbert achava que a doença devia ser investigada com novas abordagens, e D'Auverges limitava-se ao que diziam os sábios livros antigos. Essa divergência, porém, não ultrapassava o terreno dialético.

As dúvidas e recusa de Gilbert em admitir aqueles infelizes como endemoniados provocaram a desconfiança e a intolerância do arcediago. Na verdade, era o brilhantismo e a envolvente figura de Gilbert que o incomodavam, mas argumentava dizendo que com tais atributos os incautos facilmente se deixariam convencer pelos imprudentes conceitos do inexperiente médico. Quem garantia que suas dúvidas e conceitos, até certo ponto hereges, não se espalhariam entre os estudantes prestes a se formar, e no futuro, os malditos do fogo de Santo Antão não representariam uma vitória de Belzebu? A própria Igreja poderia ser castigada por permitir tão grave displicência. Outro perigoso ponto de vista do inquieto doutor era o de considerar a dissecção de cadáveres como de utilidade para o aprendizado da anatomia e das doenças. Essa sacrílega atitude por enquanto era apenas conceitual, e não havia provas de que fosse colocada em prática.

Era por isso que Gilbert, na opinião do arcediago, devia ser mantido sob caridosa vigilância, e, se possível, impedido de prosseguir com aquela inaceitável filosofia. E informantes era o que o arcediago mais tinha à sua disposição.

O ano passou rápido no Hôtel Dieu e apesar dos convites para continuar na vida acadêmica em Paris ou na sua cidade natal, Toulouse, Gilbert optou por clinicar, em obediência à doutrina hipocrática que o convencia a servir sua gente.

Finalmente, no começo de 1302, decidiu trabalhar e morar em Troyes, situada a quarenta léguas de Paris e onde residia seu único irmão viúvo com a filha Jacqueline Felicie, uma pequena donzela de 15 anos.

VIII - Médico em Troyes

A escolha de Troyes não foi ao acaso, pois lá moravam seus parentes muito queridos. Com uma população ao redor de dez mil habitantes, a cidade era conhecida pelo grande número de igrejas, todas disputando a condição de ter o maior número de sinos. Dessa forma, muitos a referiam como a cidade dos sinos, cujos toques regulares a cada três horas sinalizavam os ofícios divinos, e não o tempo, e a população regulava suas atividades com as badaladas daquelas igrejas. Nos meses de julho e agosto, Troyes transformava-se numa das mais importantes cidades da França e talvez da Europa. Nesse período realizava-se a Feira Quente, na qual comerciantes de quase toda a França e de diversos pontos da Alemanha, Itália, Espanha e Inglaterra levavam seus produtos para comercialização. Era assim que Troyes transformava-se num dos maiores centros de trocas, compras e vendas de qualquer coisa que fosse produzida na Europa, cuja população temporária ultrapassava sessenta mil pessoas, equiparando-se em número aos habitantes de Paris. Os nativos auferiam grandes lucros com os gigantescos e variados tipos de negócios.

A cidade era protegida por altos muros cujos contornos faziam um curioso desenho: para os habitantes locais era o de uma seta curta com o vértice arredondado apontando para o nordeste. Porém, para os parisienses, os contornos do muro delineavam a figura de um gigantesco pênis e tal comparação era motivo de incontáveis e irreverentes alusões que se faziam sobre a cidade e seus moradores. O seu eixo maior tinha pouco mais de uma milha e a largura não ultrapassava a três quartos de milha.

Na ponta da flecha distribuía-se a parte mais antiga do lugar, cuja área dos prédios e ruas era limitada pelos canais Moline e Meldançon, que se uniam quase formando o vértice de um triângulo. Esse espaço correspondia a cerca de um terço da cidade e ali se situavam os poderes religioso e administrativo, com destaque para a catedral de Saint Pierre, além do Hôtel Dieu-le-Comte, onde Gilbert iria mais tarde trabalhar. O canal Moline era a base do triângulo e servia de fronteira entre essa parte nobre da cidade e o setor mais simples e pobre, porém mais populoso, e que abrigava quase todo o grande e variadíssimo comércio, inclusive a grande Feira Quente. Uma ponte, chamada de Portão de Artaud, ligava as duas regiões urbanas. Um braço do Moline formava um outro canal, o Trévois, que corria para o grande centro, em sentido noroeste, cercando uma outra parte da cidade entre o pequeno curso d'água e o muro de proteção.

Essa vibrante zona comercial e habitacional tinha seus pontos mais importantes na Grande Rua, rua do Meio e Rua das Especiarias. Ao longo dessas vias montava-se a Feira Quente com milhares de tendas de comércio varejista e atacadista. Na periferia da cidade, nos terrenos vazios, levantavam-se outros milhares de tendas para abrigo dos forasteiros.

Nos meses de novembro e dezembro ocorria outra feira de menores proporções, mas que também trazia visitantes e comerciantes de diversos pontos da Europa. Era chamada de Feira Fria, obviamente por causa do inverno.

Foi esse caráter inquieto e diferente de Paris ou Toulouse que atraiu Gilbert para Troyes, além da oportunidade de se realizar profissionalmente de maneira mais compensadora. Escolheu com cuidado o local de sua nova morada, optando por comprar uma casa na esquina bem próxima ao Portão d'Artaud, a qual encabeçava o alinhamento irregular das outras moradias coladas entre si e que formavam um dos lados da estreita e longa Rua Grande.

Sua residência tinha aparência sólida por ter sido construída com pedras. O andar inferior exibia uma estreita porta principal e, ao lado, um portão de madeira fechava a entrada arqueada do pátio interno. Esta área era contornada pela estrebaria e vários quartos, alguns destinados a armazenar alimentos e a adega; outros foram adaptados para depósito de plantas, pós e líquidos medicinais para o fabrico de remédios, tanto os tradicionais como novos experimentos. Uma das salas do térreo foi preparada para o atendimento de pacientes.

Não demorou muito para que Gilbert adquirisse fama e prestígio nessa cidade e nas vizinhas Lagny, Provins, Bar-sur-Aube e Auxerre. Atendia os doentes de maneira quase inovadora, com entrevistas individuais, ouvindo atentamente as queixas e fazendo perguntas tanto sobre a doença quanto sobre assuntos que pareciam não se relacionarem ao motivo da consulta. Esse comportamento encantava os pacientes, pois lhes parecia que finalmente haviam encontrado um médico que estava interessado na doença e na pessoa que a portava.

Ao examinar, Gilbert o fazia com minúcias, detendo-se demoradamente no local de onde partia o sofrimento: palpava, sentia e observava como se fosse desmascarar a origem do mal. Ao exame do corpo seguia-se o exame dos fluidos sangue e urina. À sua ordem, o doente urinava em um frasco de cristal transparente; depois de recebê-lo, Gilbert repetia os gestos e detalhes que aprendera na universidade: observar a cor, a transparência e os depósitos; perceber o odor e sentir o gosto. Centenas de possibilidades que seus olhos, nariz e língua rapidamente reconheciam. A seguir fazia a sangria diagnóstica, a hemocromia, como batizara, introduzida por ele na prática para diagnosticar as doenças pela cor do sangue. Com um pequeno furo ou corte numa veia saliente, deixava escorrer um filete de sangue, observando atentamente sua cor, e daí, relacionava-a com a doença. Gilbert foi mais além do que seus colegas, pois acreditava que assim como as urinas e o sangue podiam denunciar um mal, o exame das fezes, que chamou de coproscopia, também possuía a mesma propriedade. Com tais novidades clínicas, logo foi aceito no Hôtel Dieu-le-Comte, o hospital da cidade que carecia de médicos que atendessem os pobres e viajantes. Depois de observar um grande número de pacientes, Gilbert se convenceu de que o excremento humano era rico em sinais de doenças, apesar da repulsa, ironia e incredulidade de seus colegas, e enquanto lá trabalhou fez anotações que mais tarde seriam usadas por sua sobrinha e publicadas com o título de *Examinatio humanus excrementum*.

Cada vez mais procurado, dividiu seu trabalho em três períodos: pela manhã no hospital (da hora terça até a hora sexta), na sua casa (da hora nona até pouco antes das vésperas), onde o procuravam os doentes que podiam pagar, e durante as vésperas até quase as horas das completas, visitava pacientes, tanto os mais importantes, como o burgo, o prefeito e membros do conselho da cidade, quanto as mais simples residências. Pouco tempo sobrava para sua vida privada ou refeições tranquilas. As pessoas eram atraídas pela juventude bem-humorada e enorme disposição do novo médico, o que não deixava de ser um comportamento diferente da sociedade, que tradicionalmente recorria e confiava nos profissionais mais idosos. O sucesso estava acontecendo muito rapidamente e tal fato não passava despercebido a certos observadores a serviço de Paris.

Também ficaram conhecidas suas viagens periódicas a Paris com seu pajem, para suprir-se de plantas e outras matérias medicinais, cuja distância de quarenta léguas percorria em seis dias. Nessas viagens, cavalgava apenas durante o dia para evitar assaltos. Durante as noites procurava refúgio em alguma caravana de comerciantes que ia ou vinha para as feiras, mas o verdadeiro e seguro descanso ele e seu pajem conseguiam em Provins e Lagny.

Apesar de estar em decadência, Provins, a meio caminho entre Troyes e Paris, ainda era uma cidade opulenta, cujo comércio fazia parte das feiras da Champagne, mais ricas até do que a de Troyes. As feiras de Saint Ayoul em setembro e Saint Martin em novembro davam enorme força econômica a Provins e até permitiam-lhe ter uma moeda própria, o dinner provinense, aceito em toda a França. Também ali Gilbert comprava algumas folhas e raízes, deixando-as guardadas até a sua volta, na estalagem da paróquia de Santo Ayoul com sua enorme igreja, cujo pároco conhecera em Paris.

A igreja de Saint Ayoul era um orgulho e fator de grande devoção da população, pois no seu interior estava o túmulo daquele santo, cujos restos foram descobertos e exumados junto à extinta capela de Saint Médard, trezentos anos antes. Um priorado beneditino construiu a igreja para guardar e venerar a preciosa relíquia.

Sob o teto da igreja e proteção do abade Auguste, ele e seu pajem descansavam em boa cama depois de generosa mesa, além de água e comida para os cavalos. A sete léguas de Paris, Gilbert fazia uma outra parada em Lagny, onde se colocava sob a proteção do abade Marcelin da igreja de Notre Dame des Ardents, o qual lhe oferecia dois cavalos descansados para o término da viagem.

Em novembro de 1303, ano seguinte à sua mudança para Troyes, morre seu irmão Charles vitimado por febre respiratória, deixando-lhe a tarefa de decidir o destino da sobrinha Felicie, de dezesseis anos, uma donzela inteligente e que estivera até então sob orientação religiosa.

IX - A educação de Felicie no convento

Charles, o irmão mais velho de Gilbert, saiu ainda jovem de Toulouse para dedicar-se ao comércio de lã em Troyes, investindo um capital emprestado por seu pai. Casou-se com Jeanne, filha de um sapateiro, pouco antes de mudar-se da casa dos pais. Revelando um bom instinto comercial, tirou proveito das feiras de Troyes, Provins e Lagny ao unir-se com outros atacadistas, e os negócios de lã beneficiada desdobraram-se em trocas, compras e vendas de vinhos, especiarias e até metais. Com a crescente prosperidade, decidiu trazer sua sogra para cuidar de Jeanne durante a gravidez e parto, uma atitude providencial, pois Felicie nasceu em 1287, sem conhecer a mãe. A doce Jeanne não resistiu à hemorragia profunda que sobreveio logo após o parto e faleceu dois dias depois. Jeanne havia dito ao marido que daria à luz uma menina, pois a gota de sangue afundou no copo d'água quando a parteira fizera a simpatia. A predição fora correta. A volumosa perda de sangue no parto foi naturalmente uma consequência das várias menstruações guardadas e reprimidas pela vontade de ter um filho. Segundo a parteira, aconteceu uma sangria espontânea, o que sempre é bom, mas quando o volume é exagerado, o sangue pode levar a alma, que sai através da mãe do corpo, como aconteceu no caso de Jeanne.

Dessa forma a criança cresceu com a avó; porém, ao completar doze anos, Charles, ouvindo o irmão, achou melhor assegurar à filha uma educação adequada: além de tornar-se uma dona de casa com todas as qualidades exigidas para essa condição, um mínimo de conhecimento das leituras de letras e números.

No primeiro caso, assegurava-se um bom casamento e, no segundo, por uma mulher que possuísse o dom da leitura, o pai podia exigir o direito de pagar um dote menor.

Embora seu tio, o bispo Edouard, fosse contra o ensino das letras e números para as mulheres, ou qualquer outra sorte de ensino escolar, por achar pura perda de tempo, atendeu aos pedidos de Charles e Gilbert intercedendo junto à abadessa de Notre Dame aux Nonnains, na própria Troyes, para acolher Felicie. A abadia havia sido reconstruída nos anos recentes e sua igreja de Saint Jacques só perdia em dimensão para a catedral de Saint Pierre. Assim, sob a proteção episcopal, aos doze anos a jovem foi admitida nas classes do convento, onde passava o dia todo.

Um grupo de quase quarenta jovens era acolhido pelas irmãs clarissas para o ensino leigo e religioso. As meninas eram observadas em suas virtudes e de como progrediam espiritualmente à medida que aprendiam as práticas cristãs e as verdades da religião. Santas vocações e talentos sobrenaturais poderiam ser identificados em uma ou outra garota, mas esse era quase um produto final da convivência da jovem mulher no convento. Os objetivos terrenos também eram tão ou mais importantes do que os divinos. O ensino da costura e bordado preparava a mulher para o casamento e, enquanto aprendia, ajudava no reparo das roupas do convento. A instrução das letras, leitura, números e até algumas noções do segredo de somar tinham por finalidade a leitura do *Livro das Horas* e capítulos da Bíblia. As crianças mais talentosas eram encaminhadas às bibliotecárias, com as quais se iniciavam no longo aprendizado de copistas, que incluía um duro treinamento sobre o conhecimento e preparo de penas, tintas, pergaminhos e desenho, até o momento de copiar uma ou duas linhas na página de um trabalho encomendado e que estava em andamento.

Felicie surpreendeu pela facilidade em aprender, pelo talento manual e, principalmente, pelo rápido domínio da leitura e escrita. Poderia até ser considerada uma jovem iluminada, não fora a indiferença pela carreira religiosa e o comportamento não totalmente piedoso. Com aquela inteligência privilegiada e sobrinha de um bispo que poderia chegar a cardeal, a carreira conventual seria um caminho para levá-la à posição de abadessa. Tais coisas eram imaginadas por seu pai, com alegria, e por algumas das religiosas, com certa apreensão.

Com a morte do pai, Felicie tornou-se uma candidata preferencial da abadessa Florence, pois somada às suas potencialidades intelectuais havia uma não desprezível herança. Embora uma freira não pudesse herdar terras, pois estava morta para o mundo, o dinheiro serviria como um verdadeiro dote para o seu casamento com a ordem. A opção pelos votos religiosos dependia de sua vontade, quando atingisse a idade aceitável, e da concordância do seu agora tutor, Gilbert.

— Agora somos apenas os dois, Felicie. Agrada-te viver na casa de um homem solteiro e médico muito ocupado ou preferes ingressar no noviciado?

— Não, meu tio, quero que sejas o meu pai, lembrando-te, porém, que sei cuidar de mim. Faremos companhia um ao outro. Honrarei tua casa e me darás a liberdade de seguir o caminho que eu escolher.

— Falas como uma mulher madura, mas tens ainda muito a aprender da vida. Posso arranjar-te um marido, um bom partido e economizar teu dote. Mas se dedicares tua vida a uma grande ordem da igreja, teu futuro estará garantido e o poder será uma questão de tempo, creio.

— Meu pai me falava sobre ti, e tu também tiveste a oportunidade de te tornares uma pessoa importante na Igreja ou na Universidade, entretanto preferiste seguir tua vocação de servir à gente comum.

— Eu não sabia que estavas tão bem informada e nem que observavas a minha vida.

— Acho que somos mais parecidos do que imaginas. Eu não quero a vida religiosa. Quero ser como tu. Não gostaria de aprender os negócios de meu pai. Quero ser médica como tu; irei morar contigo e serei tua aluna.

— Meu Deus, não sabes o que dizes e nem tens idade para aprender essa arte. Além do mais, medicina se aprende na universidade e bem sabes que a esta não terás acesso, a menos que fosses para Salerno, o que não é prático. Por outro lado, e não menos importante, terias de dominar as letras, leitura e o latim. Como vês é melhor preparar-te ou para o casamento ou para ser uma futura prioresa, e poderás sair muito bem nas duas coisas. Nunca ouvi de uma mulher o desejo de ser médica, pois seria desejar o absurdo.

— Ainda não me conheces tão bem meu tio. Verás que sei ler, escrever e conheço os segredos dos pergaminhos. Leva-me para tua casa e ensina-me o que ainda tenho de aprender de latim. Quando achares que estou pronta, falaremos sobre como me farás médica. Enquanto isso, em casa, farei os serviços que devem ser feitos por uma mulher.

Gilbert estava impressionado. Sentimento de orgulho e admiração por aquela jovem que em lugar de apresentar-se com os lamentos do luto e entregar-se ao destino que lhe escolheria o tutor, mostrava-se madura, valente e disposta a enfrentar as dificuldades para materializar suas vontades. Geralmente as vontades da mulher eram aquelas do pai, marido ou tutor. Felicie estava disposta a desconsiderar os costumes.

Esse foi o começo do preparo de Felicie. Assim que voltou para a casa de Gilbert, durante os dois anos seguintes, aperfeiçoou-se na leitura e tomava aulas de latim e grego com o tio. Nascia entre eles uma amizade tão grande quanto a admiração mútua. Gilbert temia, mas não se arrependia do que estava fazendo.

Depois de algum tempo, Felicie tornou-se indispensável ao trabalho do médico, pois organizava seus atendimentos em casa, acomodando os pacientes para que todos pudessem esperar por sua vez da forma mais confortável possível. Passava entre eles dando-lhes água, uma palavra de ânimo ou orientando a maneira de usar ou conseguir a medicação prescrita. Aos poucos ia-se tornando o elo entre Gilbert e seus clientes, e mais do que isso, uma experiente auxiliar, sem muito dever às freiras do Hôtel Dieu. Felicie provava ao tio sua vocação e ele convencia-se da inevitável tarefa de torná-la médica.

X - Jean Mallais, o leproso

Uma tarde, ao sair para uma visita, Gilbert encontrou Jean Mallais a poucos passos do grande portão de sua casa, por onde se entrava para o pátio e a estrebaria. O homem dirigia-lhe um olhar indeciso, humilde, mas sem esconder que queria falar com ele, e andou com determinação em sua direção. O médico notou que o estranho mancava e arrastava uma das pernas, e que esse movimento despertava grande dor, como mostrava a expressão do rosto. Os seus trajes eram simples, mas não de um mendigo.

— Senhor, desculpa a ousadia em me dirigir a Vossa Excelência, mas podes me escutar por um breve momento?

— Sim, o que queres?

— Ouço dizer muitos elogios à tua competência como médico e à grandeza de tua caridade. Como vês, vim me arrastando até aqui para falar contigo, e saberei entender se me deres um pontapé no traseiro por meu atrevimento, ainda mais que não tenho como pagar-te. Carrego a praga na pele, senhor, e pensei que poderias me ajudar.

— Não faço consultas na rua. Se queres que te consulte, entra na minha casa e fala com Felicie.

— Senhor doutor, eu não posso entrar em tua casa, pois isso poderá prejudicar-te junto à tua clientela. Além disso, não posso consultar-me contigo, pois teu preço deve ser inacessível à minha bolsa.

— Vamos, entra, e não te comportes como o centurião bíblico e nem como um dos dez leprosos. Não necessitas disso. Quem faz o diagnóstico e preço sou eu.

— Obrigado, mestre.

— Não me chames de mestre e nem esperes o milagre dos leprosos. Como te chamas, o que fazes e o que achas que tens?

— Chamo-me Jean Mallais, vivo de alguns poucos recursos que me foram dados por minha família quando saí de casa por causa da minha doença. Assim dizendo, suspendeu sua túnica e mostrou o pé direito retorcido, cujos dedos estavam atrofiados e o solado do grande dedo mostrava uma enorme e profunda ferida.

— Então sabes que tens lepra, disse o médico alguns minutos depois de observar, mostrando-se rápido e preciso no diagnóstico, e franco nas palavras.

— Sim, senhor, eu sei, mas posso garantir que somente esta parte do meu corpo está afetada.

— E o que queres de mim?

— Senhor, se puderes aliviar a minha dor já serei muito feliz e se acaso puderes fechar minha ferida, terei alcançado o paraíso antes da morte. Se não puderes nada disso, quem poderá ajudar-me?

— E por que achas isso?

— Senhor, não sei se estou pecando por orgulho ou presunção, que Deus me perdoe, mas custa-me crer que esta cruel doença seja um castigo divino. Uma maldição talvez, mas não uma ordem divina, pois não me lembro de ter ofendido tão gravemente ao Senhor; se for um mandado de Deus, então realmente não poderás aliviar-me. Mas se for uma maldição, o teu remédio e minhas preces e jejuns podem fazer efeito.

Gilbert ficou pensativo. A lepra era uma doença que mantinha os seus portadores afastados dos médicos. Era mais um assunto religioso e de caridade do que de ciência. Ainda não havia refletido sobre isso, pois a medicina teológica mostrava a dureza do castigo divino, impondo ao homem e à mulher uma série de doenças que só podiam se curar pelo milagre, perdão ou arrependimento com práticas devocionais. Aquele infeliz diante de si cumprira, por conta própria, sua parte penitencial durante vários anos, com jejuns e uma tentativa, embora frustrada, de peregrinação ao túmulo de São Tiago de Compostela, mas até o momento não tinha sido ouvido. Porém, vendo o desespero daquele homem e sabendo qual seria o seu destino se não recebesse ajuda, comoveu-se dele, e, como médico, não foi capaz de rejeitá-lo. Este foi o primeiro leproso a procurá-lo profissionalmente, e na sua casa. Possivelmente, ele, o médico, não sairia pela cidade e seus arredores à procura de leprosos para tratar, mas não podia deixar de atender aquele homem. Gilbert achou interessantes os argumentos de Mallais acerca do castigo divino e da maldição. Em parte, eram ideias que ele próprio defendia e desenvolvia. Sim, aliviar a dor, mesmo que fosse enviada por Deus, não deveria ser uma falta ou rebeldia, mas um dever de médico e de cristão. Decidiu-se.

— Pois bem, Jean Mallais, tentarei fazer o que pedes, disse.

— Obrigado, meu senhor, obrigado meu Deus. Vou pagar-te com minhas preces.

— Não, isto é, não dispenso tuas preces, mas como precisas de curativos três vezes por semana, tu irás pagar-me cuidando de meus cavalos e da estrebaria cada vez que aqui vieres.

— Assim farei, senhor, com bastante alegria.

O mal leproso daquele infeliz era do tipo perfurante, profundo, que dilacerava as poucas carnes daquele local e corroía os ossos dos dedos dos pés. O tratamento daquela ferida não constava nos livros de Gilbert, e nada havia sido ensinado a ele, na universidade, sobre o assunto, a não ser do ponto de vista teológico. Passou dois dias meditando sobre como compor um unguento que pudesse aliviar a dor, secar a ferida e reconstituir aquele espaço vazio.

Começou por escolher as plantas por suas propriedades curativas, e ao final, formulou a receita que ele próprio iria manipular: pétalas de rosas vermelhas secas, óxido de ferro seco, extrato mole de benjoim, cânfora bem pulverizada, terebintina, gordura da lã de carneiro para unir os ingredientes e gordura de ganso para formar o unguento. Era uma composição cara que ele mesmo pagaria ao comprar seus componentes, porém, aquilo lhe valeria uma observação muito preciosa.

Dessa forma nasceu uma leal amizade entre os dois homens. Embora não houvesse nenhuma melhora na claudicação da perna, a dor do pé ia desaparecendo e uma matéria de cicatrização parecia estar emergindo do fundo da ferida. Três vezes por semana, auxiliado por Felicie, Gilbert fazia um curativo, enchendo a cavidade no pé com a pomada, cobrindo-a com bandagens.

Daí por diante era Mallais quem preparava o cavalo de Gilbert para suas frequentes visitas e o fazia com enorme cuidado e carinho, repartindo com o criado do médico, François, os serviços de estrebaria. Ao se tornar mais íntimo da família, Mallais passou a devotar grande estima a Felicie. Durante quatro meses, os dois homens se encontraram várias vezes por semana, primeiro na sala de curativos e depois na baia, para onde o médico ia descansar e conversar nos intervalos das consultas.

As frequentes visitas de Mallais à casa de Gilbert, assim como seu eventual papel de serviçal, não passaram despercebidos a diversas pessoas da cidade, mas ninguém ousou questionar o médico.

Numa segunda-feira de abril, o amigo era esperado para o curativo, e depois, junto com o criado, para o preparo dos apetrechos de viagem e da montaria que levaria Gilbert a Paris na manhã seguinte. O sino da catedral já havia tocado quatro vezes, portanto, estava quase na hora das vésperas, e Mallais não havia chegado. Era a primeira vez, naqueles meses, que o seu novo cavalariço não se apresentava para o tratamento e o trabalho. O próprio criado tomou as providências, ao entardecer, para não atrasar a saída de ambos ao romper do dia. Assim terminou o dia sem que Mallais aparecesse e Gilbert foi deitar-se preocupado e com um pressentimento estranho.

Antes que o sol nascesse ele partiu com François em mais uma montaria de carga, rumo a Paris, onde iria tratar de negócios com banqueiros e herboristas. Estavam preparados para uma cavalgada de cinco dias, e só retornariam vinte dias depois e desde então não mais tiveram notícias de Mallais. Por incrível que pudesse parecer, não sabia onde seu cliente morava, ficando, assim, impedido de ir à sua procura. Por medida de discrição e cautela evitou informar-se do seu paradeiro. Após um mês sem novidades, Gilbert deixou de esperar o amigo, mas não de preocupar-se com ele. Naquela mesma semana recebeu uma mensagem do bispo de Troyes, Paul Baptiste, convidando-o para a cerimônia de Morte e Ressurreição que seria oficiada por ele e pelo arcediago de Paris na catedral de Saint Paul. Gilbert recordou mentalmente o calendário litúrgico e não se lembrou de nada parecido, particularmente naquele mês de maio. A Semana Santa já havia passado e a festa de *Corpus Christi* também. Não havia também relação com Pentecostes. Que outra Morte e Ressurreição seria comemorada? E por que o arcerdiago?

Quando frei Perrin veio trazer-lhe os pequenos tonéis de vinho encomendados, o médico procurou informar-se. Perrin era um velho monge encarregado de vender e entregar o pequeno excedente de vinho produzido nas terras do mosteiro de Notre Dame des Aube, situado a poucas milhas de Troyes. Gilbert tornou-se seu freguês e bom amigo. Tratavam-se como velhos conhecidos.

— Dize-me, emissário de Baco, o que sabes sobre a celebração da Morte e Ressurreição?

— Meu Deus, onde ouviste isso?

— Fui convidado a assisti-la em Saint Paul pelo bispo Baptiste. Como já passou a Semana da Paixão, estou sem saber do que se trata. É uma missa fúnebre para alguém da corte?

— Cala-te. Nos meus sessenta anos só uma vez a vi celebrar, e foi quando eu era noviço. Que Deus tenha piedade dos penitentes. És um bom homem D'Almania, e não te sentirás bem com a cerimônia. Queres um conselho de teu velho amigo? Não vá. Vamos, experimenta o meu vinho e me diz o que achas; não posso te assegurar que estarei por aqui na próxima safra.

— Mas, afinal, o que vem a ser essa comemoração? Por que mudas de assunto? Não posso recusar um convite do senhor bispo.

— Essa cerimônia pode ser celebrada por vários motivos e eu não sei o que se passa na sacristia, se é que me entendes. Prefiro não falar mais. Hoje só me preocupo com o meu vinho e que a morte não me encontre totalmente sóbrio. Adeus.

O velho virou-lhe as costas e partiu na carroça sem atender aos gritos de Gilbert, deixando o médico bem pensativo.

XI - Morte e ressurreição

Mais por curiosidade do que por deferência ao bispo, Gilbert decidiu assistir à cerimônia daquele domingo. Chegou à catedral de Saint Paul antes do terceiro repique dos sinos. Uma multidão cercava a entrada e ele só conseguiu passar porque os frades que estavam na porta o reconheceram e indicaram-lhe o primeiro banco, em frente à cancela do coro. Junto com ele, nobres locais ocupavam todos os assentos das primeiras filas. Ao toque das sinetas, em poucos minutos tudo se organizou. Os cantores estavam a postos, nos bancos à esquerda, e à direita estavam o bispo, o arcediago e acólitos.

Dos degraus junto à cancela partiu o som do modesto órgão e de duas trombetas, a anunciar o início da cerimônia. O bispo, apoiado no báculo, dirigiu-se para frente da congregação, acompanhado por todos os auxiliares, enquanto lá na entrada, a porta principal era totalmente aberta. Começava uma estranha procissão.

Certamente como mandava o ritual para aquela ocasião, o cortejo era conduzido por um sacerdote carregando um crucifixo. A segui-lo estavam quatro frades cantores e logo atrás, quatro liteiras em fila, cada qual transportando uma pessoa oculta pelas cortinas laterais e carregada por dois diáconos. À entrada, a procissão entoava *Libera Me*, uma parte da missa de réquiem:

Libera me, Domine, de morte aeterna
in die illa tremenda
quando coeli movendi sunt et terra

dum veneris judicare saeculum per ignem
Tremens factus sum ego et timeo
Dum discussion venerit atque venture ira
Quando coeli movendi sunt et terra[1]

Lenta e solenemente, o grupo marchou ao longo da nave até ao transepto, dirigindo-se então à direita, onde as liteiras foram depositadas no solo a uma distância de trinta passos da congregação. À ordem dos diáconos, as portinholas foram abertas e as misteriosas pessoas saíram e mantiveram-se eretas e imóveis ao lado de suas respectivas caixas. Todos estavam vestidos com mortalhas. Um baixo e uníssono murmúrio atravessou a igreja, mais de espanto e repulsa do que de piedade.

Três deles mostravam seus rostos disformes por feridas ou inchações, dando-lhes um aspecto grotesco e aterrador. Porém, nada se via na quarta pessoa, a não ser o pé direito envolvido por grossas bandagens.

Gilbert reconheceu Mallais. De longe seus olhares se encontraram e o seu querido doente baixou a cabeça. Perplexo e indignado, e sem saber o que se passava, o médico fez menção de ir até o amigo, mas foi contido e repreendido por um dos padres que circulava pela nave.

O bispo preparou-se para a homilia e fez-se silêncio.

"Irmãos, bem sabeis que o Senhor permite que alguns de nós sejam atingidos pela praga da pele e da carne, a maldição da lepra. Por que ela aparece? Porque essa é a vontade do Senhor, não devemos duvidar. Cabe perguntar qual a mensagem e o que Deus quer nos dizer com esse castigo. Os homens ou mulheres escolhidos para carregar esse fardo representam o pecado do mundo. Como são terríveis as faces do pecado e do demônio. Estes infelizes diante do altar são testemunhas vivas de que o pecado faz sofrer e alertam-vos para o arrependimento. E por que eles aqui se encontram? Ora, a Santa Madre Igreja nos reporta ao Levítico e às suas instruções. Obedecemos à milenar tradição, ordenada pela Palavra,

[1] Livra-me Senhor da morte eterna, do terrível dia, quando os céus e a terra serão sacudidos, e Tu virás julgar o mundo com fogo. Eu estou tremendo de medo do julgamento próximo e da cólera que há de vir, quando os céus e a terra serão sacudidos.

de enclausurar os manchados pela praga e maldição do pecado, afastando-os das pessoas sadias. Bem sabeis que estes condenados passaram antes pelo Tribunal Diocesano, sob o exame do cirurgião, e tiveram sua doença confirmada. Assim, temos o doloroso dever de nos separarmos deles, e eles devem se separar de nós. Por isso estais aqui, neste Domingo da Separação, para orar por eles e santificar-lhes a clausura. Mas, se a separação pode significar a morte, eis que eles têm a esperança da gloriosa ressurreição. Portanto, este é um domingo de morte e ressurreição. Demos graças ao Senhor".

Gilbert começou a entender o que havia acontecido com Mallais e, pior, o que viria a seguir. Como primeira experiência com tal solenidade, não imaginava tal dramaticidade, e sentia-se horrorizado. Mais intrigado ficou quando seu olhar cruzou com o do arcediago; olharam-se demoradamente, e ele teve a sensação arrepiante de que havia uma mensagem naquela encenação. Teria Mallais sido usado como aviso? Preferiu não desenvolver essa fantasia absurda, porém, como médico, não colocaria o seu cliente na mesma categoria de doença dos outros homens. Haveria alguma relação entre o antigo e velado ressentimento do arcediago para com ele, Gilbert, e a condenação de seu amigo? Ficaria atento.

O bispo continuava: "arrependei-vos Charles Coution, Jean Bercy, Pierre Frontin e Jean Mallais. Arrependei-vos de vossos pecados e dos que carregais em nome de outros. Até que a Divina misericórdia se compadeça de vós, eu, vosso bispo e pastor, proíbo-vos de entrar em qualquer igreja, mosteiro ou convento; estais proibidos de entrar nas padarias, nos mercados, nos moinhos ou em qualquer lugar onde mais de três pessoas estejam reunidas. Eu vos proíbo de sair de vossas casas, que agora ireis ocupar, sem vossos trajes de leprosos e vossas castanholas. Eu vos proíbo de banhardes nas nascentes das águas, nos lagos ou nos canais, assim como os vossos pertences também não devem contaminar as águas. Eu vos proíbo de ter contato, comercial, social ou sexual com qualquer mulher que não seja a vossa e com a qual fostes unidos pela Santa Igreja. Não converseis ou respondais a ninguém, nas estradas, em posição favorável ao vento. Eu vos proíbo de receber visitas ou cuidados de pessoas que não sejam como vós. Entretanto, não vos é proibido ter esperança. Se agora estais mortos para o mundo, voltais de novo para Deus, e que seja abençoada essa vossa ressurreição".

Ao término da homilia, o coro cantou as primeiras palavras do salmo 129: *Das profundezas clamo a ti Senhor.* Enquanto o canto fúnebre era entoado, o arcediago, auxiliado por dois padres, entregou a cada morto-vivo um par de castanholas, um par de luvas grossas e uma cesta contendo pães. As castanholas deviam ser tocadas sempre que saíssem ou deles se aproximasse alguém; e as luvas evitariam que as emanações de suas mãos tornassem impuro qualquer lugar ou coisa que fosse tocada por eles.

Após receberem a bênção final, os malditos colocaram-se em fila e seguiram em procissão, atrás dos frades cantores, agora brandindo os pulsos e agitando as castanholas. Saíram da igreja, em direção às ruas; atravessaram o Portão de l'Evêque sobre o canal Meldançon, alcançaram a rua de Saint Jacques e saíram da cidade pela Porta de Saint Jacques. O muro de Troyes fechou-se definitivamente para eles. Uma milha além estava a colônia dos leprosos, que agora recebia novos hóspedes. À entrada, foi entoado *Sis mortuus mundo, vivens iterum Deo* (Se te queres morto para o mundo, passa a viver novamente para Deus), como despedida e lembrança de que, a partir daquele momento, estavam enterrados em suas casas e viveriam só para Deus.

XII - O confronto com o arcediago

Gilbert não acompanhou aquela absurda procissão, e também não teve ânimo de sair de imediato da igreja. Permaneceu sentado, com o queixo entre as mãos, absorto nos acontecimentos recentes. Quase não percebeu que lhe tocavam no ombro, às costas. Virou-se.

Era o arcediago Julian Corton.

— Doutor D'Almania. Que prazer em rever-te. Acompanhei lá do altar teu interesse na expulsão. Não imaginava que ela te tocaria tanto, disse com indisfarçável provocação.

— Senhor arcediago, cumprimentou Gilbert, levantando-se e respondendo ao aperto de mão. Estou certo de que o convite enviado pelo senhor bispo Baptiste foi uma especial sugestão de Vossa Excelência.

— E por que eu a faria?

— É o que eu estava a pensar. Na verdade, a expulsão só me interessou porque nunca havia visto enterrarem os vivos.

— E entre eles havia algum por quem especialmente te interessavas?

— Todo doente me interessa. Mas devo confessar que no grupo estava um cliente que não poderia ser considerado com o mesmo grau de doença dos outros, apesar de acreditar que nenhum deles precisasse de castigo tão humilhante.

— Estás afirmando que a Igreja humilha seus filhos, quando é exatamente o contrário que aconteceu? Não vês a preocupação da Igreja em salvar-lhes as almas, e, ao enclausurá-los, impedir que sejam maltratados pelo povo?

— Excelência, confesso que não vi relação entre a intenção e o triste ritual.

— Esqueces de que eles foram examinados por um cirurgião? Duvidas da competência de um examinador designado pelo senhor bispo?

— Não, não duvido. Mas também a minha opinião médica não pode ser questionada.

— Queres dizer então que atendias a um leproso, sabendo da proibição de os homens sadios não o tocarem? A quem desafias? Por acaso não sabes ou finges ignorar que essas pessoas são doentes por serem vítimas do pecado?

— É dever do médico tocar o doente. Quereis dizer, Excelência, que os homens e mulheres sadios não pecam?

— Não compete a ti, jovem petulante, querer graduar os castigos de Deus.

— Juro que não é essa minha intenção, mas por que achais que eu, como médico, não devo assistir aqueles que me procuram? Devo eu expulsá-los de minha casa?

— Faz apenas o que de ti espera a Santa Igreja.

— Eu faço o que de mim espera o doente, pois *sedare dolorem divinus opus est.*[2]

— Sim, naqueles casos em que tens permissão. Também as mulheres que sentem as dores do parto não podem ser aliviadas, ou acaso ignoras o castigo de Eva? E não leste o que diz o Levítico para o leproso?

— Só me lembro, Excelência, do que fez o Cristo por eles, que por certo também não tinha lido o Levítico.

— Cuidado, monsieur D'Almania, cuida para que tua língua não blasfeme e pagues por isso. Saiba que estás proibido de produzir unguentos para aplicação nesses doentes.

— Vejo que Vossa Excelência está bem informado do meu trabalho e que confiscaram o remédio do pobre Mallais.

— Os frades do mosteiro de Saint Antoine têm também como missão produzir remédios para todos os infelizes, e sendo

[2] É obra divina aliviar a dor.

eles autorizados pelo bispo e por Sua Santidade, estão dessa forma protegidos da contaminação do pecado. Teu remédio não será necessário.

— Não gostariam eles, então, de fabricar o unguento que prescrevo e que dá bom resultado?

— Podemos decidir isso em Paris, na Universidade. Até lá, procede como um cristão obediente e não faz da tua arte um caminho aberto à heresia, mas um trabalho para a glória do Altíssimo. Por que não te espelhas nos santos médicos de nossos conventos?

— Senhor, reconheço que os santos frades são excelentes médicos de almas, mas não seria o caso de os proibirdes da prática médica, como quer a Santa Madre Igreja, e deixar que nós médicos a façamos? Principalmente vós que sois o arcediago de uma escola médica?

— De onde vem tão absurda e atrevida ideia?

— Tanto do Quarto concílio de Latrão como da Bula de nosso querido Honório III, que Deus o tenha, que proíbe a todos os pertencentes às santas ordens de praticarem qualquer tipo de medicina, e até cirurgias como a amputação e cauterização.

— Nossos frades não se fazem passar por médicos, eles apenas produzem e distribuem os remédios indicados por verdadeiros médicos ou cirurgiões. Por outro lado, não sê tão atrevido a ponto de querer lembrar-me das orientações do Pontífice, nem ensinar-me o Direito Canônico. Finalmente, não te esqueças de que nosso falecido papa aceitou a legislação imperial que sentencia à fogueira os hereges.

— Vou me lembrar. Só mais uma pergunta, Excelência. Sou eu a causa do castigo de Mallais?

O arcediago enfrentou o olhar de Gilberto elevando uma das sobrancelhas e esboçou um sorriso. Sem dar-lhe resposta, virou-se e foi para a sacristia.

— Adeus, Excelência, murmurou Gilbert.

Agora ele não tinha mais dúvidas. A animosidade entre eles continuava acesa e os confrontos acadêmicos não foram esquecidos pelo arcediago. O caso Mallais foi uma sutil vingança dentro da mais cínica aparência de justiça.

XIII - Um serviço para Jean Troncudo

Julian Corton voltou para Paris no fim do verão, totalmente indignado com as ideias de Gilbert. O ex-aluno estava cada vez mais arrogante, demonstrando atitudes desafiadoras ao pensamento eclesiástico e acadêmico. Assumia posturas críticas como se a medicina fosse uma ciência independente da fé e dos dogmas, ignorando as doutrinas legadas pelos doutores da Igreja. Na visão do arcediago, a concepção materialista da doença, como fato independente da vontade divina ou do pecado, resultava numa posição intolerável pela Igreja e, portanto, insustentável para o médico. Não havia na Universidade de Paris a principal escola da Igreja e não era ela um árbitro para todos os povos cristãos sobre a teologia e questões da fé? Pois então, ele, como supervisor daquela instituição, não poderia ser conivente com as loucuras heréticas que seu antigo aluno estava cometendo. Mas como impedi-lo do prosseguir nos erros?

Chamou Breton, seu fiel secretário, confidente e conselheiro, que possuía a virtude de só dar sugestões que sabia serem aquelas que o arcediago gostaria de ouvir.

Julian repetiu toda a história que o idoso amigo já sabia de cor.

— Tu és testemunha da minha tolerância para com os disparates desse senhor Gilbert, mas há um limite, mesmo nas indulgências. Torná-lo comedido não deve ser uma tarefa fácil, porém, ser conivente com ele é contribuir para a perdição de sua alma.

Breton ouviu pacientemente e acenava com a cabeça.

— Sim, é verdade, Gilbert é quase um rebelde, apesar de ser um homem honesto. E o que pretendes fazer para trazê-lo ao juízo? Perguntou Breton.

— Por isso chamei-te. Essa é a tua missão.

— E o que queres que eu faça?

— O que deve ser feito. E não serei eu a ensinar-te a ter ideias, mas deves fazer jus à fama de tua experiência em resolver delicadas questões. Vá, toma as providências, poupa-me dos detalhes e só me diz que elas foram tomadas e que o resultado foi justo.

A insinuação de Julian era velada, mas absolutamente clara para o malicioso Breton. O secretário saiu sem fazer mais perguntas e sem se despedir do arcediago. Aprendera a obedecer e a se manter no cargo. Passou algum tempo meditando e então ordenou que o jardineiro viesse à sua presença.

Jean, "o troncudo", como era conhecido por sua força e truculência, cuidava dos jardins à espera de outras tarefas mais dignas de seu real talento, aquelas que exigissem vigor físico ou violência. Em duas ocasiões ele e seus quatro amigos (o ferreiro, o lenhador, o pedreiro e o taverneiro) leais à paróquia e protegidos por ela, usaram de suas habilidades para atender a um pedido do mesmo Breton. A eficiência do grupo mostrou-se pela primeira vez quando um grupo de doentes desesperados, com Fogo de Santo Antão, exigia que o bispo os deixasse ser atendidos no Hôtel Dieu, sob a ameaça de invadi-lo. Para proteger o hospital, os invasores foram duramente castigados pelos cinco amigos, apesar de os adversários não poderem oferecer nenhuma resistência. A segunda intervenção dos fiéis escudeiros de Breton foi na recuperação de um dos sinos de Notre Dame. Corria a notícia de que na sua fundição uma sagrada relíquia fora misturada ao bronze, nada menos do que a ponta da lança que ferira o peito de Cristo na cruz, e que por isso a sua sonoridade era belíssima e muito triste. Um dia antes de ser colocado na torre, o sino havia desaparecido durante a noite, recaindo a suspeita sobre um grupo de comerciantes gregos, vendedores de variados objetos de metais e que estavam acampados, com suas carroças e cavalos, diante da igreja. De nada valeram os protestos, os gritos por socorro e mesmo as espadas e facas dos estrangeiros contra o treinado e muito forte grupo de Jean. Dois foram mortos, outros quatro presos e um fugiu da ilha. Os gregos juravam jamais ter visto o tal sino, o que certamente era uma desavergonhada mentira. No terceiro dia de prisão chegou a notícia, até as celas do subsolo do Palácio Real, de que o sino fora encontrado dentro de uma cisterna, cuja madeira, que lhe tapava a boca, cedera sob o peso do bronze. De qualquer maneira, o castigo daqueles judeus gregos, como foram nomeados os comerciantes, para justificar a violência, servira de lição e desestímulo aos ladrões que invadiam diariamente Paris.

Apesar do duvidoso sucesso desse valoroso bando justiceiro, seu silêncio e discrição garantiam a segurança para o patrocinador.

— Jean, disse Breton, tens uma outra missão a cumprir.

— É só dizer, Excelência.

— Não quero prisão nem morte, apenas um exemplar castigo para um homem teimoso. Obedeça às instruções de Olivier, o mestre de obras da igreja.

Essas ordens procuravam desconectar o nome de Julian da traiçoeira ação.

— Farei isso, Excelência.

XIV - A emboscada

Os dois cavaleiros aproximavam-se do convento de Notre Dame des Aubes, a poucas milhas de Troyes. Gilbert e François regressavam de Paris depois de uma cansativa viagem de seis dias cavalgando. Duas mulas carregavam todo o material adquirido pelo médico em Paris, Lagny e Provins. Em Lagny, conseguia-se o melhor mel e pétalas grossas de rosas vermelhas, ambos colhidos nos jardins da abadia de Notre Dame des Ardents. Em Provins, adquiria-se o melhor de diversas raízes, cascas, flores, sementes, pós e grânulos, que eram acondicionados em volumosos sacos de couro. O carregamento destinava-se a reabastecer seu depósito de matérias-primas para a fabricação da teriaga e vários remédios tradicionais e outros que estavam sendo experimentados. A viagem se fizera necessária, pois vários metais em pó e certos óxidos Gilbert só podia consegui-los com os apotecários de Paris, além de algumas ervas que eram fornecidas com exclusividade aos herboristas daquela universidade. Assim, o médico obrigava-se a essas periódicas saídas para aquelas compras. Ao entardecer do sexto dia, finalmente, aproximava-se de Troyes. A seis milhas da cidade, Gilbert tomou uma decisão.

— François, estamos muito perto do mosteiro de Notre-Dame des Aubes e farei uma visita a frei Perrin, meu bom fornecedor de vinho, pois soube que ele está doente. Então vai na frente e entrega nossa carga a Felicie e ela saberá como cuidar. Devemos estar próximos da hora sexta e antes do entardecer estarei em casa.

— Não preferes que eu te espere?

— Não, algumas destas folhas devem ser molhadas ainda hoje. Agora vá.

François prosseguiu com as mulas, enquanto Gilbert tomou uma estreita estrada à direita e depois de cavalgar uma milha chegou ao destino.

Notre Dame des Aube era um mosteiro muito modesto e pouco lembrado pelas visitas episcopais, porém, entre os pobres e doentes sua condição era comparada a um recanto dos anjos. Localizado às margens do rio Aube, nas proximidades de Troyes, era pequeno, desconfortável e abrigava um grupo de abnegados beneditinos que cumpriam à risca os preceitos de seu fundador. Não mendigavam e por isso mesmo produziam nos seus pequenos hectares frutas e vinho, que serviam como mercadorias de troca, nas feiras, por carne, sal e lã. Um pavilhão de pequenas dimensões guardava cerca de vinte colchões recheados com palhas para servirem de repouso aos viajantes e cama aos doentes. Era ali que atuava frei Perrin, além de ser o responsável pela produção e negociação do vinho.

Havia alguns meses que Gilbert não era visitado por Perrin, e finalmente soube-o bastante doente. No convento o prior, que já o conhecia, levou-o até a cela do amigo, que se emocionou ao vê-lo, mas não pôde levantar-se do catre. Após cumprimentos e trocas de carinhosas palavras, Gilbert ao examiná-lo notou as articulações dos tornozelos e das mãos inchadas e doloridas, a tal ponto que o impediam de andar ou segurar qualquer coisa.

— Como vês, amigo, não posso colher nem pisar as uvas, disse-lhe Perrin, muito menos alimentar os viajantes ou entregar o teu vinho. Acho que Sainte Etienne está muito ocupada para ouvir minhas preces dolorosas.

— E como sabes que não foi ela que para cá me enviou?

— Tens razão, não havia pensado nisso. Minha fé não é tão grande assim, e imaginava a tua menor ainda, por isso jamais me passou pela cabeça que fosses amigo de Santa Etienne.

— E não sou, somos apenas conhecidos. Bem, vamos aos fatos reais. Tu tens a doença da gota como consequência de certos venenos das cascas das uvas que amassas com os pés e da friagem dentro dos tonéis. Vou preparar-te o melhor unguento de terebintina e mandarás buscá-lo em minha casa dentro de três dias. Enquanto isso, calça tuas luvas e meias e enche todo o espaço com tomilho, e permanece na tua cama. Alimenta-te com sopa de galinha e toma chá de folhas de mandrágora e incenso pela manhã, antes das laudas, e à noite, próximo às completas.

— Farei o que mandas e se fores bom médico e samaritano, como dizem por aí, estarei em tua casa em poucos dias para levar-te o vinho.

— Não tenho dúvidas de que cumprirás tua palavra. Agora devo ir, pois pretendo chegar em casa bem antes do anoitecer.

Despediram-se como velhos amigos. Gilbert montou em seu cavalo e seguiu em direção à casa, onde esperava chegar em curto tempo.

A menos de uma milha da entrada em Troyes pelo Portão de Paris, avistou, a uma centena de metros adiante, dois cavaleiros cujos animais obstruíam o estreito caminho; diminuiu a marcha do cavalo e parou diante dos estranhos. Em alguns instantes viu-se cercado por mais três cavaleiros que surgiram do interior da escassa floresta marginal.

Ao perceber o cerco, Gilbert tentou desviar-se do grupo e acelerar seu cavalo, mas um dos homens segurou o cabresto do animal, enquanto era atacado por trás com uma forte pancada nas costas e na cabeça. Percebeu que caía, e a noite chegou mais rápido do que esperava.

XV - Gilbert resgatado pelos leprosos

Naqueles últimos dias do outono, um grupo de cinco leprosos perambulava pelas proximidades de uma das entradas do muro da cidade, quando ouviram gritos e tropel de cavalos, próximos a uma das portas chamada *Paris*. Temendo serem descobertos e acusados de desobediência às regras dos condenados, mantiveram-se agachados entre os arbustos, porém a tempo de verem cinco cavaleiros, possivelmente ladrões, em desordenado galope no sentido de Provins. Assim que os cavalos desapareceram e os maltrapilhos homens se sentiram seguros, dirigiram-se para o local do possível tumulto, e foi graças a essa coincidência que descobriram o corpo de um desconhecido, deitado de costas, imóvel, exibindo um grande corte na cabeça. O sangue ainda fresco revelava a recente agressão. Suas vestes coloridas estavam rasgadas, mas sugeriam uma pessoa de elevada posição social. O cavalo da vítima não foi encontrado nas proximidades. Esparramados sobre a grama viam-se duas grandes sacolas e um alforje, sem sinais de violação.

— Vamos embora antes que alguém nos veja. Podemos ser acusados de assalto e crime de morte, disse Piton.

— Ou os ladrões podem voltar, disse Paul.

— Esperem, esse homem ainda respira, não podemos deixá-lo morrer assim, observou Mallais.

— Mas os ladrões...

— Vocês acham que este homem foi agredido por ladrões? Insistiu Mallais.

— Claro, então onde está o cavalo dele? Mataram o homem para levar seu cavalo.

— Mas ladrões gostam também de dinheiro. Por que não levaram as bolsas e o alforje? Tiveram tempo para isso, disse.

Ao se aproximarem do corpo imóvel, Mallais soltou um grito ao reconhecer a vítima.

— Este homem é o meu médico e amigo doutor D'Almania.

Daí por diante Mallais assumiu os cuidados e proteção do ferido, que ainda inconsciente foi transportado até a porta Paris, na entrada oeste da cidade. Apesar de curta, pouco menos de uma milha, a distância percorrida por aqueles homens com diferentes e limitantes defeitos físicos, carregando uma pessoa desacordada, não foi uma tarefa fácil. Custou-lhes um enorme sacrifício, somente executado porque aceitavam a liderança de Mallais, e não por razões humanitárias. A vida lhes havia ensinado a desprezar todos aqueles que viviam dentro dos muros.

A porta Paris era uma pequena e robusta fortaleza destinada a proteger uma das passagens pelo muro de Troyes, na verdade uma torre com duas pequenas aberturas no alto, de onde arqueiros faziam a vigilância, e a entrada em forma de um grande arco era guardada por dois soldados.

A chegada da estranha comitiva alertou os guardas, cuja reação foi a de impedir a aproximação daqueles homens. Nesse instante Gilbert acordou, confuso e sem conseguir orientar-se. Colocado no chão e com a cabeça apoiada sobre o alforje, tentou compreender a situação. Reconheceu Mallais ajoelhado junto a si.

— Mallais... Mallais, és tu mesmo?

— Sim, meu senhor. Sou eu. Fica tranquilo, estás em segurança.

— Mas o que aconteceu?

— Não te lembras, mestre?

— Alguma coisa. Sim, eu estava próximo da porta da cidade quando fui cercado por quatro ou cinco cavaleiros, sem dúvida bandidos que queriam me assaltar. Lembro-me de ter recebido uma estocada nas costas e o meu cavalo empinou assustado e fui derrubado da sela. Acredito ter ouvido um deles gritar "vais aprender herege", mas não imaginei que fosse comigo.

— Agora procura ficar calmo. Pediremos aos guardas que te levem para casa, disse Mallais.

Gilbert tentou levantar-se, mas apenas a cabeça e os braços obedeceram a sua vontade. As pernas continuaram imóveis, inertes, e aí o que se ouviu foi um grande lamento.

— Meu Deus, socorro! Minhas pernas... minhas pernas. Não as sinto nem posso movê-las. Não consigo mover minhas pernas. Oh, Deus, não posso acreditar, chorava.

Os guardas vieram em sua ajuda, afastando com as lanças Mallais e seus amigos.

— Não, por favor, disse Gilbert. Não lhes façam mal. Eles salvaram minha vida. Mallais, disse dirigindo-se ao amigo, creio que estou paralítico.

— Estiveste adormecido por um longo tempo senhor, e provavelmente tuas pernas ainda assim permanecem, mas quando estiveres em casa, descansado, elas acordarão, consolou Mallais. Gilbert foi levado para sua casa em uma carroça. Enquanto os soldados e outras pessoas o carregavam, pôde ouvir os gritos do amigo: “Manda a senhora Felicie falar comigo. Não esquece.”

XVI - Gilbert investiga

O ano de 1303 marcou a profunda e permanente transformação da vida de Gilbert, pois aquela agressão às portas de casa deixara-o paralítico para sempre. Os primeiros meses foram de grande sofrimento e os tratamentos de seus colegas do Hôtel Dieu-le-Comte foram infrutíferos para fazê-lo andar. Felicie obedecia às instruções no preparo de unguentos e cataplasmas para as costas e pernas, bem como os elixires para revitalização dos membros. O insucesso de todas as tentativas produziu na alma do médico uma profunda melancolia. A tristeza foi sendo substituída, aos poucos, pela revolta, e esta pelo desejo de vingança. O sono passou a faltar-lhe e suas noites eram preenchidas por diversos pensamentos sobre o mesmo assunto. Pensou em valer-se da mistura de mandrágora com vinho tinto para suavizar a vigília noturna, mas tinha certeza de que o remédio, a longo prazo, enfraqueceria seu espírito, e o que mais precisava naqueles dias era de todas as suas forças. Pensar em vez de dormir. Sentia falta de um amigo que lhe fosse fiel, como Mallais. Reconheceu-se vítima como o amigo, ambos magoados e feridos pelo mesmo inimigo, e a fatalidade parecia unir mais ainda os dois homens. Desde aquela dramática cerimônia de morte, que havia tirado a paz de suas noites, era marcante a presença do leproso em sua vida. Seus pensamentos vagavam da catedral para a cena do assalto. Só agora estava se dando conta da importância da presença dos leprosos naquele local, como prováveis testemunhas. Lembrando de seus gritos, concluiu que o amigo viu ou sabia alguma coisa a respeito do assalto. Chamou a sobrinha e contou o que agora lhe parecia um importante ponto a ser bem esclarecido. Precisava ouvir o amigo.

— Felicie, lembro-me agora de algo que ouvi naquela tarde, quando era colocado na carroça: os gritos de Mallais pedindo que fosses falar com ele.

— Tens certeza de que ele se referia a meu nome?

— Sim, lembro-me bem. “Manda a senhora Felicie me procurar...” Por que diria isso, se não houvesse algo importante a dizer?

— E queres que eu vá visitar Mallais?

— Quero, mas não deves ir sozinha, pois além de perigoso poderás te encrencar com a igreja se alguém testemunhar tua presença na vila dos leprosos. Terias muito a explicar. Mas certamente ninguém se manifestará se fores com irmão Claude. Mandarei François ao mosteiro de Notre Dame levar a carta para o nosso amigo. Ele não me negará este favor, mesmo porque Perrin poderá convencê-lo.

Irmão Claude era um noviço, auxiliar de Dom Normand, o confessor dos mortos, como também eram conhecidos os residentes da colônia. Suas funções, por ocasião da visita de Dom Normand aos leprosos, eram as de fazer a exortação espiritual para a confissão, ler trechos da Bíblia e preparar o local onde se realizaria o sacramento. A doçura de Claude era muito considerada naquela revoltada população que se sentia vítima das rígidas ordens da Igreja. A amizade com Gilbert era fruto de sua admiração pelo trabalho do médico. Por isso mesmo aceitou o pedido de Gilbert e marcou o encontro com Felicie no lado externo do portão de Saint Jacques, situado na parte leste do muro da cidade, no domingo pela manhã.

O encontro dos dois jovens naquele dia foi de grande alegria para ambos, pois se sentiam bem quando conversavam, embora não pudessem manifestar descontraidamente tal sensação. Felicie sentia uma certa paz nos olhos e palavras de Claude. Mesmo assim a jovem seguiu as recomendações do tio e manteve silêncio sobre sua missão junto a Mallais, e comentou com o amigo apenas o desejo de querer notícias sobre o tratamento da ferida no pé do protegido de seu tio. Em seus cavalos gastariam menos de meia hora para atingir a colônia de São Francisco, a uma milha da cidade; talvez para aproveitarem a companhia do outro, foram a pé, segurando as rédeas dos animais, enquanto conversavam.

Vista do topo de uma pequena colina, a vila dos leprosos mostrava-se cercada por um muro circular de pedra com um diâmetro ao redor de um quarto de milha. Lá dentro, doze pequenas cabanas de madeira e barro, cobertas por feixes de colmos, estavam dispostas quase ao acaso na pequena área; mediam cerca de seis pés e todas tinham apenas um único cômodo; dois terços serviam de quarto para várias camas; o espaço restante era a cozinha, separada por uma baixa parede divisória feita de adobe. Várias árvores enchiam os espaços entre as cabanas, e grandes pedras sob as copas serviam de bancos para conversas e descanso. Duas cisternas asseguravam o abastecimento da água. Dentre as diversas construções, a maior delas era um modesto galpão destinado a abrigar os alimentos dos animais; algumas vacas, ovelhas e porcos eram responsáveis pelo fornecimento do leite, lã, carne e demais produtos que tornavam possível a vida com um mínimo de dignidade para aquela população. Galinhas soltas no grande espaço forneciam, além da carne e ovos, as penas para a fabricação de travesseiros e colchões, misturadas com palhas. Como a lei proibia que os produtos da colônia fossem trocados ou comercializados, o raro vinho ordinário era uma doação caridosa dos monges de Notre Dame des Aubes. Os remédios também faziam parte da bondade dos religiosos. Apesar do bom relacionamento com os monges, o grupo residente mantinha sua resistência em construir uma pequena capela para os serviços religiosos. A forma pela qual foram exilados endurecera o coração de todos e extinguira a igreja de suas vidas. A tolerância aos caridosos religiosos era política e convenientes às suas necessidades.

A chegada dos visitantes não se constituiu numa surpresa; as visitas de Claude e Normand eram frequentes, e Felicie era esperada mais cedo ou tarde. Mallais os recebeu no portão de São Francisco, encaminhou os cavalos para a sombra e conduziu os recém-chegados para os bancos de pedra. Apenas a moça ficou a conversar com o velho amigo; o frei discretamente separou-se deles e foi ao encontro dos outros moradores.

— Demorastes a me procurar, minha senhora, disse Mallais. Achei que o mestre não tivesse ouvido ou entendido o meu recado naquele infeliz dia.

— Ele ouviu, mas só agora se lembrou dele e acha que o teu pedido poderia ser uma mensagem relacionada ao assalto.

— Gostaria de estar em sua casa para ajudá-lo. Como ele está?

— Não pode mais andar e isso o deixa revoltado. Mas não adianta querer se vingar, principalmente quando não se sabe nada dos agressores. Estou tentando convencê-lo a recomeçar a vida de médico, mesmo apenas sentado.

— Acho que tua coragem vai despertá-lo. Mas tenho alguma coisa para confidenciar-te, e que levarás em segredo para ele.

Mallais recordou seu testemunho naquela ocasião e contou como socorreu o médico.

— Enquanto estávamos escondidos, creio com quase certeza ter reconhecido Jean Troncudo, o jardineiro do arcediago Julian Corton, entre os assaltantes. Não sei qual a relação entre uma coisa e outra, e caberá ao teu tio ver a utilidade desta informação.

— E como o conheces?

— Todos os anos eu o vejo em nossa feira quente acompanhando pessoas de Paris, entre elas, o arcediago. Além disso, não posso me esquecer de que foi o arcediago, que o inferno o tenha, o responsável por meu exílio. Jean Troncudo e seus comparsas estiveram aqui, em frente ao portão, logo no dia seguinte à minha chegada. Certamente, vieram certificar-se se eu estava cumprindo as ordens de reclusão.

— Obrigada, Mallais. Eu também não sei como tua informação poderá ajudar meu tio, mas o que pode um paralítico contra esse tipo de valentão?

— Não fales com ninguém sobre essa conversa, para o nosso bem, entendes? Teu tio saberá o que fazer, tenho certeza.

— Crês que podemos confiar no irmão Claude?

— Sem dúvida. Ele é muito discreto e sabe guardar segredo. Além disso, ele não tem a menor ideia do nosso assunto. Acredito também que ele não nutre nenhuma simpatia pelo arcediago. Agora vai, mas mantém-me informado sobre as decisões de teu tio. Se preciso for, arranjarei uma maneira de aparecer por lá.

Despediram-se com um abraço por iniciativa de Felicie, para espanto das pessoas que observavam a saída dos visitantes. Nem irmão Claude, que há vários anos frequentava a colônia, teve tal gesto com qualquer um deles.

Pouco depois Felicie e Claude voltavam para a cidade, e enquanto cavalgavam, ele quebrou o silêncio.

— Então, como vai o paciente de teu tio?

— Ah Mallais. Bem, eu acho. A ferida está em fase adiantada de cicatrização, e eu lhe dei outro linimento e pomada produzida por meu tio. Uma nova fórmula, creio. Mas não vais contar isso no mosteiro, não é?

— Não, fica tranquila. Os leprosos recebem regularmente os remédios fabricados em nosso mosteiro, mas ninguém precisa saber que Mallais continua usando aqueles receitados por teu tio.

— Crês que meu tio e Mallais estão praticando alguma contravenção? Quero dizer, contrariando o senhor arcediago e o bispo?

— Não acredito em nada disso, se queres bem saber. Se prometes guardar segredo, digo-te que deveríamos ter um médico no mosteiro para orientar a produção de nossos remédios, além do herbista, naturalmente. Só os produzimos e distribuímos porque essa é a regra de nossa ordem e devemos manter a prática de bons cristãos.

— Então me diz, encorajou-se Felicie, o que pensas da condenação dos leprosos que devem morrer para o mundo, mantendo-se afastados do convívio de outros cristãos?

— Olha, Felicie, nem Cristo condenou essa prática. O Senhor curou os leprosos que tinham fé; aqueles que não o procuraram ou se arrependeram não foram curados, e jamais Ele sugeriu que saíssem de suas cavernas, pois assim nos ensina O Livro: "portanto, todo aquele que estiver manchado de lepra clamará que está contaminado, e durante todo o tempo que estiver leproso e impuro, habitará só, fora dos acampamentos". Essa era a Lei e hoje substituímos as cavernas por aldeias. Cristo não veio para resolver problemas sociais, mas os da alma.

— Então tu crês que é o pecado a origem desse terrível mal?

— É uma pergunta difícil para eu responder, pois, se é só pecado, ainda não sabemos que tipo ou classe de pecado deve cometer o homem ou mulher para merecer esse castigo. Se assim a Igreja soubesse, a absolvição e indulgência plena dadas pelos bispos poderiam curar a todos. Mas, quem é que pode saber os desígnios do Senhor?

— É isto que meu tio também imagina. Se a penitência não é suficiente, há que procurar um remédio humano.

A conversa poderia ter-se prolongado se já não tivessem ultrapassado o portão da cidade. Despediram-se ali e a jovem em poucos minutos já estava no pátio de sua casa. Ficara com Felicie a certeza de que irmão Claude era uma pessoa confiável para seu tio e muito agradável como companhia, a qual valia a pena rever.

Gilbert ouviu atentamente a reprodução da conversa entre a sobrinha e frei Claude, o que vinha confirmar a impressão de lealdade que sempre teve do religioso. Quanto à mensagem de Mallais, não teve dificuldade em associar os fatos. Seu instinto já lhe contara bem antes a origem do cruel castigo, mas tinha preferido manter-se na dúvida e acreditar que fora vítima de bandidos comuns. Não havia nenhuma razão para um deles chamá-lo de herege, sendo esta a última palavra que ouvira em seu incômodo diálogo com o arcediago. O poderoso homem da Universidade jamais o perdoara pelo constrangimento no debate durante seu exame; e a insinuação de heresia era inconsistente, desobediência talvez fosse mais apropriada. De qualquer maneira, Corton precisava de um argumento para motivar a vingança e ao mesmo tempo consolar sua consciência. Possivelmente, se o fato fosse denunciado e levado a um tribunal superior da universidade ou da Igreja, correria o risco de ter toda a corporação contra ele. Dificilmente a denúncia seria desastrosa para o arcediago. Mas, o que estava a imaginar? Que provas tinha ele contra o homem? O que teria a apresentar num tribunal a não ser suspeitas? O certo é que fora castigado sob a encenação de um assalto, e de maneira desproporcional à culpa que supostamente lhe fora atribuída. Na atual circunstância o melhor era dar tempo ao tempo. Não enfrentaria um adversário daquela magnitude sem uma enorme proteção e grandes aliados, e infelizmente não possuía nem uma coisa nem outra. Se quisesse atingi-lo teria de usar a astúcia.

XVII - Os últimos anos de Gilbert

Finalmente Gilbert decidiu que lamentar ou revoltar não eram atitudes realmente construtivas e que ele ainda tinha toda uma missão por cumprir.

Mesmo impedido de visitar seus pacientes, faria com que eles viessem ao seu encontro e teriam então um atendimento por inteiro. Não cederia aos desejos de seu inimigo em interromper sua profissão e calar seus conceitos.

No começo de 1304 mandou Felicie anunciar que estava de volta à sua clientela e a notícia espalhou-se rapidamente. Antigos e novos clientes começaram a chegar, trazendo as mesmas velhas ou novas doenças e achaques; todos, porém, movidos pela curiosidade da situação de Gilbert.

O médico mudou sua forma de trabalho, pois não tinha a mesma condição física de antes, e além disso desempenhava agora uma nova função, a de professor. Atendia aos doentes sentado em uma larga cadeira almofadada com um suporte para seus pés, e nesta posição ouvia as queixas dos doentes e os examinava. Felicie ouvia com atenção seus comentários, diagnóstico e prescrição, fazia anotações e escrevia a receita.

E assim teve início a educação médica da sobrinha, que só iria completar-se sete anos depois.

Para dar disciplina às suas vidas, Gilbert utilizava as manhãs para orientar as leituras de Felicie e preparar alguns remédios; a tarde, desde a hora sexta até as vésperas, era dedicada ao atendimento de pacientes; e, à noite, fazia os comentários das leituras, ensinava o latim e o grego, e discutia os casos atendidos naquela tarde. Um enorme esforço para ambos, mas nenhum deles ousava mostrar sinais de cansaço ou sono.

Felicie aceitou as rigorosas regras do tio, durante todo aquele tempo, como se estivesse na universidade, e era tão dedicada ao estudo quanto o fora seu professor.

A entrevista e a observação do doente e da doença, o diagnóstico, o preparo dos medicamentos e a prática de curativos passaram a fazer parte da vida de Felicie com seu mestre. Desde o momento em que Gilbert a considerou apta para a nova vida e atreveu-se a pedir o aval de Paris, Felicie tomou a frente do atendimento aos pacientes que chegavam à procura do famoso médico de Troyes.

A atitude desenvolta da moça não era apenas motivada por sua habilidade na arte médica, mas também se destinava a poupar o esforço físico do tio, cuja saúde parecia cada vez pior.

O inverno de 1313 foi particularmente rigoroso, e mesmo as famílias mais ricas estavam com dificuldades em conseguir lenha para aquecer as casas. Os pedaços de madeira vinham de florestas distantes de Troyes, em lombos de burros, e chegavam à cidade com um preço exorbitante e em quantidades racionadas, mesmo para as famílias que pudessem pagar bom preço. O uso do carvão para o aquecimento mostrava-se uma experiência dolorosa, pois tornava irrespirável o ar da casa.

A morada de Gilbert não foi exceção ao fornecimento de lenha, e a situação seria tolerável se ele estivesse com boa saúde, porém, os anos de paralisia estavam agora cobrando do médico um pesado tributo naquele dezembro. O frio e a umidade fizeram adoecer seus pulmões, cuja doença se manifestava por dor intensa à respiração profunda. A tosse contínua e persistente, com catarro avermelhado, e os episódios de febre alta, deixavam-no mais indisposto e com cansaço aos pequenos esforços. Rapidamente Gilbert passava da condição de médico para a de doente grave. Felicie propôs chamar o doutor Legrand, amigo de seu tio, mas este recusou dizendo que estava na hora de a sobrinha mostrar o que aprendera.

— Bem sabes, meu tio, que minha preocupação com tua saúde e o receio de que venhas a piorar por algum erro perturbam o meu raciocínio, e receio não ajudar-te enquanto deliras com febre. Mas eu posso colaborar com o teu amigo Legrand.

— Minha querida sobrinha, existe uma grande possibilidade de as coisas não terminarem bem, entendes o que digo, mas não quero que te sintas culpada ou incompetente. Afinal, preparei-te para continuar meu trabalho e pensar o novo na arte médica, e não para me dares a vida. Lembras de como o Senhor, durante sua crucificação, foi insultado e desafiado a usar seus poderes para livrar-se da cruz? Não seria o mesmo pedir que o médico encontrasse a própria cura? Mas eu tenho a ti e sei que podes, tão bem como qualquer outro, fazer o que deve ser feito. Não contestarei nem recusarei tuas decisões, serei obediente ao teu comando; além disso, minhas fracas forças já não me permitem discutir.

Felicie não estava muito convencida dos argumentos do tio, mas resolveu não perder mais tempo. Assim, deu-lhe para beber a teriaga produzida recentemente, e a seguir, aplicou, com precisão, ventosas no peito e nas costas; mais tarde fez a adequada sangria e colocou os emplastos na testa. Esforço inútil, pois Gilbert piorava a cada hora.

À tarde daquele dia, o tio pediu-lhe que o sentasse na cama e tomasse suas mãos.

— Acho que temos que conversar umas últimas coisas.

— Não fala assim. Tu vais ficar bom, ou será que já não confias em meu tratamento?

— Não há nada de errado com o tratamento, mas sim com o meu corpo. Quero que fiques atenta com o que possa vir de Paris; infelizmente, tu podes ser acusada de bruxaria ou até de heresia. Toma cuidado com o que falas e como ages. Procura não fazer um combate aberto e frontal com o arcediago, o bispo Gauden e o bispo Baptiste. Creio que podes ser muito útil às mulheres, pois elas não têm quem as oriente. Siga os exemplos de Hildegard e Trotula, mas avança contra o que achamos de errado. Muito conversamos sobre o fogo de Santo Antão; sê diligente e persistente no estudo dessa doença, pois certamente ela não é um castigo divino. Não te intitules médica nem deixa que assim te chamem, pois isso poderá voltar-se contra ti, apenas cuida de diagnosticar e tratar como te ensinei; o resto virá por si. Pensa no teu futuro e não te negues ao casamento; muitos homens gostariam de fazer-te corte, saibas, porém, escolher o melhor e mais conveniente dos admiradores. O dinheiro que tenho guardado com banqueiro em Paris será suficiente para teu sustento e o dote. Não precisas, pois, temer pelo dia de amanhã. Dentro da gaveta de minha mesa encontrarás uma carta de autorização para movimentares o dinheiro, com todas as instruções passadas pelo notário.

— Não gosto que fales assim, pois me entristeces. Logo estarás bem e teremos muito tempo para falar nessas coisas.

O dia 19 de dezembro foi, talvez, o mais frio do mês, com forte nevasca na noite anterior e uma manhã tristemente cinza. Felicie notou que o tio dormia além do habitual, possivelmente pelo cansaço noturno. Mesmo assim decidiu acordá-lo para que tomasse o vinho, pão e uma fatia de presunto. O tio não respondeu nem ao seu chamado, nem às sacudidas nos ombros. A sobrinha não teve nenhuma dificuldade ou dúvida para sabê-lo morto. Chorou sobre o seu corpo já quase frio.

Encerrava-se daquela forma simples e sem alarde a missão de Gilbert D'Almania, um homem cujo valor humano e médico só Felicie estava em condição de dimensionar. Entretanto, assim que a cidade soube do seu falecimento, muita gente foi prestar sua solidariedade à infeliz sobrinha e homenagear o clínico amigo.

Enquanto a casa se enchia de vizinhos e amigos, as presenças do padre Armand e da abadessa Florence, ambos da abadia de Notre Dame aux Nonnains, traziam o consolo e orientação de que a moça mais precisava naqueles momentos. Os religiosos levaram-na à parte para uma conversa mais reservada.

— Providenciaste a extrema-unção para teu tio?

— Não, não houve tempo, disse Felicie.

— Mas não sabias que ele estava gravemente enfermo, e não te importaste em correr o risco de um pecado por omissão?

— Não me omiti nem pequei por isso. Ele teve uma morte mais rápida do que o esperado, e enquanto estava doente não queria saber de extrema-unção, pois acreditava que não estava à beira da morte.

A maneira altiva como Felicie defendeu-se foi um prenúncio de seu comportamento nas situações futuras.

Madre Florence achou melhor cortar qualquer animosidade que pudesse estar se iniciando.

— Onde pensas em enterrá-lo? Perguntou.

— Era justamente o que estava a pensar, madre.

— Bem, Gilbert foi um amigo e ajudou-nos bastante no mosteiro. Vou autorizar o seu sepultamento no cemitério da abadia, se não tens opinião em contrário.

— Não sei como agradecer-te, madre. Creio que é um lugar digno para o repouso de seu corpo.

Apesar do espanto, padre Armand não ousou comentar ou julgar a decisão da abadessa. O poder dessa mulher não era discutido nem pelos bispos, que aliás queriam manter-se à distância da poderosa abadia de Notre Dame aux Nonnains, onde pontificava, absoluta, madre Florence.

Decidido assim o local e hora do sepultamento, Gilbert ganhou um lugar de certo destaque entre as lápides de freiras e padres.

Muitos foram favorecidos pelos conhecimentos médicos de Gilbert, tanto individual como coletivamente. O clínico inovou muitos tratamentos, desmistificou certas crenças em doenças e levou aconselhamento de boas normas de saúde a grupos de pessoas. No entanto, o número de presentes à cerimônia de encomendação do corpo não passava de algumas dezenas. Entre eles, um silencioso frade, cujo rosto mantinha-se coberto pelo capuz, observava atenta e piedosamente a modesta solenidade. Após o término do enterro, ele aproximou-se de Felicie.

— Estou muito triste com a morte de meu amigo, disse em voz baixa.

— Obrigada, frei. Oh, senhor... Meu Deus! Não posso acreditar. Mallais. És tu mesmo? O que fazes vestido como um franciscano?

— Fala baixo e não demonstra surpresa. Eu também tenho amigos para situações de emergência. Este hábito foi a única forma de vir até aqui sem sentir-me ameaçado. Nem que fosse para ser preso, eu não deixaria de ver meu protetor pela última vez.

— Estou muito grata, Mallais, acredite. Se te expuseste entre tanta gente, podes certamente vir comigo para casa. Vou sentir-me mais consolada perto de ti e sei que meu tio ficaria muito feliz com tua visita.

— Não me convém abusar da sorte, pois o meu andar ainda denuncia a doença, e entrares em casa com um frade, também desperta curiosidade. Porém, precisava dizer-te que não estás só; embora de longe, estou velando por ti, e meus amigos também. Não deixaremos que nada de mal aconteça a ti. Vim para dizer minhas preces pela alma do amigo Gilbert e não quero comprometer-te se eu for reconhecido. Adeus.

— Adeus, Mallais. Não vou me esquecer disso.

À saída, Felicie era esperada por madre Florence.

— Gostaria de falar contigo, mas creio que precisas descansar. Por que não me procuras no parlatório da abadia, quando estiveres mais tranquila?

— Obrigada, madre. Estarei lá. Mas o que tens de tão importante para dizer-me?

— Conversaremos lá. Nada urgente. Agora tenho trabalho a fazer. Adeus.

— Adeus.

Felicie dividia o profundo sentimento de tristeza e solidão com a inquietude da aproximação de madre Florence. Pressentia algo que só seu tio poderia avaliar e aconselhar. As coisas não seriam fáceis daquele momento em diante.

A primeira coisa que ela percebeu foi que não poderia atender doentes em sua casa como fazia seu tio. Ela se considerava capaz para tal função, mas sozinha agora, sentia-se insegura e possivelmente muito exposta aos vigilantes espias de Julian ou mesmo do Hôtel Dieu. A melhor maneira de aplicar seu treinamento e conhecimento seria obedecendo às recentes instruções de Gilbert e colocar-se à disposição de quem a procurasse.

PARTE II

JACQUELINE FELICIE D'ALMANIA

XVIII - A nova vida de Felicie

O tempo que Felicie dedicou aos cuidados de seu tio, principalmente aquele que antecedeu a sua morte, e os anos envolvidos no aprendizado das leituras, das doenças e da manipulação de remédios, serviram para esconder a bela moça que se tornara. Trajes bastante simples, pouco mais finos do que os das serviçais, andar desenvolto, gestos decididos, ordens firmes, olhar penetrante e nobre, camuflavam a mulher meiga e de belo corpo. Jamais dera importância a possíveis galanteios e suas atitudes inibiam aqueles que porventura prestassem atenção à beleza ou adivinhassem as formas escondidas sob o vestido.

Apesar de comportar-se como uma mulher independente, ainda não tinha conhecido o amor, pois todo o desejo da carne estivera, até então, submisso ao estudo, trabalho, cansaço e à onipresença do tio. Algumas vezes fora tentada pelo furor uterino, que acontecia no meio da noite, com a lembrança de algum jovem que se deixara cuidar por ela, exibindo bonitas formas musculares e atraente parte viril. Quaisquer que fossem os motivos de seu distanciamento do sexo, certamente nenhum deles relacionava-se ao receio do fogo eterno por um pecado mortal.

Cumpria suas obrigações de boa cristã frequentando a missa e comunhão, mas muitas mulheres já haviam reparado quão raras eram as ocasiões diante de um confessionário, o que estava em desacordo com a piedade cristã e as leis da Igreja. Não faltou quem dissesse que ela praticava um ato de orgulho com a ausência de confissão.

Gilbert não mostrara o preconceito do seu tempo, e aceitava o exercício e ensino da medicina independente do sexo, prova disso foi a aquisição dos livros de Trotula e Hildegard, os quais se tornaram leituras constantes para Felicie. Essas autoras não eram comentadas pelos lentes de Paris, embora muitas de suas prescrições fossem discretamente seguidas. Trotula influenciou Felicie, não tanto pelos ensinamentos de diagnóstico e tratamento aplicados à mulher, mas pela ousadia e independência em relação aos conceitos médicos masculinos.

As mulheres constrangiam-se mais do que os homens ao adoecer, pois seus segredos não podiam ser livremente compartilhados com o médico. Felicie percebeu isso, e fez do atendimento à mulher uma atenção especial, embora correndo o risco de ser confundida com uma feiticeira.

A maneira mais segura de exercer a medicina seria sob a proteção e aprovação eclesiástica, mas certamente teria diminuída sua liberdade de emitir conceitos e novos tratamentos. O atendimento em sua casa ou de forma itinerante poderia ser uma solução. Outro problema de ordem prática era a necessidade de contar com um colaborador para a busca e compra de ervas e outras matérias, além de transformá-lo em ajudante na produção dos medicamentos.

Tudo isso lhe passava pelo pensamento como mais um sofrer pela falta do tio. Mas o lamento não durou muito após uma inesperada visita.

Foi logo após o almoço. O céu mostrava-se enegrecido anunciando a chuva iminente, e o som da aldrava confundia-se com o barulho dos trovões. Por isso demorou a abrir a porta.

— Mallais? Disse ao ver a figura do frade.

— Olá, Felicie. Só agora pude visitar-te. Estava viajando.

— Oh, meu Deus! Desculpa. És tu, irmão Claude. Entra, amigo.

— Por que me chamaste de Mallais? Não entendi. Pareço com ele?

— Não, Claude, é uma história meio confusa e em outro

momento falaremos a respeito. Que bom que vieste. Senti tua falta. Tua presença me faz bem. Mas estás molhado.

— Não te preocupes comigo, estou bem, mas muito triste com a morte de meu amigo. Conta-me os detalhes.

Felicie historiou brevemente a doença e a morte quase inesperada de seu tio.

— E agora, o que pretendes fazer? Como pensas trabalhar? Tens como sobreviver com rendas ou com parentes?

— Não estou tão abandonada como possas imaginar; meu tio deixou-me o suficiente para me manter. Mas até a tua chegada, eu estava exatamente a pensar em como seria o meu trabalho daqui por diante, e como arranjar uma pessoa que me ajude no preparo dos remédios, linimentos, além de prestar-se a receber doentes que possam vir aqui ou em algumas viagens que penso em fazer. Mas não quero ocupar-te com esses problemas. Estou feliz com tua companhia.

Fora, a chuva caía como se fosse um pequeno dilúvio, antecipando a escuridão da noite e esfriando a temperatura da casa de paredes de pedras. Foi preciso acender velas, candeeiros e a lareira. Era uma chuva extemporânea, como as que se viam no verão.

Ambos estavam pouco à vontade. Claude tomou a decisão convencional.

— Bem, devo voltar ao convento, mas...

— Não deves sair com este temporal. Vem, senta-te junto ao fogo até secar tuas roupas, e não sairás até que o tempo melhore.

Claude assentiu sem se opor, pois realmente estava com frio, mas ficou aparentemente constrangido quando Felicie lhe sugeriu que se livrasse da roupa molhada e vestisse uma camisa do seu tio. Não havia como recusar a uma ordem tão firme e meiga.

Foi dessa forma que Felicie pôde observar o belo tórax e os musculosos braços que a imunda e escura túnica escondia dos olhares mundanos. Felicie ruborizou-se ao se dar conta da indiscrição maliciosa de seus olhos, e surpreendeu-se com o tímido olhar de Claude tentando penetrar nos seus. Ambos recompuseram-se da maneira mais digna, voltando as cabeças e olhares para outros pontos.

— Obrigado. Esta camisa vai manter-me aquecido.

Felicie não respondeu. Só um médico perceberia o aumento dos batimentos de seu coração. Claude encolheu-se próximo ao fogo, cobrindo-se ainda com uma coberta. Permaneceram em silêncio por algum tempo, sem se olharem.

— Felicie, quem sabe eu posso ser a pessoa de que precisas?

— Tu? Mas e tuas obrigações religiosas? Que tempo terias para me ajudar?

— Não te preocupes, tenho certos privilégios no convento. Devo te confidenciar que todo esse tempo em que estive fora foi para meditar sem dar explicações aos irmãos. Há muito tempo que penso em deixar a ordem e dedicar-me aos enfermos, mas sem o compromisso eclesial. Sem saber da morte de Gilbert, pensava em oferecer-me para ajudá-lo. Mantenho a oferta agora para ti.

— E realmente deixarás a ordem, o hábito?

— Sim, mesmo que não me deixes trabalhar contigo.

Felicie custava a crer no que ouvia; parecia que seu tio estava a manobrar o seu destino ou a facilitar sua missão. Notou que Claude estava nervoso e trêmulo. Possivelmente com o coração tão acelerado quanto o dela, mas não deu a perceber que havia notado.

— Me agradaria muito que ficasses comigo, mas não sei se posso pagar-te de forma a compensar teu abandono do mosteiro des Aubes. Mas acho que tomaste muita chuva e ainda tens frio. Vou trazer-te um copo de vinho aquecido.

— Não te preocupes comigo, estou bem.

— Se queres trabalhar comigo, tens de aprender a obedecer-me, e podes crer que sou pior do que teus superiores.

— Queres dizer que me aceitas?

Felicie não respondeu. Foi até a cozinha e aqueceu um copo de vinho. Trouxe-o até Claude que, ao invés de segurar o copo, tomou entre as suas as mãos da moça. Ela não fez nem movimento nem esforço para tirá-las. Sustentaram os olhares. Claude levantou-se e ficou face a face com Felicie. Olharam-se como se quisessem penetrar um na alma do outro. Experimentavam pela primeira vez a sensação do olhar da paixão.

— Toma o teu vinho antes que esfrie, disse Felicie como se despertasse de um encantamento.

— Não preciso mais do vinho para me aquecer, nem do fogo desta lareira. Só preciso de ti.

— Oh, Deus. Não sabes o que dizes. Nem eu sei...

— Escuta, nós não planejamos este encontro dessa maneira. É verdade que vim aqui para saudar a memória de teu tio, mas foste tu quem me trouxeste. Ver-te é tudo o que eu queria. O que está acontecendo é obra de Deus, acho. Eu te disse que passei muito tempo meditando sobre o futuro de minha vida religiosa, e na verdade tu foste o motivo dos meus pensamentos confusos. Posso ficar longe da Igreja, mas quero estar perto de ti.

— Claude, tens certeza de que estás bem? Estão claras tuas ideias? Sabes o significado de tua decisão?

— Sei muito bem e não te assustes.

— Sabes que podemos ser motivo de escândalo ou de mal entendidos?

— Se assim dizes, nós, queres dizer que tens por mim o mesmo sentimento?

— Não sei, Claude, estou confusa. Sinto-me só e tua presença me perturba. Não sei o que quero.

A chuva ainda caía forte e a cidade escureceu rapidamente. Era o sinal dos céus para que o casal ficasse mais tempo na atmosfera idílica. Claude envolveu-a com um delicado abraço, mas a atração era tão forte quanto os relâmpagos que iluminavam a pequena sala, e enlaçaram-se sôfrega e irresistivelmente. Era a primeira vez para ambos. Beijaram-se acanhadamente, um beijo puro, quase discreto, daquele amor principiante, sem a voracidade dos iniciados. A natureza mostrou-se de imediato atenta e sensível; era impossível a Claude deter a ereção louca que jamais sentira, mil vezes mais forte do que todos os sonhos. Felicie sentiu-o e deixou-se tocar pelo símbolo do amor, a carícia mais desejada e intensa do que todas as suas fantasias. Estava excitada demais para fugir daquele desconhecido prazer. Deixaram-se conduzir pelo mais primitivo e belo instinto, um momento real que nenhum deles havia ainda experimentado. Claude tentou despi-la, mas Felicie não estava pronta para entregar-se de todo. Afastou-o delicadamente, porém com decisão firme.

— O que houve, Felicie? De que tens medo?

— Claude, Claude, então não percebes que tudo conspira contra minha fraqueza? A tempestade nos une e me faz perceber como tu és bonito e teu corpo me faz sentir segura. Eu tinha receio de pensar em ti como homem, de arrancar tuas vestes religiosas e cometer um sacrilégio. Agora sei que vou amar um homem, mas deixa passar esse momento de mágica. Primeiro, livra-te de teus laços.

— Já estou livre. Lembra que sou apenas um noviço, posso sair quando eu quiser.

— Sim, talvez. Na tua cabeça, não perante a Igreja.

— Podes ter razão. Voltarei livre.

— Não posso abrigá-lo dentro de casa, terás de morar num dos quartos do pátio.

— Não darei motivos para que falem de tua honra.

— Não me preocupa a língua da cidade. Pois bem, seja o que Deus ordenou ou o destino traçou. Assim que arrumares tua vida religiosa, vem à minha procura. Trabalharemos juntos.

— Viveremos juntos.

— O que for será. Assim que parar a chuva, sai.

XIX - O Arcediago planeja

O prestígio e força do arcediago não decorriam do seu cargo eclesiástico, que, afinal, não era tão importante como poderia parecer a um leigo. Como superior dos diáconos, sua missão religiosa era relativamente limitada, porém, considerando sua arrogância, ele se comportava como um bispo. Na verdade, seu prestígio originava-se das funções que ocupava na Universidade de Paris, o que lhe conferia uma enorme influência junto ao clero docente e não docente. Seus títulos acadêmicos e canônicos tornavam-no árbitro e conselheiro para todos que dependiam direta ou indiretamente da Universidade.

Julian tornou-se diácono aos vinte e dois anos, porém, seu forte temperamento egocêntrico e autoritário não lhe permitiu aceitar as rígidas disciplinas eclesiásticas, e, por isso, não se ordenou padre. Vários de seus parentes seguiram a carreira religiosa, porém não o convenceram a fazer os votos sacerdotais. Entretanto, sua brilhante inteligência e capacidade de liderança levaram-no rapidamente à condição de arcediago. Em tal função tornou-se um profundo conhecedor do ritual da Igreja, e dessa forma transformou-se num verdadeiro mestre de cerimônias. O modo de fazer e mandar projetaram-no como uma figura indispensável ao bispo.

Mas o jovem arcediago desejava ir mais além do que essa posição imutável. Aprofundou-se no conhecimento das leis da Igreja e depois de dez anos tornou-se doutor em Direito Canônico. Seus estudos sobre as obras de Santo Tomás de Aquino e são Jerônimo tiveram boa repercussão em Paris e Bologna, e o credenciaram para integrar-se ao corpo docente da Universidade de Paris. Uma vez lá dentro, tornou-se notória sua capacidade de fazer articulações políticas e dissimular intenções. Tão astucioso manobrista, em cinco anos já ocupava o cargo de superior da Faculdade de Medicina e era o responsável pelos exames de bacharelado e doutorado. Ninguém chegava até a banca examinadora de doutorado se não estivesse nas suas boas graças; ele tinha o poder de adiar indefinidamente a data de um exame, desde que o candidato não lhe fosse simpático. Gilbert correu esse risco, mas seus mestres souberam contornar os obstáculos impostos por Julian; porém, não puderam evitar o já conhecido debate que selou a fatal inimizade entre os dois.

Esse estranho homem era solitário, desprovido de amigos. Muito pouco se sabia de sua vida na juventude; comentava-se que seu mau humor era devido à sua impotência e que fingia não saber-se traído por sua amante; nunca demonstrou aversão à galanteria nem às aventuras de alcova, mas o desprezo como tratava as mulheres era ostensivo. Outra versão sobre seu caráter era a de que o rigor no tratamento com os jovens disfarçava sua atração por eles. Entretanto, não havia nenhuma discordância quanto ao uso circunstancial das pessoas para exercer e provar seu poder. O único a lhe fazer companhia era o idoso secretário Breton, de cuja obediência ele não duvidada, mas de cuja amizade não tinha certeza.

Julian Corton só tomou conhecimento da morte de Gilbert por meio de Breton, dois dias após o sepultamento. Mostrou-se sinceramente surpreso e pensativo.

— É uma pena. Teria sido um grande professor na Universidade, mas o maligno rondava sua alma. Pedirei ao padre Camile que reze por intenção de sua alma na missa de amanhã, e, com isso, Gilbert pertencerá ao passado. Certo, Breton?

— Sim, sim... é verdade Julian, respondeu o secretário sem muita convicção.

Breton deixava seu olhar atravessar a janela envidraçada em direção ao Sena, totalmente absorto, e não prestava atenção às palavras de Julian. Durante vários anos passara muitas noites relembrando que fora ele, Breton, o culpado pela penosa situação de Gilbert. Reconhecera o castigo imerecido, e com a morte do médico, tinha a impressão de que não suportaria o peso da culpa; convenceu-se de que Julian e ele próprio deviam expiá-la. O arcediago era o culpado por suas noites insones ou os terríveis pesadelos. Cada dia mais admitia que se associara à pessoa errada na Universidade, só para garantir uma proteção na velhice. Depois de tantos anos juntos, já não suportava os gritos de Julian, sua prepotência e desmedida arrogância, a maldade escondida em cada ação, disfarçada por um sorriso, a certeza de que sempre sabia tudo e de que a razão estava sempre do seu lado. Finalmente, cansara-se de ser um instrumento nas mãos daquele a quem todos fingiam respeitar, quando na verdade o temiam. O momento, entretanto, não era propício à rebeldia, mas de paciência para agir na ocasião adequada.

Recobrou a atenção com os gritos coléricos e despropositais de Julian.

— Não me escutas? Estás surdo ou velho demais para entender?

— Escuto-te, porém fala com mais calma.

— Estou tentando botar na tua cabeça que Gilbert não morreu totalmente.

— O quê?! Como dizes? Apesar de escutar bem, realmente não te entendo.

— Sempre duvidei da tua inteligência, Breton. Tu serves apenas para seres mandado e não para pensar. Pareces uma criança a quem devo a tudo explicar.

O secretário assistia a mais uma das crises explosivas do seu superior, geralmente enfeitadas por palavrões e humilhação, porém, sabia como agir naquelas situações.

— Calma, calma, Julian. Conta-me o que tens em mente.

— Gilbert pode ainda estar vivo na sua sobrinha, que se faz passar por médica; quem garante que ela não é uma feiticeira ou herege?

— Oh não, Julian. Tu acabaste de dizer que Gilbert era coisa do passado. Deixa essa moça e a memória de seu tio em paz. Esta jovem nada te fez, em nada te ofendeu, nada tens contra ela a não ser o parentesco com o falecido. Vamos, esquece. Temos coisas mais importantes a fazer. Os novos alunos da faculdade estão à espera de tuas preleções.

— Nada farei contra ela, mas a manterei sob observação. Vou mandar uma mensagem para o bispo Baptiste, em Troyes, e tu...

— Não conta comigo para isso. Vamos mudar de assunto.

— Estás atrevido, mas vou relevar tua petulância. Tens razão quando afirmas que temos muitos assuntos a resolver, e sem dúvida, o mais importante é a preparação da visita episcopal ao mosteiro de Saint Martin. O bispo Gauden encarregou-me de fazer a correspondência para o abade Mathieu.

— Quando Gauden pretende ir a Troyes?

— Dentro de dois meses, em setembro, logo após o término da feira quente.

— E por que a visita de inspeção é só no mosteiro de Saint Martin?

— Parece que é o que está com mais problemas, porém, não nos compete fazer perguntas ao senhor bispo. Espero que ele aprove minhas cartas e me permita fazer parte da comitiva.

— O que planejas, Julian?

— Nada que te diga respeito.

XX - Mosteiros na mira dos bispos

Os mosteiros franceses mantinham com a Igreja uma secular e tensa relação de independência, chegando às vezes à animosidade declarada. A autonomia ritual, administrativa e econômica incomodava a muitos bispos, que procuravam, com pouco êxito, exercer sua autoridade e obter obediência de diversos abades. Nem todo monge se ordenava padre e o abade não precisava ser pároco, e assim se consideravam apenas religiosos e independentes, a serviço de Deus. Um dos frutos dessa independência monástica era a existência de ordens manchadas pelo pecado da simonia e da luxúria, conforme as queixas e acusações que os bispos levavam até o papa. Inocêncio III foi convencido da necessidade de combater esse mal, e apenas a sua autoridade poderia criar condições de o episcopado penetrar, bisbilhotar e interferir na vida dos mosteiros. Dessa forma, editou-se a visita episcopal como a base de uma reforma moral naquelas comunidades, sendo o bispo o seu instrumento, autorizado e dotado de poderes por decreto personificado. Houve enorme contestação e resistência por parte dos indiciados, e foi preciso que outro papa, Inocêncio IV, trinta anos depois, reforçasse o poder de investigar e julgar dos bispos, promulgando uma legislação chamada *Romana Ecclesia*, na qual não se admitiam contestações nem apelos contra a ostensiva visita de inspeção. Mesmo assim, a maioria das ordens insistia na dispensa das visitas, entre elas os próprios beneditinos, agostinianos e cistercienses de diversas regiões, que não se conformavam com a isenção e privilégios concedidos aos mosteiros de Cluny e Citeaux. A exceção feita aos beneditinos destes dois mosteiros, situados no coração da Borgonha, devia-se ao respeito que até os papas tinham pelo imenso prestígio das duas sés abaciais. A legislação, assim confirmada, dava aos bispos o poder de proceder a uma visita inspecional, tanto por ordem do papa quanto por sua própria iniciativa. Esta última condição era aceita pelos monges com restrição e má vontade.

Gauden fora convencido por Julian de que pecado grave, mortal talvez, rondava alguns mosteiros da região sob sua jurisdição, notadamente o mosteiro de Saint Martin que devia estar albergando, entre outras, práticas endemoniadas ou charlatanescas durante as epidemias passadas do Fogo de Santo Antão. Por outro lado seria uma grande oportunidade para se aproveitar da presença permanente do papa João XXII em Avignon, e dele se aproximar, começando por obter sua autorização para a visita episcopal ao mosteiro beneditino de Saint Martin. Tal pedido seria uma forma de tornar-se mais conhecido do pontífice e mostrar-lhe que a defesa da fé e da moral era levada a sério por Gauden. Um chapéu cardinalício seria bem-vindo, no futuro, como recompensa.

Quando Gauden interpelou Julian sobre quais seriam as tais práticas médicas irregulares ou tratamentos não aprovados pela Igreja, o arcediago deixou a entender que persistentes rumores estavam envolvendo a ordem beneditina de Saint Martin, tais como o desvirtuamento de suas regras ao facilitar a entrada de leigos, homens e mulheres, que dormiam em um mesmo ambiente para serem tratados provavelmente por uma feiticeira, e com isso provocar a perda daquelas almas pelo reino dos céus. Mas não tinha certeza de nada, só uma visita poderia esclarecer tais fatos.

Os objetivos de uma visita estavam bem definidos desde Inocêncio IV, e consistiam em inspecionar uma ordem, do ponto de vista da boa administração dos bens materiais e daqueles relacionados à fé. Seria observado se o mosteiro mantinha-se bem fechado e evitava o contato mais próximo com os leigos e principalmente com as mulheres. Investigavam-se os atos e pecados de simonia, que se disseminava como uma praga pelas ordens religiosas; possivelmente, situações como o comércio de relíquias fossem estimuladas pelos grandes senhores. As mulheres eram um dos alvos prioritários da diligente inspeção do bispo; o abade devia provar que mulheres eram mantidas fora dos mosteiros e que procedia a uma criteriosa escolha de confessores para as freiras, homens que fossem bons conselheiros e apáticos ao sexo. Havia também que remover os depravados, que seriam aqueles que praticavam ilicitamente sexo com mulheres, com outros homens ou mesmo eram flagrados em autoexcitação, até monges que se deixavam conduzir pelo excesso de vinho. Enfim, cabia à comitiva liderada pelo bispo investigar nos mínimos detalhes as causas de difamação da ordem, chegadas aos ouvidos do papa ou do bispo. O método de inspeção consistia em interrogar e ouvir o abade pelo tempo que fosse necessário, entrevistar cada um dos residentes do mosteiro em separado, ter acesso aos livros de registros de todos os atos e sua contabilidade, verificar a produção dos bens de consumo e sobrevivência da ordem.

Na verdade, a visita episcopal era odiada nos mosteiros por dois motivos: o primeiro, por causa dos seus objetivos; o segundo, pelo cerimonial diplomático que devia ser cumprido sem erros nem omissões. Era uma ação considerada como uma inaceitável intromissão na vida íntima daqueles que voluntariamente haviam se afastado das coisas mundanas e não deviam satisfações ao episcopado.

O evento era precedido por uma carta da Sé ao abade, enviada com antecedência de dois a quatro meses, para que os preparativos fossem bem organizados em todos os pormenores, e o local estivesse em condições de receber a santa comitiva. O bispo deveria ser recebido pelo abade ou pela maior autoridade da ordem local e suas acomodações seriam as melhores que a irmandade pudesse arranjar, com certos confortos e facilidades que, geralmente, não existiam no próprio mosteiro. A duração da visita era um dos motivos de devotas preces dos monges, para que fosse a menor possível; entretanto, ela variava em função da distância e dos dias percorridos pela comitiva até o seu destino. No caso de Paris a Troyes, por ser um percurso não muito longo, a comitiva era menor e a permanência poderia variar entre quinze e vinte dias, dependendo também da qualidade da comida e do vinho. O paternal rigor da inspeção era amenizado pelo consolo da alma e do espírito, com prédicas que visavam a alcançar mais rapidamente o reino do Senhor. Dessa forma, todos eram obrigados a ouvir homilias preparadas para aquela comunidade e ocasião.

Esse imenso esforço e sacrifício pessoal do bispo exigiam como recompensa uma taxa monetária, a ser paga pelo mosteiro, cujo valor dependia da distância percorrida, do trabalho em se deslocar e dos gastos da Sé com a comitiva. Havia situações nas quais as distâncias eram tão pequenas, que não se justificava a cobrança de taxas; nestes casos, bastava a invenção de alguma irregularidade com a possibilidade de excomunhão ou fechamento do mosteiro, para que rapidamente se chegasse a um acordo.

Gauden deixou-se convencer e não queria ser considerado por João XXII como conivente com irregularidades às suas barbas. Decidiu-se.

— Pois bem, Julian, prepara a carta de visita, como sabes que deve ser. Traz-ma dentro de dois dias para ser assinada e receber o sinete. Desta vez, vou incumbir-te de outra tarefa. Farás a carta de instruções ao abade Mathieu, do cerimonial de minha recepção, acomodação e de todas as minúcias que Blanchard irá colocar-te a par.

— Certamente, senhor. Mas por que o próprio Blanchard, como vosso eficiente secretário, não faz ele mesmo a carta preparatória? Por certo, pode fazê-la melhor do que eu, dissimulou Julian.

— Não, Blanchard está com algumas ideias e atitudes que já não são as mesmas de alguns anos. Tu escreverás a mensagem e eu farei com que seja assinada por ele.

— Será como pedis, Excelência.

XXI - Felicie visita Notre Dame aux nonnains

O convento de Notre Dame-aux-Nonnains era seguramente a maior fortaleza religiosa de Troyes e vizinhanças, a despeito do grande número de igrejas, conventos e mosteiros da cidade. O poder temporal e religioso local da ordem era de tal forma forte e indisputável, que muitas mulheres se perguntavam por que elas não podiam ter a mesma força diante de seus maridos.

Nonnains era exemplo e exceção dentre as ordens religiosas, e, não raramente, um refúgio para mulheres que se sentiam sem forças para enfrentar um mundo de superioridade masculina. Entretanto, a vida monástica tinha regras rígidas para elas; aquelas casadas, que procuravam no claustro um alento para o sofrimento ou decepção do casamento, tornavam-se apenas irmãs na ordem, pois só as virgens podiam aspirar a condição de fazerem os votos e se tornarem monjas. Mas, de onde vinha aquela incrível superioridade? Ninguém sabia ao certo, mas cultivava-se a lenda de que as colunas do convento foram erguidas sobre as fundações de um templo vestal romano, e que as almas daquelas virgens e sacerdotisas convertidas ainda vagavam pelos ares do convento como um escudo protetor daquela comunidade. Uma crença totalmente pagã nunca confirmada por quaisquer das conventuais, mas romântica e esperançosamente aceita por elas.

Outras irmandades tentaram, sem êxito, impor-se às autoridades episcopais, porém, faltavam-lhes a tradição e o mistério que envolvia Nonnains e dessa forma a última palavra era a do clero.

A representação do poder nonnainsiano centrava-se na figura da abadessa, desde os primeiros tempos de existência do convento, por razões controversas, mas até os dias atuais, sem contestação. Em Troyes, a abadessa de Notre Dame aux Nonnains era mais poderosa do que o bispo. Mandava a tradição que um novo bispo, antes de tomar posse na catedral de Saint Pierre, se dirigisse em procissão à abadia montado no palafrém da abadessa. Lá chegando, era ajudado a desmontar por seus acólitos e levado à capela principal do convento, onde era esperado pela superiora e diante da qual se ajoelhava e recebia dela a mitra, a cruz do pastor e o livro de orações. Só no dia seguinte celebrava-se a posse na sua diocese.

Essas eram as heranças de Florence, que as administrava sem arrogância, dentro dos princípios deixados por santa Escolástica, irmã de são Bento. Exercia seu cargo com firmeza, porém, como uma humilde servidora do dever.

Sua presença no funeral de Gilbert e o convite à Felicie para uma entrevista foram levados em grande consideração e como uma distinção pela enlutada jovem. Elas já se conheciam bastante, pois Nonnains era a segunda casa de Felicie, e a abadessa foi a responsável por sua educação na adolescência.

Agora uma nova Felicie se dirigia ao encontro da mestra. Adulta e amadurecida pela experiência vivida com o tio, tinha absoluta consciência de sua nova tarefa. Gilbert dera-lhe cultura e desenvolvera nela o espírito de independência e coragem dos D'Almania.

Ao chegar em Nonnains, dirigiu-se ao parlatório, sem se deter em alguns recantos que lhe eram tão familiares, como a fonte de Nossa Senhora, um dos seus lugares preferidos para meditar. Madre Florence estava à sua espera. Abraçaram-se com carinho.

— Não posso mais chamar-te de minha criança, mas eu prometi a Gilbert que não estarias só neste mundo; aqui pode ser de novo a tua casa, se quiseres.

— Eu te serei sempre grata madre, mas acho que devo fazer aquilo que meu tio esperava.

— Sem dúvida. Se te referes à medicina, aqui tens um lugar seguro para praticares o bem e podes ser a nossa Hildegarde.

— Hildegarde foi uma mulher iluminada e não posso pretender ser como ela, mas a tenho como um modelo de médica e de virtude.

— Então junta-te a nós sob a bênção de santa Escolástica. Tens a virtude necessária para pertencer à ordem.

— Mas que virtude tenho eu?

— Tens o maior tesouro de uma mulher, a virgindade. Ou estou enganada?

Foi uma pergunta direta, firme, íntima, que somente uma abadessa teria coragem de fazer, e por isso Felicie não se ofendeu.

— Não, não te enganaste, mas não creio que seja uma virtude perene.

— Isso só Deus sabe, e não sabemos o que Ele planeja para nosso futuro.

— Mas por que me queres aqui e nesta condição de virgindade?

— Devo eu recordar as lições de santidade que te foram ensinadas durante os anos em que aqui passaste? Pois bem, farei isso pelo teu merecimento. Lembra, minha filha, que tua virgindade é a expressão atuante do amor Divino e o veículo consagrado da humildade, representante bendito e místico da pureza da mulher e o maior ato de doação a Cristo, pela rejeição ao mundo. Só tu, como virgem, tens o mágico poder de ver, capturar e amansar o unicórnio. É por isso que tens as bênçãos para aspirares à condição de monja e fazer os votos. Como bem sabes, as mulheres que já conheceram os homens são impuras e não podem ser consagradas, e são apenas nossas irmãs. Só pessoas como tu poderão um dia ser a mãe desta comunidade.

Durante os anos passados como aluna do mosteiro, Felicie assistiu à desvelada discriminação das monjas para com as irmãs. Consideradas espiritualmente mais impuras, as irmãs faziam parte de um grupo especial de mulheres divorciadas, viúvas ou que não se dispunham a assumir as rigorosas e perpétuas regras do mosteiro, e que escondiam sob as vestes negras o desejo carnal ainda pulsante ou retiravam-se do mundo para se protegerem.

Cabiam-lhes os serviços mais duros, além dos jejuns e penitências, para conseguirem o merecimento de uma virgem religiosa.

Felicie não se assustou com a proposta. Em resumo, ela estava sendo convidada para tomar as ordens, assim como lhe acenavam um possível abadessado. A jovem relembrou que este era um desejo de seu pai, e após sua morte, fora convidada para permanecer na abadia. Claro que perderia seus bens pessoais, logo herdados pela ordem.

— Minha querida madre, a tua pureza faz deste lugar um céu terrestre e muito agradeceria a Deus se me decidisse permanecer entre vós. Mas nem sei se acredito em unicórnios...

— Mas o que dizes, filha?

— Este é o símbolo de minhas dúvidas, madre. Os pais da Igreja ensinam-nos a bem-aventurança da virgindade e, entretanto, fazem do matrimônio um sacramento. Uma bem-aventurança e um sacramento são condições puras e abençoadas, portanto, não devem ser diferentes para Deus.

— Mas o que Gilbert fez com tua cabeça? De onde tiraste essa estranha teologia? De onde vem essa tua coragem para discutir o que nem Clara, Hildegarde ou Escolástica questionaram?

— Mas Heloisa sim.

— Filha, minha filha, a morte de teu tio transtornou teu espírito. Em nome de Cristo eu te peço, não fales assim com mais ninguém. Mede tuas palavras quando estiveres diante de um sacerdote. Creio que uma confissão poderia devolver a paz de que necessitas. Estás enamorada, Felicie? Mesmo que pretendas casar não ouses questionar o pilar de nossos votos.

— Não, madre, não quis a nada nem a ninguém ofender. Tais coisas só a ti eu digo, que para mim tem o valor de uma confissão.

— Olha o que estás dizendo, de novo...

— Não é heresia confidenciar-te meus pensamentos. Agora sabes que vou praticar a medicina que meu tio me ensinou. Recorrerei a Nonnains, se permitires, se não puder ajudar os doentes aqui fora. Não sei se me casarei, mas isto não faz parte de meus planos no momento. Antes de ir-me, quero entregar-te um documento.

Até aquele momento Florence não dera atenção à cesta que Felicie trouxera e depositara no chão, cujo conteúdo achava-se coberto por uma toalha. A moça colocou-a sobre o banco e retirou do seu interior um cilindro de couro recoberto de veludo e entregou-o à abadessa.

— Madre, bem sabes que não tenho mais parentes. Dentro desta caixa encontrarás um documento escrito e assinado por mim, que tem o valor de um testamento. Nele estão dispostas minhas vontades, caso eu morra pela vontade de Deus ou dos homens, a exemplo de Gilbert. Além de algumas instruções, todos os meus bens herdados serão de propriedade deste mosteiro. Quero que este documento seja aberto e cumprido quando for o momento conveniente, por ti ou por aquela que vier a te suceder.

— Felicie, não sei o que dizer-te, mas creio que não teremos teus bens pelos próximos sessenta anos, de modo que não devemos ter pressa. Deus protegerá tua saúde e tua vida. Aqui terás proteção e ninguém ousará contra ti.

— Sei disso, madre. Abençoa-me, pois devo ir. Começo o meu destino.

— Deus te acompanhe, criança.

Felicie saiu mais aliviada por ter encerrado sincera e diplomaticamente aquele assunto, que pendia por vários anos em Nonnains. Também sentiu que não estava sozinha como imaginava.

XXII - Mensagens preparatórias à visita episcopal

O mosteiro de Saint Martin naquele ano de 1316 completava duzentos anos de existência e de fidelidade às regras de São Bento. Construído em meio à floresta, a cinco milhas do portão norte de Troyes, era um refúgio de viajantes, peregrinos, penitentes e doentes. A alta torre de pedra deixava avistar o campanário acima das copas, orientando a quem ali se dirigia.

A construção toda era um elogio à simplicidade e praticidade, bem como ao espírito de seu fundador. O interior da abadia tinha a forma de um imenso U invertido; a parte aberta voltava-se para o nascente e na parte curva situava-se o altar com os bancos laterais à esquerda e à direita, suficientes para se assentarem os cinquenta monges residentes. Diante do altar e em sentido oposto à entrada, ficava a alta cadeira do abade. As paredes eram nuas e não havia vitrais ou obras de arte como pinturas ou esculturas. O grande espaço abacial permitia a presença de leigos e gente do povo em determinados dias e horas, e chamava a atenção pela humildade do local e a majestade do silêncio, onde as orações e cantos se misturavam às nuvens de incenso.

A igreja se comunicava lateralmente com o pátio interno ajardinado, em forma de um quadrado, cercado por corredores que davam acesso aos parlatórios, para atendimento ao público e às enfermarias para assistência aos peregrinos e doentes. Um segundo pavimento abrigava diversas salas para arquivos, administração, biblioteca, copistas e desenhistas. Na parte oeste do prédio ficavam a Sala do Capítulo e a sala do abade; do lado leste, o claustro, cozinha e despensa.

Saint Martin mantinha sua total independência econômica, produzindo o necessário para sustentar a comunidade. Oração e trabalho eram as regras. Em seus hectares ao redor do mosteiro cultivavam a hortaliça, a vinha, colhiam o mel, criavam um pequeno rebanho de carneiros para a produção de lã. Parte das terras era arrendada para fazendeiros, dos quais recebiam como pagamento leite e cevada. O que excedia ao consumo da comunidade era trocado nas feiras pelo que lhes faltava, como carne, tecidos etc. A natureza fornecia o restante. A água provinha de um estreito e tranquilo rio que banhava o lado leste da construção; da floresta vinha a madeira, cortada e estocada como lenha para o rigoroso inverno. Dessa forma o mosteiro sustentava-se praticamente sem dinheiro.

Mathieu era o abade havia quinze anos e durante esse período o mosteiro conheceu progressos importantes. Com a ajuda de fiéis e fazendeiros, conseguiu reformar a abadia e acrescentar novos prédios à antiga construção. Sua fama de bom administrador e justo pai aumentou o número de monges de trinta para cinquenta membros. Praticamente não havia graves transgressões à Regra, e penas como prisão ou expulsão da ordem jamais foram aplicadas por Mathieu. Alguns rumores vazavam do mosteiro, como por exemplo, sobre risos e conversas no pátio, no horário em que todos deveriam estar dormindo ou, pelo menos, deitados. Fatos ou boatos dessa natureza permitiam as mais diversas suposições ou conclusões, por consistirem em grave transgressão à disciplina monástica.

Embora houvesse apenas dois monges que se dedicavam ao cuidado dos doentes e ao preparo de remédios, o mosteiro abria suas enfermarias por ocasião de epidemias ou calamidades. Anualmente, um considerável número de vítimas do Fogo de Santo Antão valia-se da ajuda dos filhos de Mathieu, fato que não era bem aceito nem pelo bispo de Troyes, nem pelo de Paris. Tais atitudes episcopais eram consequentes do conceito e significado que a doença tinha para a Igreja naquela região.

Mathieu esperava ser admoestado, mais cedo ou mais tarde, por esse gesto de aparente rebeldia ou desafio, e talvez isso pudesse justificar uma inspeção na ordem em Saint Martin.

Suas apreensões mostraram-se corretas, ao receber as duas mensagens de Paris, naquele mês de março. Uma estava assinada pelo bispo Gauden, notificando-o da visita episcopal, e a outra, assinada por seu secretário Blanchard, detalhando as instruções para a recepção.

Mathieu era considerado um homem quase imperturbável, cuja serenidade era o fator de equilíbrio de uma comunidade heterogênea, mas que cumpria a Regra. Porém, se alguém o visse lendo as mensagens, poderia testemunhar como o demônio tenta apossar-se, mesmo que momentaneamente, da alma mais fervorosa. De outra forma, como explicar a reação colérica jamais vista e imaginada naquele homem?

O irmão Confaloni assim o encontrou à saída de sua sala. O abade estava irreconhecível.

— Reverendo pai, o que aconteceu? Não estás te sentindo bem? Queres ajuda, um copo d'água?

— Não, filho, logo estarei bem. Vamos à missa.

Os monges só vieram a conhecer o que os esperava na reunião na casa do Capítulo, após a missa antes das nonas.

Essa reunião era rotineira, e durante o seu curso eram feitos os comunicados importantes. Nessa ocasião, Mathieu decidia sobre o trabalho e destino de cada um dos filhos, ouvia acusações, julgava e punia conforme seu entendimento, inteirava-se das condições financeiras e assim por diante. Nenhum monge tinha permissão para falar; se assim o desejasse, colocava-se em pé, silenciosamente, e aguardava ser convidado a se pronunciar.

A reunião do dia 26 de março de 1316 foi a mais tensa daqueles últimos cinco anos, pois Mathieu dispensou todo e qualquer assunto do dia ou pendente.

— Meus filhos, acabamos de receber uma mensagem do bispado de Paris, a qual não nos traz boas novas. São ordens que trazem o aval do nosso papa Clemente V, e mesmo que não nos façam justiça, vamos obedecer como sempre fazem os filhos de são Bento. Ouçam-na agora, pela leitura do nosso prior.

William, de origem gaulesa, primeiro substituto do abade e seu porta-voz, dirigiu-se ao pequeno púlpito e anunciou: "Será lida primeiramente a mensagem do senhor bispo Gauden, e a seguir a carta de instruções do senhor Blanchard".

Porque tu és enviado pelo rei e pelos sete conselheiros, para visitares a Judeia e Jerusalém, segundo a lei do teu Deus. Esdra 7,14.

Gauden, pela graça divina, servo e bispo de Notre Dame de Paris, aos amados filhos em Cristo, Mathieu abade e conventuais do Mosteiro de Saint Martin de Troyes.

Saudações.

Uma vez que pretendemos, por boa razão e pela graça de Deus, nas nonas de setembro, visitar, tanto no coração quanto pessoalmente, esse mosteiro, e com essa visita exercer o ofício de inquisidor e fazer perguntas sobre alguns assuntos, e se houver mais coisas a fazer, fazê-las como é nosso sagrado direito e dever, com paternal afeto vos ordenamos, mui firmemente, que neste dia estejais presentes, como convém, todos os vossos confrades e irmãos, para, trazidos à minha presença, ouvirdes nossa fervorosa homilia, nossos salutares conselhos e nossas caridosas perguntas de inspeção, e, para com a devida e devota reverência, receberdes nossas injunções e arbitragem, que esperamos sejam úteis, conforme pedimos a Nosso Senhor, para a salvação de vossas almas. Diocese de Notre Dame de Paris, no ano de 1316 de Nosso Senhor, aos 12 de março, saudações e bênçãos.

+ Gauden, bispo.

E estas são as palavras do senhor secretário Blanchard:

Henri Blanchard, por benevolência de Nosso Senhor, servidor fiel do bispo Gauden, aos irmãos em Cristo do mosteiro de Saint Martin, em caridosa mensagem de instrução para bem receber, com cerimônia e humildade, a santa comitiva presidida pelo eminentíssimo senhor bispo, em sua visita de ins-

peção, e para que nada seja omitido ou esquecido para o bom desempenho dessa virtuosa missão, e assim acontecendo, que o Senhor seja glorificado na salvação das almas desse mosteiro. Saudações.

Assim serão os capítulos da santa visita de inspeção.

***Capítulo I.** De como receber o senhor bispo. O bispo deve ser acolhido pelo abade ou pela maior autoridade da ordem no momento, nos limites do mosteiro e conduzido em procissão pelos monges residentes, religiosos e convertidos, carregado em uma cadeira especial ou montado em um animal revestido e adereçado dignamente. Nesta ocasião deve ser entoado um canto de acolhida até a entrada no mosteiro, que humildemente recomendamos, como muito apropriado e devoto, o Ecce Sacerdos Magnus.*

***Capítulo II.** Das acomodações. Em consonância com as regras de São Bento, sejam elas cumpridas com desvelo, e para a honra da Igreja, seja reservada a melhor acomodação que a irmandade possa arranjar, com detalhes de conforto e facilidades para o bem-estar do nosso pastor.*

***Capítulo III.** Do alimento corporal. Seja designado um cozinheiro para atender especialmente ao senhor bispo e sua comitiva, assim como deve o servidor zelar pelas preferências dos alimentos e vinhos, respeitados com o melhor dos esforços.*

***Capítulo IV.** Todas as facilidades devem ser providenciadas para a inspeção do senhor bispo, de tal forma que qualquer local ou cela ou sala comum tenham suas portas abertas ou suas chaves à disposição. Os arquivos e registros da ordem devem ser mostrados segundo o desejo do senhor bispo, e nada deve ser ocultado ou impedido de ser examinado.*

***Capítulo V.** Que seja providenciada uma sala privativa e mui discreta, com móveis necessários, para as inquisições individuais.*

***Capítulo VI.** Que nenhum residente se negue a comparecer e a prestar seu devoto juramento de bem declarar e a responder às perguntas que poderão ser feitas pelo senhor bispo, sob pena de penitências ou excomunhão.*

Capítulo VII. A duração da visita será decidida pelo senhor bispo, depois de verificar o que tem a ser feito.

Capítulo VIII. Todos os residentes estão obrigados a ouvir as homilias preparadas para a ocasião, para o aperfeiçoamento da alma no caminho da santidade.

Capítulo IX. A ordem será convidada a pagar um estipêndio para honrar a visita recebida e compensar os gastos da Sé em sua preparação.

Com saudações fraternas em Cristo, escrito na Diocese de Notre Dame de Paris, no ano de 1316 de Nosso Senhor, aos 14 de março.

Blanchard, servidor do bispo Gauden.

Mesmo aparentemente impassíveis, podia-se notar e sentir em todos os rostos uma unânime indignação pelo que acabava de ser lido e ouvido. Apenas dois levantaram-se, mantendo, porém, baixas suas cabeças.

— O que queres falar, irmão Jacques?

— Meu pai, temos permissão de saber de que somos acusados?

— Como bem ouviste, disse Mathieu, nenhuma acusação explícita consta no documento. É possível que rumores tenham chegado até o senhor bispo Gauden, quais seriam não o sabemos, mas de alguma forma Saint Martin está incomodando nossos pais. Talvez o sucesso de nossa independência, ou porque não estamos orando com o coração voltado ao Senhor e Ele nos envia uma provação. Seja qual for o motivo, não temos o que temer. Agora é a tua vez, irmão René.

— Meu pai, espero com alegria, em nome de Jesus, a penitência ou a pena que julgares mais conveniente para minhas palavras. Mas, senhor, por que devemos obedecer e colaborar com tamanha desfaçatez? É certo que seremos vítimas de alguma chantagem. Não me refiro à humilhação, porque ser humilhado é ser glorificado. Por que devemos preparar-lhes um conforto que não temos, um luxo de que não dispomos? O que têm a nos inquirir, quando nossas ações estão corretas?

— Filho, eu mesmo estou sob confissão e em penitência pelo momento em que me deixei levar pela ira ao ler a mensagem. Que o mesmo não aconteça com nenhum de vós. Devemos obedecer porque a obediência é a nossa Regra. É certo que sairemos fortificados destas imposições. Infelizmente, não temos as mesmas virtudes de Cluny e Citeaux que as isentam dessas visitas, ironizou Mathieu. Mas vamos nos preparar para a nossa santa luta. Façamos agora as orações.

XXIII - Felicie entrega-se ao trabalho e ao amor

As populações de Troyes, vilas e povoados vizinhos nutriam pelo hospital da cidade, o Hôtel Dieu-le-Comte, um distante respeito por suas atividades caritativas e pouca disposição para procurá-lo fora das situações que ameaçavam a vida. Na verdade, o hospital dispunha de poucos clínicos e cirurgiões, mas possuía um bom número de freiras auxiliares, embora o que a elas faltasse em desembaraço, sobrava em simpatia. Com relação aos médicos, os doentes procuravam a cura, e não um diagnóstico complicado com nomes em latim; queriam o alívio das dores sem a repreensão por seus pecados por parte das irmãs.

Como uma verdadeira casa santa, o hospital dispunha de enfermarias muito semelhantes àquelas de seu homônimo em Paris, com capacidade para albergar até cem doentes, cuja admissão era precedida de banho, uma indispensável e contrita confissão acompanhada da comunhão, e após serem vestidos com humildes roupas do hospital, eram colocados em leitos comunitários para duas ou três pessoas, zelosamente supervisionados por freiras que mantinham ali sua profissão de caridade. O Hôtel Dieu destinava-se principalmente aos indigentes, uma classe que cada vez mais se acumulava ao redor das cidades, ao longo de seus muros. Eram as vítimas da fome, dos ladrões, dos valentes soldados mantenedores da lei, dos ataques de animais selvagens e das doenças que dizimavam multidões. A maior procura pelo hospital era dos feridos e traumatizados. Entre os primeiros estavam aqueles atingidos por armas cortantes, como facas, espadas ou lanças e perfurações por flechas. A travessia de florestas, quando realizada por uma família ou pequenos grupos, sem a proteção de mais gente ou cavaleiros, tornava os viajantes fáceis presas de assaltantes ou lobos ferozes. Os ladrões atacavam os indefesos migrantes com grossos bastões que provocavam fraturas diversas, levavam suas bolsas e feriam de morte em certas situações. Essas pessoas tinham alguma chance de se salvarem, caso estivessem perto de uma cidade como Troyes, onde ordens religiosas mantinham um hospital aberto para recebê-los.

Por outro lado, as mulheres grávidas, leprosos ou doentes pestilentos não tinham acesso ao hospital, pois as dores e gritos do parto perturbavam a paz dos doentes, enquanto os demais sofredores poderiam empestar o ambiente.

As pessoas de maior posição social eram atendidas em suas próprias residências por clínicos, cirurgiões ou cirurgiões-barbeiros.

Quanto ao povo, a gente comum, havia à sua disposição toda a medicina da sabedoria popular, empírica e mágica. O padre ou um curador ou um astrólogo participavam da medicina não oficial e eram indispensáveis à comunidade, independente da situação econômica do doente. O religioso via a doença como o resultado do pecado e aproveitava-se da situação para exortar o doente ao arrependimento, orações e penitências; o curador vendia seus produtos, plantas ou elixires como se fosse uma teriaga; o astrólogo convencia o consulente da influência, maléfica ou benéfica, da conjunção astral no aparecimento da doença e no seu destino. Não era uma decisão fácil saber a quem recorrer na doença grave.

Outro problema importante e sério para a medicina local era o fato de que Troyes não dispunha de um herbário onde plantas medicinais pudessem ser adquiridas, devidamente preparadas pelo herborista e prontas para o uso. Esse tipo de flora era cultivado nos jardins e quintais das residências, ou, de maneira mais organizada, nos jardins de mosteiros e conventos. Nessa deficiência residia uma das grandes utilidades das feiras, tanto a Quente quanto a Fria, pela imensa quantidade e variedade de folhas, cascas e raízes medicinais colocadas à disposição dos habitantes e dos médicos. Felicie aprendera com o tio a aproveitar-se dessa ocasião para completar seu próprio herbário.

Esse cenário médico e social favorecia a ação de Felicie, pois em todas as situações lá estava ela disponível para qualquer doença ou doente, tal como fazia Gilbert, que dava exatamente o que tanto o homem comum quanto o cortesão buscavam: simplicidade, solidariedade e competência, evidentemente por um preço condicionado à bolsa de cada um. Felicie propunha-se a atender a essa população da mesma forma como fazia seu tio e sem discriminar o tipo de doença, tal como fora feito com Mallais; assim decidiu e começou em 1312. Em menos de um ano a carismática figura adquiria a confiança do povo simples, que a princípio a procurava como uma provável herdeira dos conhecimentos do falecido tio, porém, não tardou que ela fosse considerada por suas próprias qualidades, condutas e conselhos. Para muitos, ela era a primeira alternativa antes de acorrerem ao hospital ou aos clínicos tradicionais. Em dedicada prática nos anos seguintes, ela introduziu um fato novo para aquela pequena população — uma médica de mulheres. Essas passaram a procurá-la para as doenças do corpo e da mente. Como se livrarem da discriminação por menstruarem? Qual a melhor lua para se engravidar? Como provar que não eram bruxas em caso de aborto?

Mais cedo do que imaginava, sua atuação junto às populações mais pobres tornava-a uma autoridade nos assuntos da saúde, nos cuidados das feridas e nas febres perigosas. Evidentemente não se intrometia nas atividades das parteiras, nem naquelas dos cirurgiões-barbeiros.

Com a chegada de Claude, seu estado de ânimo iria melhorar bastante, pois não estaria mais sozinha no trabalho.

Seu novo companheiro mostrou-se com coragem invulgar. Na condição de noviço ele deixou o mosteiro sem maiores constrangimentos, não sem antes ter sido entrevistado pelo abade, confessado e ter feito jejum por três dias para obter luz para seus novos passos. Omitiu que estava apaixonado e desperto para as alegrias da carne com sua amada, se ela o quisesse. Não se considerou um mentiroso nem pecador grave, pois atendia ao amor de sua vida, e não acreditava que tal gesto manchasse o amor de sua alma, que era Deus. Consolava saber que poderia voltar para São Bento se assim fosse a vontade do Senhor. Tão logo trocou as vestes e juntou os poucos pertences, que cabiam em um pequeno saco de pano rústico, rumou para a casa de Felicie. A direção tomada foi praticamente a única possível, pois não tinha outro lugar para onde ir. A jovem já o esperava sabendo da corajosa decisão; para ela, fora uma prova de amor. Recebeu-o com carinho, porém, foi capaz de esconder o entusiasmo e a alegria que a presença do rapaz despertava. Procurou manter-se formal, senhora da casa e do emprego de seu hóspede e agia como se estivesse sendo observada por olhares maliciosos ou maldosos da vizinhança. Só agora percebia como estava insegura na nova situação. Não fora bem assim que sonhara em recebê-lo, pois muitas vezes vira-se atirando aos braços de Claude para festejar a nova vida. Mesmo assim, tomou-o pela mão e conduziu-o ao seu novo quarto, um dos cômodos fora da casa, no jardim, ao lado de seu herbário e sala de preparo de remédios e dos quartos das serviçais. Ali seria sua nova casa. Não era muito, mas ambos estavam emocionados e demonstravam a alegria nos olhares.

O treinamento de Claude foi mais fácil e rápido do que teria sido para um jovem sem suas qualidades, isto é, saber ler e escrever palavras e números. Além de um conhecimento rudimentar de plantas e remédios, o contato com doentes era-lhe absolutamente familiar. Ninguém poderia servir melhor às necessidades de Felicie. A médica dava o tratamento e conselhos adequados, e seu auxiliar prestava-se, entre outras funções, a estimular a coragem e a fé no tratamento, como bem aprendera com as práticas beneditinas.

Felicie cada dia mais se encantava com o desempenho de Claude e com a harmonia do trabalho entre eles. O rapaz não se abdicara totalmente do ensinamento monacal, pois obedecia às ordens de sua companheira, como superiora, sem discuti-las, e não ousava palpitar sobre essa ou aquela forma de tratamento. Guardava para si qualquer que fosse sua opinião. Por outro lado, Felicie tinha ocasiões de devaneios, nos quais via-se unida para sempre àquele homem; nesse tempo tão rápido em que o pensamento vê toda uma vida num piscar de olhos, ela o imaginava como companheiro, ativo, seguro, e até autoritário quando necessário, ansioso por sexo, enfim, o homem senhor, mas nunca um obediente servo como o atual. Rapidamente, aquelas fantasias desapareciam e ela voltava à realidade, envergonhando-se por permitir aflorar do fundo da mente um segredo tão oculto.

Claude não era diferente e as semanas passavam num conflito entre seus desejos e a insegurança em tomar a iniciativa que o seu instinto exigia. Esperava um outro momento que os aproximasse, como fora aquele dia da abençoada chuva. Procurava um gesto, um olhar convidativo, uma provocação ou um gracioso incidente que tornasse inevitável a consumação do febril amor de que estava possuído. Não imaginara que amar fosse tão complicado e cheio de regras. Regras que possivelmente foram ditadas por sua formação religiosa.

O destino, sempre ele, resolveu abreviar o impasse. Com a chegada do verão, logo apareceram as primeiras chuvas, fortes e demoradas, como a prenunciar um longo período de umidade além do desejável. O tempo das águas foi anunciado por repentinos trovões que rolavam de um lado para outro nos céus, em volume máximo, para que ninguém pudesse alegar ignorância. Ao mesmo tempo, de forma muito bem ensaiada, o cenário foi mudando com rapidez, substituindo-se a cortina azul-cinza por outra de cor negra, próxima à escuridão; a iluminação e efeitos ficaram por conta dos potentes relâmpagos que mergulhavam em todas as direções, clarões rápidos e estalidos dignos do chicote de um enfurecido capataz celestial. Com essa solene abertura, cabia aos habitantes de Troyes fazer a sua parte: tomarem as providências usuais para evitar as consequências das fortes chuvas anuais.

Como um aviso, o velho sicômoro, que sombreava o pátio interno da casa de Felicie, teve um dos seus braços decepados por um certeiro raio, e o enorme e pesado galho caiu com precisão sobre o telhado do quarto de Claude. Tal enérgica agressão fez os habitantes da casa se movimentarem com presteza, pois o aviso foi seguido por grossos pingos de chuva. A cama e os pertences de Claude foram imediatamente transferidos para um dos quartos da casa e lá ficariam até que se consertasse o estrago do telhado, na dependência do comportamento do tempo.

Quando a noite chegou, superpondo-se à escuridão que já havia se instalado horas antes, Felicie e Claude terminaram o jantar a sós, pois as serviçais recolheram-se mais cedo para seus quartos. Depois de comentarem o terrível susto daquele dia, Felicie arrematou:

— Desta vez tu não chegaste molhado.

— É uma pena, pois não tirarás minha camisa molhada nem me oferecerás um vinho quente.

Foram as palavras codificadas para um flerte imediato. Claude buscou as mãos de Felicie e olharam-se com a mesma emoção e ansiedade, enquanto os relâmpagos e trovões alardeavam o acontecimento como se fosse um fenômeno de mesma proporção. A natureza repetia a mesma cena de meses atrás.

— Agora não é mais preciso.

— É verdade, disse Claude. Minhas preces foram ouvidas, e estamos vivendo aquele mesmo momento que jamais esqueci, e parece que o tempo não passou. A única diferença é que meu amor por ti aumentou.

— Eu também me sinto assim e acho que não podemos fechar os olhos ao nosso destino.

Levantaram-se e abraçaram-se sem mais nenhuma palavra. O barulho da chuva e a respiração ofegante dos jovens eram os únicos sons percebidos. De mãos dadas pareciam flutuar em direção ao quarto da moça. Cegos de excitação, rasgaram o delicado véu que caía do dossel e envolvia a cama; foi a própria muralha de Jericó que cedia ao mais forte dos sentimentos. Era a primeira experiência de ambos e essa condição deixava-os indecisos e acanhados de exporem sua nudez um ao outro, porém, despiram-se em obediência ao ritual do amor e enlaçaram-se como se jamais fossem separados. O instinto encarregou-se da fusão do sol com a lua e de transformá-los num só prazer; gemidos, lágrimas, sorrisos e beijos foram as oferendas para a entrada no céu dos amantes. Depois o silêncio, a reverência do silêncio ao mais perfeito dos atos humanos. As palavras seriam um estorvo àquela paz. Os corpos suados adormeceram abraçados e não puderam ver que a chuva se fora, o céu estava quase limpo e a lua cheia bisbilhotava a pequena janela do quarto. Felicie e Claude estavam iniciados e unidos.

XXIV - O fogo de santo Antão

As fazendas ao redor de Troyes eram quase todas divididas em pequenos hectares e as terras arrendadas ou alugadas aos camponeses pelos proprietários, como bispos, abades, nobres ou ricos senhores.

Tal prática oferecia garantia e segurança para seus donos, pois, além do mínimo risco, havia a possibilidade de se colocar em movimento uma cadeia de taxas e impostos, pagos naturalmente pelos arrendatários.

O campo naquela região era usado principalmente para o cultivo de grãos como o centeio, cevada, aveia e trigo, que se constituíam na base alimentar da maioria da população.

Naqueles anos, devido à mudança do clima pelas fortes e prolongadas chuvas, a região de Troyes estava mais propícia à cultura de aveia e centeio, conforme a opinião quase consensual dos lavradores. A aveia era o primeiro alimento para os mais pobres dos pobres, pois com ela se fazia um caldo ou sopa como o primeiro alimento da manhã e do fim do dia. Com o centeio fabricava-se o pão negro de cada dia, também consumido pela população pobre e, por isso mesmo, de qualidade inferior ao pão branco. Com essas opções de plantio, poucos hectares restavam destinados ao trigo especial para a fabricação da farinha de qualidade superior, com a qual se produzia o pão branco e que só podia ser consumido pela elite econômica. Infelizmente, mesmo com trigo cuidadosamente cultivado, não se obtinha uma farinha que produzisse um pão da categoria do de Chailly, o melhor branco de sua espécie.

Como se não bastasse a inclemência do tempo para o plantio, os senhores das terras resolveram cobrar novos impostos que vieram sobrecarregar os pequenos agricultores. As recém-criadas taxas afetavam as diferentes fases da fabricação da farinha, pois ao aluguel da terra somava-se agora uma cobrança pelos celeiros onde os feixes de cereais eram guardados, além do uso dos moinhos.

Mas não eram só elevados impostos que os aguardavam, pois tudo indicava que uma calamidade estava a caminho — os sinais de uma aterrorizante doença que costumava somar-se ao castigo do tempo.

A estação chuvosa duradoura, a grande umidade ou o inverno rigoroso favoreciam a libertação dos espíritos malignos que habitavam os campos. Uma vez soltos, eles penetravam nos corpos daqueles que ali viviam ou mesmo trabalhavam temporariamente. Esses espíritos tinham medo do calor, eram sensíveis ao sol; esperavam às vezes muitos anos, escondidos Deus sabia onde, até que chegasse o tempo propício para sua liberdade. Os camponeses e as pessoas pobres que habitavam próximas do campo pressentiram que a desgraça estava por acontecer. Entre os sinais observados, antes da doença do corpo, o primeiro a chegar foi a maldição sobre os grãos, que se tornaram mais inchados e mudaram de cor. Em vão eram procuradas feiticeiras que pudessem ser responsáveis pelo estrago dos cereais, cuja farinha produzida era de qualidade ainda pior do que de costume.

Aquele era um desses anos. O pressentimento atual estava se materializando.

Entre a colheita até a produção da farinha e do pão, foram aparecendo as primeiras marcas da doença maldita, que até aquele ano só os mais velhos já a tinham visto ou sabiam-na, contada através de gerações.

Em algum lugar do corpo percebia-se um formigamento que logo adquiria um calor diferente, cuja temperatura aos poucos ia aumentando, ardendo, ardendo, até o ponto de não mais ser suportável. A seguir vinham as dores, intensas, fulgurantes acompanhadas de um frio glacial que substituía o calor. Braços ou pernas atingidas mostravam os músculos contraídos, tensos e duros. A pele local, endurecida, aos poucos tornava-se pálida e a seguir apareciam manchas de cor violeta.

O membro amaldiçoado gangrenava-se de uma forma rápida e pouco tempo depois se descolava do corpo. A mutilação podia trazer alívio e sobrevivência, mas se o membro não secasse, o destino era fatal.

Da mesma forma e velocidade com que progredia a doença, aumentava o número de doentes, a tal ponto que em menos de dois meses uma legião de camponeses, agricultores, pobres e mendigos constituíam uma massa de gementes.

Homens, mulheres e crianças, todos atacados do mesmo mal, um mesmo sofrimento para todos, uma dor universal, um só desespero. Não era possível a solidariedade entre as vítimas, cada uma chorava sua dor e gritava por um socorro que não viria nunca. A situação agravava-se dia a dia, faltava-lhes comida e quando a tinham a dor os impedia de comer. O que mais doía? A fome, o corpo em brasa ou a ausência de um ou mais membros? Não existia mais a família, o único parentesco era o sofrimento. Disputava-se a água fria para aliviar o queimor, clamava-se mais alto para que a morte os ouvisse. Matava-se por qualquer motivo: por um pedaço de pão ou para tirar a própria vida para vencer o desespero. Os frades assistiam atônitos àquele quadro pavoroso, e estavam seguros de que o evangelista havia previsto esse comportamento, mas possivelmente não imaginara cores tão fortes: "o irmão entregará à morte o irmão, e o pai o filho; os filhos se levantarão contra os pais e lhes darão a morte (Mt 10.21)". Seria o sinal da vinda do anticristo? As estações não obedeciam mais a ordem da natureza, as chuvas continuavam a cair, desreguladamente, sem o conhecimento dos céus, trazendo o isolamento entre as vilas e fazendas, mofando os alimentos, umedecendo as lenhas e aumentando o frio. Mais fome, mais membros comprometidos.

O Fogo de Santo Antão havia se instalado nos arredores de Troyes, a doença dos Ardentes, o Fogo Infernal, o fogo da geena, a doença dos desmembrados.

Até aves e animais não escapavam daquele muito provável castigo ou maldição, principalmente aqueles que se abrigavam nos celeiros. Os patos enegreciam e lhes secavam os bicos, e os porcos tinham violentas convulsões.

Não faltava quem visse a repetição dos acontecimentos descritos nos evangelhos, comparando o ressecamento e queda dos membros com a maldição que Jesus lançara na figueira, e as convulsões dos porcos com o milagre do endemoniado, cujos demônios saíram de seu corpo e entraram numa vara que se lançou num precipício.

Mas o mal castigava de formas diferentes e para outras pessoas ele se apresentava apenas como febre maligna ou então como grandes tumores purulentos. Não havia regras.

A produção da farinha de trigo teve drástica redução com a diminuição do número de moleiros. Os impostos foram mantidos e cobrados, e, como consequência esperada, aumentou-se o preço da farinha e do pão, impedindo a população mais pobre de comprá-lo, e os que o consumiam recebiam um produto de mais baixa qualidade do que a habitual. Não tardou a fome a aparecer também nas pessoas sadias. Havia no ar um sentimento de inquietação social, e só um milagre poderia salvar os doentes e a cidade do caos.

Alguns monges beneditinos, que viam pela primeira vez tal calamidade, lembraram-se de um santo, que, pela tradição da ordem, era sabido que poderia vir em ajuda à população. O milagre mais acessível e certo seria com a intercessão de Santo Antão, conhecido por ajudar em situações semelhantes, mas que nunca tinha sido invocado em Troyes. Cada doente visitado ou socorrido por um dos monges recebia o conselho de orar para Santo Antão, e assim, de boca em boca, espalhou-se a esperança nos poderes do milagroso personagem. Porém, para a grande maioria dos habitantes, a figura de Santo Antão era desconhecida e muito menos se sabia como rezar pedindo sua poderosa intervenção. Afinal, quem foi ele?

XXV - Um santo para os ardentes

Ninguém duvidava das causas sobrenaturais daquela terrível doença que recebia vários nomes segundo as diferentes formas de apresentação. Uns se salvavam, outros não; uns se desmembravam, outros só feriam a pele. Para alguns, tumores, para outros, febre. Tornava-se difícil encontrar uma causa comum, a não ser o tempo de aparecer o flagelo e dar "a cada um segundo suas obras", pois no entender da igreja a doença era fruto do pecado. Era exatamente esse aspecto de confusão e desorientação a maneira preferida de o demônio se manifestar. Ele seria a causa comum e o tempo chuvoso ou invernal era-lhe propício, pois o céu cinzento e a falta de sol entristeciam as pessoas. Para satanás, um coração triste era o seu ninho mais favorável, pela menor resistência às tentações da luxúria, falsas promessas de riquezas, amor ou saúde.

Contra esse poder maligno só a força de um santo protetor ou milagres conseguiriam salvar os ardentes ou minorar seus sofrimentos. Inspirados pela fé e pelo desejo de ajudar, o nome de Santo Antão foi esperançosamente evocado pelos monges de Saint Martin.

Esse bom homem nasceu no alto Egito no ano de 251, e durante vinte anos foi um eremita de cuja condição só saiu para fundar um mosteiro, por exigência de seus seguidores, e por isso é, com justiça, chamado de o pai do monasticismo.

Morreu em 356 e foi enterrado num lugar secreto, só descoberto em 532, sob o imperador Constantino, que permitiu que os restos do santo fossem trasladados para a França e lá ficassem na vila de Dauphiné, próxima aos Alpes. Seus poderes foram ali revelados durante um grande surto de fogo da geena, em 1205, quando então os habitantes lembraram-se daquelas relíquias que até então nunca tinham sido invocadas.

Dentre as pessoas atingidas pela doença, estavam o senhor de Valloise e seu filho, que foram até o local onde eram guardados os ossos do santo e imploraram sua ajuda. Este lhes aparece em sonho, ordenando que fosse plantado um bastão em forma de T; isso foi feito na manhã seguinte, logo ao acordarem, e rapidamente a estaca transformou-se numa grande árvore. Ela significava o poder da fé e proteção aos que se colocavam sob sua sombra. Ao serem curados, pai e filho fundaram a ordem dos *hospitaliers antoninos*, inicialmente sob a orientação dos monges beneditinos e posteriormente dos agostinianos.

Em outro sonho, o santo ordenou ao senhor de Valloise que todos os membros da confraria se vestissem com túnica azul celeste marcada com um T à altura do peito. Era seu desejo que, onde houvesse o fogo infernal, lá deveria existir uma hospedaria para abrigar os doentes e desesperados. Em muitas partes da Europa fundaram-se então as Casas Hospitaleiras e Hospitais dos Desmembrados ou Estropiados, e em cada lugar deram-lhe um nome de homenagem: Santo Antão de Vienne, no Rhône; Santo Antão, o Egípcio; Santo Antão, o Grande e muitos outros. Não fosse pelo respeito que se tinha por relíquias de um santo, qualquer coisa que a ele tivesse pertencido, de um suposto pedacinho de camisa a um dente encardido, talvez o venerável egípcio permanecesse no anonimato, já que não era um santo de altar.

Durante o flagelo em Dauphiné, as vítimas foram colocadas diante do relicário guardado na abadia, para ouvirem dos monges a seguinte invocação: *Antão, venerável pastor que devolveis a saúde àqueles que são presas de terríveis sofrimentos, que curais as maiores doenças, que apagais o fogo infernal, ó pai misericordioso, rogai ao Senhor por nós.* Após essa fervorosa prece, deram-se de beber aos enfermos algumas gotas do vinho santificado, obtido após banhar a ossada do santo com vinho comum. Aprendeu-se que em caso de gangrena, se não ocorresse o milagre, a parte morta deveria ser amputada por um religioso e depositada na igreja como um ex-voto. Entretanto, essa prática foi proibida no Concílio de Latrão de 1215, pois *ecclesia abborent sanguine*; mas alguns monges ainda teimam em ignorá-la, inclusive os de Troyes.

Esses fatos só traziam mais desânimo aos doentes desta cidade, pois a única coisa fácil era aprender a invocação de Santo Antão, mas sem a presença de uma relíquia ou do vinho santificado o fervor não era o mesmo, e o milagre menos provável. A distância entre as duas cidades era muito grande, tornando impraticável qualquer missão de buscar uma porção do vinho que poderia santificar vários tonéis, além de se autoperpetuar, ou uma relíquia por empréstimo. É certo que não faltaram os que diziam possuir as verdadeiras relíquias de Santo Antão, pretendendo vendê-las por elevado preço; assim, apareceram três mandíbulas, seis fêmures, vários dentes etc. Tais pessoas foram presas, açoitadas e deixadas apodrecer numa das celas da porta de Saint Jacques.

Por sugestão do abade de Saint Martin, o bispo local permitiu que um enorme T de madeira fosse erguido no campo, distante da entrada da cidade, em homenagem a Santo Antão, e em pouco tempo o local tornou-se o espaço de esperança para os amaldiçoados. Orações em altos brados, choros, abraços envolvendo a cruz, velas, oferendas e cânticos mantinham os ânimos e a fé no milagre individual. Era impossível que os ouvidos do santo estivessem surdos a tão comoventes clamores.

A ausência de qualquer milagre aumentou a impaciência e desespero dos doentes e muitos deles decidiram buscar ajuda dos médicos do Hôtel Dieu-le-Comte; porém, a admissão estava interditada para essa doença. Autoridades constituídas por representantes do clero, da abadessa, dos médicos e do governo da cidade faziam uma verdadeira triagem separando os loucos e os endemoniados dos portadores da doença maldita. Os primeiros eram presos, os segundos também encarcerados para serem exorcizados e os terceiros mandados de volta às suas casas ou orientados a procurar uma Casa de Estropiados, a qual, infelizmente, não existia nos arredores de Troyes.

Dentro deste dramático cenário, o abade Mathieu não se omitiu, e abriu uma das alas do mosteiro para receber, dentro do possível, a todos os ardentes que pedissem abrigo e socorro, mesmo consciente de que tal atitude poderia complicar sua casa com a visita iminente do pessoal de Paris. Entretanto, dom Mathieu não queria quebrar a regra de São Bento, que era a razão de ser da comunidade e, a seu ver, mais importante do que os senhores de Notre Dame de Paris.

O mosteiro começou a admitir os doentes mais graves, com dores insuportáveis ou aqueles cujos membros, mãos ou pés, corriam sérios riscos de serem amputados. Toda uma ala foi transformada em comprida enfermaria, com os pacientes deitados sobre colchões de palha. No meio do grande espaço, foi colocada uma cruz em forma de T, e em sua parte horizontal, escreveu-se: *Santo Antão, rogai por nós*. Missas eram oficiadas junto à cruz e uma mesa servia de altar. As preces ao santo tornaram-se mais fervorosas e comoventes, a ponto de muitos se entorpecerem com as repetidas ladainhas e sentirem alívio da dor. Os monges René e Confaloni ministravam os medicamentos, faziam curativos e arrancavam membros ou partes deles que estavam em avançado estado de gangrena e destacando-se do corpo. Era um trabalho de pouco resultado prático, com elevado número de mortes; os extenuados irmãos pulavam entre os corpos gementes e os cadáveres; com estes, tinham ainda o trabalhoso dever de colocá-los em um saco de algodão, costurar as aberturas, carregá-los para fora e colocá-los numa carroça para serem enterrados numa vala comum dentro da floresta.

Também os monges imploravam a Santo Antão uma ajuda, qualquer que fosse, que os aliviasse da pesada carga.

Numa das manhãs chuvosas, um casal bate à porta do mosteiro, sendo prontamente atendido pelo porteiro, irmão Gérard.

— Sejam bem-vindos. O que querem?

— Falar com dom Mathieu.

— E quem devo anunciar?

— Felicie e Claude.

Mathieu não tardou em vir ao encontro do casal.

XXVI - Felicie no mosteiro

— Sede bem-vindos. Como vais Felicie? Conheci muito teu tio Gilbert e admirava o trabalho que ele fazia. E tu Claude, o que fazes agora? Bem, em que posso ajudar-vos? Mathieu falava depressa como se não dispusesse de tempo para conversas sociais.

— Meu tio também gostava de ti. Claude me auxilia no atendimento aos doentes que me procuram. Mas viemos oferecer nossa ajuda, disse Felicie, compreendendo que deveria ir direto ao assunto.

— Não sei se compreendi bem. Queres ajudar-nos? Em quê ou com quê assim pretendes?

— Sabemos que acolhes um grande número de doentes com fogo de Santo Antão e queremos colocar-nos à tua disposição para tratar essa gente.

— E o que sabes sobre essa doença, de que, a julgar pela tua idade, jamais viste algum caso?

— Ela sempre foi uma preocupação de meu tio, que esperava a oportunidade de combatê-la, pois tinha sobre essa doença seus próprios conceitos e sugestões para o tratamento. Orientou-me sobre os fatos que deveriam ser observados para fazer um juízo correto da forma de tratá-la.

— Eu sei que Gilbert deu-te uma formação médica e que tens te saído bem ao tratares pequenas doenças. Porém... tu não és nenhuma ingênua e conheces as regras de nossos mosteiros quanto à presença de mulheres entre nós. Por que queres colocar-te e a todos nós em condição de reprovação episcopal? E tu Claude, por que aceitas tudo isso? Não a orientaste nesse particular?

— Sim, dom Mathieu, eu a avisei, respondeu Claude, mas ela me convenceu e da mesma forma espero que tu te convenças. Não precisamos ter receios em praticar o bem e acredito que ela é a única pessoa que pode e tem coragem de correr esse risco.

— Ora, ora, dom Mathieu, interveio Felicie, a partir do momento em que colocaste toda essa gente doente aqui, isso significou que pouca importância deste ao teu bispo; por outro lado, não é verdade que tens certa independência episcopal e só deves obediência ao papa?

— Menina, não conheces bem nossas regras e Claude poderia ter te instruído melhor, já que ele bem sabe do assunto. Entretanto, tens razão num ponto, os doentes são nossa prioridade. Mas vamos sair deste frio. Venham para minha sala e junto com um chá quente me contarás o que é que tanto sabes dessa doença e como pretendes tratá-la melhor do que fazemos.

Só então Felicie percebeu que tinha se molhado na chuva fina que caía insistentemente e tremia com frio. A sala de dom Mathieu não era muito aquecida, mas o chá completava o calor necessário. Ele mesmo preparou a bebida, em silêncio, com ar mais grave, como se meditasse sobre a decisão que estava prestes a tomar. Derramou o chá nos três pequenos copos, sentou-se e olhando em direção a Felicie, mas sem fitá-la, recomeçou o assunto.

— Crês mesmo que estás preparada para ajudar esses infelizes? Que remédio tens a propor? O que pensava teu tio a respeito da causa dessa doença?

— Dom Mathieu, vamos inverter a ordem das respostas. Se me perguntas sobre a causa desse flagelo, devo concluir que não acreditas, como meu tio, que estamos diante de um castigo divino, isto é, que deve haver uma causa natural e não uma expiação de um pecado coletivo. Não é assim?

— Cuidado com o que dizes, menina. Tens uma língua afiada e apressada. Mesmo paredes de pedra podem ter ouvidos. É claro que a doença só existe com a permissão de Deus e se assim não fosse não estaríamos a implorar Sua divina providência.

— Não duvido, dom Mathieu. Entretanto, não trouxeste os doentes para cá só para orar por eles. E por que ela não atinge a todos, ricos e pobres, conventos e abadias, gente da cidade e do campo? Por que só os campesinos, agricultores ou moleiros? Serão eles os únicos pecadores de Troyes?

— Não vieste aqui para discutir teologia. Digamos que também estou interessado em saber que meios usou o Senhor para manifestar a doença em um grupo de pessoas. Mas o tratamento não depende dessa informação; devemos tratar a moléstia sem interrogarmos os desígnios divinos, não concordas? Agora me diz, tens mesmo uma forma diferente de tratamento?

— De acordo, dom Mathieu, por enquanto não vamos mais discutir sobre isso. Mais tarde talvez. Quanto ao tratamento, direi como fazê-lo à medida que examine os doentes, mas preciso saber se aceitas a mim e a Claude como auxiliares de teus irmãos.

Felicie reconheceu no rosto de Mathieu um aliado que não se sentia à vontade para dizer o que realmente pensava. Ela teria de conquistar sua inteira confiança pela demonstração de competência.

— Pois bem, vamos ao trabalho. Vou apresentá-los aos irmãos René e Confaloni, que cuidam dos doentes. Enquanto falo com eles, esperem aqui.

Claude mostrava-se desconfortável, para não dizer ansioso. Era a primeira vez que voltava a um mosteiro depois de ter-se desligado de Notre Dames des Aubes. Não era sua intenção retornar, pelo menos, não tão cedo. Na verdade, esperava sentir-se pouco à vontade diante da comunidade, embora soubesse que jamais seria motivo de desprezo ou indiferença; não haveria tais sentimentos, mas o segredo de sua saída estaria descoberto em pouco tempo: Felicie. Apesar do trabalho que esperava por eles, não conseguiria ocultar o carinho pela companheira.

— Felicie, disse Claude, tens uma real ideia do que nos aguarda, ou melhor, do que te aguarda? Acho que estás confiante demais em teus conhecimentos, embora eu não duvide deles. Não temes o fracasso ou a impotência diante de doença tão grave, que está até hoje sem remédio humano e depende de milagre?

— Ah Claude, então confundes minha determinação com soberba? Não vim buscar glória nem fama, muito menos colocarme no lugar de Deus. Coloquei-me apenas no lugar do meu tio, que não suportaria ouvir tantos gemidos sem solidarizar-se, sem correr para aqueles que sofrem e cumprir o seu dever. Não me sinto obrigada a curar, mas devo ajudar a aliviar a dor, e creio que para isso estou mais preparada do que esses caridosos monges, embora o remédio deles, o amor, seja o melhor.

— Minha querida, jamais duvidei de teus princípios, apenas não gostaria de ver-te magoada por alguma incompreensão.

— Tua presença junto a mim também pode ser incompreendida...

— A mim nada importa além de estar a teu lado.

— Olha, parece que nossa recepção está chegando.

XXVII - Felicie entra na Geena

Uma vez recebida a autorização de Mathieu para trabalhar na improvisada enfermaria dos ardentes, Felicie e Claude ganharam, cada um, uma cela próxima ao local de trabalho. Os móveis consistiam em um catre com colchão de palhas, uma cadeira e uma pequenina mesa. Os amigos poderiam ali descansar e dormir à noite, se quisessem. Tomariam refeições na sala de hóspedes. Felicie optou por permanecer todo tempo no mosteiro, indo a Troyes somente nos fins de semana; Claude era da mesma opinião. Voltariam naquele momento para sua casa, a fim de preparar e trazer todo o material e remédios que imaginavam ser necessários, além evidentemente de seus objetos pessoais, entre os quais incluiriam jarros e bacia para o banho na própria cela.

Mathieu levou-os até a enfermaria.

— Vê, Felicie, o que deves enfrentar e decide o que vais fazer. O irmão René será teu guia, companheiro e auxiliar se assim resolveres.

O que parecia um local mais calmo revelou-se uma babel de sons, assim que a grossa porta foi aberta. Foi como se se visse do alto as almas arderem nos caldeirões do inferno e suplicarem para deles saírem. Havia de tudo diante da indiferença da doença. Os leitos consistiam apenas de colchões no chão que acomodavam de duas a quatro pessoas juntas, homens ou mulheres. Um grande número de pessoas mostrava diferentes formas de gangrena, membros inteiros ou parte deles enegrecidos e ressecados, cujos donos suplicavam que os fossem arrancados ou cortados. Outro grupo exibia pernas e braços inchados, várias vezes maiores que os seus diâmetros, recobertos por uma pele da cor de uma brasa viva, salpicada por pequenas e grandes bolhas das quais escorriam filetes aquosos. A dor e as faces de sofrimento eram maiores do que a imaginação suporia e as palavras pudessem descrever. A toda essa confusão, própria das maldições, juntavam-se a sede insaciável, febres, tremores, orações gritadas e choro de crianças. Para os que podiam andar, havia disputa por um espaço para abraçar a cruz do centro da enfermaria e clamar a Santo Antão que os ouvisse. Quanto mais se aproximava dos pobres leitos, mais se percebia o cheiro dos excrementos e urinas impregnados nos colchões. Havia também aqueles que já estavam indiferentes ao avanço da doença, não gritavam nem gemiam, apenas agonizavam; estavam recebendo o consolo da morte.

A geena não deveria ser diferente, apenas trocava o cheiro das fezes pelo de enxofre, e não havia o benefício da morte, mas o castigo da imortalidade. Para aqueles doentes de San Martin, a eternidade era o tempo que a doença os castigava, um tempo sem-fim.

Os dois irmãos, René e Confaloni, estavam no limite de suas forças e revezavam-se nas tarefas de limpar os colchões e os doentes, enquanto o outro cuidava da doença.

Felicie e Claude apertaram as mãos para conter qualquer exclamação de horror. Aproximaram-se de Confaloni. "Irmão, dom Mathieu nos autorizou a ajudá-los, e se estiveres de acordo, ao amanhecer estaremos de volta para iniciar o nosso trabalho".

— Que o Senhor não os deixe esquecer essa promessa.

No retorno para Troyes, o casal mantinha-se em silêncio, provavelmente meditando sobre o grave quadro visto e o que poderia ser feito. Claude quebrou o silêncio.

— Então, Felicie, o que vamos fazer?

— Não sei ao certo. Rezarei pela alma de meu tio para que me oriente. Há tanta coisa a ser feita, que não sei como aqueles dois conseguem fazer tudo aquilo sem alterar o estado de ânimo.

— E o que achas que está causando tudo isso?

— Fazes uma pergunta pertinente, como diria meu tio. Qual a causa? Realmente não sei, mas não te parece estranho, como eu disse a Mathieu, que só os trabalhadores dos campos de centeio, trigo ou aveia estejam doentes? Por que só eles? Por que René e Confaloni, que estão em contato com todas aquelas pessoas, não se tornam doentes? Preciso pensar.

— A escolha divina...

— Para com isso. Sabes o que eu penso a respeito...

— A escolha divina acho também que não é por onde começaremos.

Felicie sorriu, deu-lhe a mão; a chuva fina, quase garoa, parecia não incomodar os amantes, que descobriram que se amavam muito mais quando chegaram em casa e fizeram amor, como se fora para exorcizar toda a miséria que tinham visto. Abraçaram-se pela alegria de terem os corpos belos e sadios. Amaram-se como se se despedissem dos momentos de folga ou lazer e fossem viver no inferno, onde o único prazer seria o carinho do olhar.

Ainda tinham o resto do dia para o preparo do material a ser levado para o mosteiro. Felicie fez a lista e Claude cuidou de acomodar os medicamentos e objetos nas arcas e cestos. Pós de amêndoas, cristais de alúmen, pedras de chumbo, mercúrio vivo e cinábrio constituíram o primeiro lote totalmente retirado das prateleiras. Esperava-se que em Saint Martin houvesse quantidade suficiente de azeite de olivas. O segundo lote consistia em ervas para o preparo da teriaga fresca, que seria feita no local, e cuja composição fora modificada por Gilbert e se caracterizava por sua simplicidade e... um segredo: folhas de confrei, flores cravo-de-defunto ressecadas, folhas de trevo, salva, bardana, erva benta, quelidonia e genciana. Cada uma delas era acondicionada em potes de cerâmica, rotulada e lacrada. Um grande volume de raízes de mandrágora constituía o terceiro lote. Felicie parou diante do armário que guardava os instrumentos e aparelhos de seu tio. Abriu-o. Durante longo tempo contemplou-os, sem saber se deveria ou não usá-los, pois poderia ter problemas com a inspeção do bispo. Por fim, decidiu-se. Ela sabia como e quando usá-los e, então, por que não levá-los? Havia material para operações, como lancetas, tenazes, pinças, garrotes, além de material de sangria e aplicação de clisteres. Pequenas retortas e destiladores destinavam-se a retirar o espírito dos metais e outras matérias sólidas, transformando-os em matéria de corpo líquido. Era uma grande mudança a ser realizada com disciplina e cuidado.

Cavalos e carroças estavam prontos para partir na manhã seguinte.

Uma antiga cozinha próxima à adega serviu aos propósitos de Felicie, pois dispunha de mesas, fogão para o uso dos vasos, retortas e demais aparatos para a produção de infusões e outros remédios, além de prateleiras de alvenaria embutidas nos recessos arqueados das paredes. No fim do dia a jovem e Claude já haviam instalado a "sala dos remédios", como a batizaram René e Confaloni. A partir de então, o casal não teve mais conhecimento do que seria descanso. Trabalhavam dia e noite; Claude preparava os remédios que Felicie prescrevia e os monges portavam-nos à enfermaria.

A teriaga para dor era produzida diariamente e colocada em copos à beira de cada leito, para ser tomada quando o doente sentisse necessidade; aos casos mais rebeldes, eram oferecidas doses concentradas de mandrágora com vinho branco. Muitos homens e mulheres tinham suas pernas ressecadas e necrosadas, e o tratamento era o mesmo que Gilbert usava para com os leprosos — retirar a carne morta com um estilete, depois de manter empapado o membro com óleo de olivas e mercúrio. Era como se se descolasse a casca grossa de uma árvore. O osso geralmente mostrava-se quebradiço e era amputado com um formão e martelo.

O cheiro pútrido das peles e carnes em decomposição tornava o ar quase irrespirável e nauseoso, provocando em muitos doentes a aversão à comida e vômitos. Felicie mandou que se providenciassem vários potes de barro, colocando dentro deles uma mistura de aloés e sândalo, recobrindo-a com brasas. A fumaça aromatizava o quarto e dava uma sensação de conforto aos enfermos.

Em duas semanas houve uma mudança dramática do quadro inicial, e ninguém tinha dúvida de que aquela santa mulher era uma enviada de Santo Antão. A mortalidade diminuiu, alguns puderam voltar para suas casas, mas os mesmos novos casos continuavam a chegar.

E assim, numa luta diária e sem tréguas, o grupo, agora liderado por Felicie, incorporou à rotina o dever de servir, aliviar a dor, minorar o sofrimento ou assistir aos moribundos na misteriosa travessia.

Seguindo as instruções de Gilbert, Felicie a tudo anotava e procurava retirar ensinamentos e conclusões dessa quase irreal experiência.

XXVIII - A viagem da comitiva episcopal

O trabalho dos irmãos em Saint Martin, mesmo auxiliados por Felicie e Claude, roubava o tempo para certas questões administrativas, pois a atenção aos sofredores assumia prioridade, só superada pelos ofícios das horas, obrigatoriamente dedicadas às regulamentares orações. Como se despertasse de um pesadelo, Mathieu deu-se conta de que a chegada da comitiva de Paris estava muito próxima e as providências para a recepção, conforme as instruções prévias, deveriam ser tomadas de imediato, mesmo em prejuízo do atendimento aos doentes. O abade convocou o prior e mais quatro monges, mandou que cada um relesse as cartas enviadas pelo bispo Gauden e por seu auxiliar Blanchard e providenciassem ao pé da letra as exigências contidas naqueles textos. Toda a comunidade monástica aparentava calma, parecendo não modificar em nada a rotina do mosteiro, mas o nível de ansiedade era visível nos rostos de todos.

Mathieu redobrou as penitências e jejuns para sufocar o pânico sobre o caráter da visita, pois os supostos graves motivos que a originavam podiam ser encontrados muito mais entre os purpurados do que entre os simples monges, como a simonia e o sexo. Mas por certo ele não se livraria da responsabilidade de abrigar os doentes de fogo maligno e permitir a presença de uma mulher entre eles. Feitiçaria, perversão e heresia podiam fazer parte das conclusões episcopais, na dependência de conclusões possivelmente tendenciosas.

A equipe de trabalho para a organização e recepção listou as tarefas a serem cumpridas. A procissão de acolhimento não seria problema, mas o mosteiro não dispunha de adereços especiais para o cavalo que transportaria Gauden desde os limites territoriais do mosteiro até a entrada na sede. Um palanquim poderia ser improvisado com a cadeira do abade, mas como revesti-la com almofadas e veludo adequados?

Quanto à acomodação, não havia nada melhor do que as celas do claustro, iguais para todos. O abade ordenou que sua própria cela fosse cedida e que se fizesse um colchão recheado com penas e palhas e um travesseiro de plumas, além de mesa e cadeiras para mobiliá-la. Mais coisas não cabiam no pequeno espaço celular. Como o tempo estava muito frio, as paredes de pedra dos quartos e da abadia tornavam desconfortáveis as noites, por isso as reuniões, missas e vigílias seriam feitas numa pequena capela no subsolo, cuja temperatura era um pouco mais quente.

Os irmãos responsáveis pelas hortaliças e animais foram chamados para que provessem adequadamente o fornecimento de carnes, leite, ovos e mel. Normalmente consumiam-se peixes, frangos e porcos, cujo suprimento poderia ser garantido durante um tempo não muito prolongado. O gado não era abatido nos campos do mosteiro, cujo pequeno rebanho destinava-se à produção de leite e queijos, e por isso não se comia essa carne mais nobre. O vinho era produzido em quantidade suficiente para atender às recomendações do fundador da ordem, isto é, cerca de um quarto de litro por dia para cada irmão; a vinha não era grande, mas a qualidade do produto, razoável. O irmão Lepoint responsabilizava-se pela adega, localizada nas profundezas do mosteiro, lugar frio e escuro, cuja chave da espessa porta era guardada dentro de suas vestes, colada ao peito, como se fosse um crucifixo ou um escapulário. Cabia a Lepoint evitar os excessos e a embriaguês, mesmo nos dias de muito calor, uma vez que a água não era o líquido mais adequado para matar a sede em certas situações. O receio do irmão adegueiro era o consumo exagerado pela comitiva visitante, que não estava comprometida com a parcimônia beneditina, nem com seu provimento. Dessa forma, tratou de aumentar o estoque de suco de sidra, que serviria como alternativa às relações diplomáticas.

A santa comitiva, composta de dez pessoas, saiu de Paris em agosto de 1317, chefiada pelo bispo Gauden, o secretário Blanchard, o arcediago Corton, um padre escrevente, um auxiliar de ordens, um padre ex-cirurgião-barbeiro, dois guardas chefiados por Jean Troncudo e um outro para o cuidado com os cavalos. Havia muito tempo que Gauden evitava fazer longas distâncias fora de Paris, pois as desconfortáveis e prolongadas cavalgadas praticamente moíam suas hemorroidas, deixando-o com horripilante humor. Para essa viagem, almofadas especiais foram adaptadas às montarias de seus dois animais, e com a prática adquirida nas diversas posições de sentar-se de acordo com o estado de suas pudendas partes, decidiu que iria montado à maneira das mulheres, isto é, de lado. O ex-cirurgião-barbeiro levava consigo o mais precioso dentre os inúmeros volumes que constituíam a bagagem transportada: uma caixa contendo linimentos, pomadas, panos e elixires para as urgências hemorroidárias. O tempo úmido e frio favorecia em parte o conforto dos viajantes, devido às ausências de poeira, do queimor do sol e da dureza do chão, substituída por uma terra fofa, quase enlameada; por outro lado, o percurso seria mais demorado.

Gauden vestia-se de forma simples e cômoda para uma jornada estimada em 3 ou 4 dias: batina vermelha de algodão, capa de lã da mesma cor e solidéu. Jean Troncudo era o guia da comitiva, seguindo algumas dezenas de metros à frente, e logo atrás, o padre escrevente cavalgava segurando uma cruz de metal, óbvio símbolo do poder e autoridade do grupo viajante. Mas o que realmente chamava atenção era a figura vermelha, inconfundível de uma alta autoridade da igreja, que podia ser reconhecida de longe pela população camponesa. À medida que as distâncias iam sendo vencidas, ao longo do caminho as pessoas ocupadas no trabalho do campo ou nos pequenos vilarejos postavam-se respeitosamente, retirando seus chapéus, ou se ajoelhando à passagem da comitiva religiosa, esperando receber uma bênção especial de tão alta autoridade, raramente vista de perto. O bispo, sem demonstrar cansaço, mas de forma displicente, saudava aquela simples gente com um gesto de mão que possivelmente seria uma cruz riscada no ar.

Antes de chegarem a Saint Martin, nos arredores de Troyes, a pequena caravana faria duas obrigatórias paradas, a primeira em Lagny e a segunda em Provins.

Chegaram em Lagny ao final da tarde e o bispo dirigiu-se para a abadia de Notre Dame-des-Ardents, onde já era esperado pelo abade. A comitiva foi acolhida de maneira simples, dispensando-se os monges da abadia do ritual da visita episcopal, tendo em vista o breve tempo que ali ficariam. Apesar de livres das onerosas e cerimoniosas providências, nunca em Lagny provou-se um cardápio tão generoso e um vinho tão bom, pelo menos para os padrões daquele abaciado. Porém, o abade Marcelin não escondia seu constrangimento ao revelar a Gauden que vários portadores do Fogo de Santo Antão estavam em acomodações precárias, alimentados e tratados com o que era possível; Gauden evitou visitá-los e Marcelin preferiu acreditar que fosse pelo cansaço.

O bispo retirou-se para o seu quarto logo após o jantar; fez as orações, deitou-se, mas não conseguia adormecer. Não era só a fadiga natural de uma viagem trabalhosa e cansativa, além de sua doença anorretal, que o incomodavam. Era ele mesmo, em autorreflexão, que estava a se perturbar. Fora eleito bispo por negociação e ordem de um príncipe, e por isso jamais tivera um contato mais íntimo com a vida e atividades monásticas, muito menos com doentes que gritavam por socorro. O ambiente de Paris, sua universidade e catedral eram um mundo distante da simplicidade que ele vivenciava naquela noite, além da humildade, caridade e fervor de oração. Será que os mosteiros deveriam ser realmente alvos do rigor de uma inspeção episcopal? Haveria de verdade toda a corrupção e heresia de que eram acusados? Até que ponto ele não estava se deixando levar pelos argumentos de Blanchard e Julian Corton? Ou a inspeção seria necessária justamente para colocar tudo em pratos limpos? O universo religioso passava por uma crise que não tinha tempo para terminar. De um lado, a fantástica força dos mosteiros, independentes, arrogantes, com obediência somente ao papa, sendo Cluny o grande exemplo. A abadia de Notre-Dame des Ardents poderia ser um outro exemplo de força, pois a cidade de Lagny experimentava um enorme progresso e riqueza com as feiras anuais da Champagne, que reuniam Lagny, Troyes, Provins e Bar-sur-Aube. Do outro lado, o episcopado tentava reunir suas energias e prestígio junto a Roma. Nascia uma corrente, cada vez mais prestigiosa, de que, se houvesse uma reforma, ela deveria acontecer dos dois lados: obter a obediência dos monges, diminuir a influência da corte na igreja e combater a corrupção. Mas ele mesmo, Gauden, era um produto desse meio e ainda não se convencera de que não era natural que os príncipes indicassem os bispos. Não tinha ele com quem compartilhar suas dúvidas, pois no ambiente parisiense não tinha bons conselheiros. No momento não sabia como agir, a não ser fazendo o que deveria ser feito pelas regras atuais. Amanhã seria um outro dia.

Gauden celebrou a missa na abadia antes do nascer do sol, enquanto o dia amanhecia cinzento, pouco convidativo a seguir viagem, e a determinação em fazê-la representava para o bispo um sacrifício que seria oferecido a Notre Dame, mas que também esperava que fosse reconhecido mais tarde pelo papa. Uma chuva fina reforçava o valor espiritual da determinada comitiva, que se colocou a caminho de Provins na hora terça, logo após as orações do meio da manhã. A caravana parava de tempos em tempos, sob grandes áreas sombreadas na floresta, à margem da estrada, para que o bispo pudesse apear-se do cavalo e aliviar-se do desconforto doloroso das malditas hemorroidas. Uma dessas ocasiões foi mais urgente e uma arca com a tampa convexa como um barril serviu de suporte para Gauden debruçar-se sobre ela, com a cabeça mergulhada em direção ao chão, sustentando-se com as mãos apoiadas no solo e as pernas para o ar; a batina caiu-lhe sobre o peito, quase escondendo seu rosto. Respeitosamente os dois padres ajudantes abriram a parte traseira da espessa ceroula de lã, afastaram delicadamente as nádegas e tiveram acesso à mais recôndita parte do ser humano, aquela sem a nobreza do coração ou o mistério do cérebro, mas cujo mau funcionamento ou obstrução leva ao inferno qualquer ser vivente, homem ou animal, aquela parte cujos maldizeres ou gracejos só são válidos quando referidos à dos outros. O jovem padre guardião da caixa de remédios entrou imediatamente em ação. Em primeiro lugar, devia limpar e refrescar aquela cruenta carne, voltada para o céu e que estava sendo expulsa do reto como se fosse uma murcha flor vermelha, sobre a qual sobressaíam as túrgidas e escurecidas veias. A caixa continha os panos brancos de algodão, cuidadosamente dobrados, que foram retirados e embebidos com água de rosas e água benta e aplicados no local. Após várias trocas de compressas, aplicou-se o linimento para alívio da dor, e finalmente toda a região anal foi recoberta com as famosas pétalas de rosas de Lagny. Invocando a assistência do santo protetor de Paris, o padre comprimia a carne coberta por pétalas, com a invocação "volte de onde vieste, em nome de São Denis"; desta forma reintroduzia as hemorroidas para o interior do reto. Esse ritual de tratamento foi assistido pelas pessoas mais íntimas de Gauden, as quais, além de mostrar sua solidariedade para com seu sofrimento, arriscavam-se a dar opiniões sobre a melhor maneira de tratar aquele agudo problema. Finalmente, sem dor, o piedoso paciente levantou-se. O sucesso da manobra foi aplaudido pelos circunstantes e a seguir, de joelhos, agradeceram com um fervoroso *pater noster*.

Melhorado e reanimado, o bispo autorizou o prosseguimento da viagem. Apesar de estar com certo atraso, a comitiva esperava chegar a Provins antes do anoitecer. O tempo foi favorável, apenas nublado, sem chuva ou sol forte, e com as hemorroidas sob a proteção vigilante de S. Denis, a caravana viu o perfil da pujante cidade pela hora próxima das vésperas.

Provins já impressionava o visitante antes mesmo de lá entrar, pelo enorme movimento nas nove estradas principais de acesso e as cerca de dez secundárias, que permitiam chegar e sair para qualquer lugar da Europa. Grandes caravanas de carroças, burros e cavalos, gente a pé, transportando todas as mercadorias que a mão do homem ou da natureza podiam produzir e que seriam avidamente disputadas, vendidas e consumidas pela população local e das cidades vizinhas. A comitiva episcopal sentiu sua pequenez numérica diante das legiões feirantes e, percebendo isso, Gauden ordenou o rigor da pompa eclesial, que devia se destacar pelo colorido e solenidade na rudeza dos caminhos até a entrada na cidade. A estratégia fazia efeito, pois todos se afastavam para dar passagem à caravana episcopal, de onde poderiam sair graças ou maldições segundo o julgamento daquele homem, bispo ou arcebispo, pouco importava, e que estava montado numa sela feminina. Quando era oportuno, Gauden abençoava tropas e comitivas que lhe mostravam respeito.

Assim, sem outros percalços, entraram em Provins, e, conforme já combinado, dirigiram-se ao priorado beneditino de Saint Ayoul, onde o abade Auguste havia preparado uma modesta recepção, o que agradou ao visitante levando em consideração suas precárias condições de saúde. Tudo o que o ilustre bispo precisava era de um mergulho do traseiro numa tina com água quente e, depois, uma generosa cama. Dispensou a participação de seus padres e dele próprio às completas. Dormiu rapidamente, sem reflexões nem sonhos.

O dia amanheceu sem chuva, mostrando o sol apenas como um luzeiro sem calor algum. Gauden e seus padres participaram das laudas e mais tarde de um modesto desjejum partilhado com o restante dos homens da comitiva. Provisões foram oferecidas e abasteceram os sacos de alimentos. A saída de Saint Ayoul em direção oeste permitia que a caravana evitasse a multidão e o intenso movimento da cidade em função da feira. A distância de dezessete léguas entre Provins e Troyes estava prevista para ser completada em um dia e meio de viagem, se não houvesse intercorrências. Reanimados pelo descanso, bem alimentados, o grupo partiu com bom estado de ânimo. Paradas de descanso para os homens e animais eram feitas a cada três ou quatro léguas, conforme o espaço das áreas sombreadas para abrigar o conjunto viajante. Durante todo o percurso não foi necessária nenhuma parada extra para atender aos problemas hemorroidários de Sua Excelência.

A penúltima pausa da caravana foi nas proximidades de Troyes, mais precisamente no humilde mosteiro de Notre Dame des Aubes, onde foi recebida segundo as regras beneditinas, cumpridas apenas fria e disciplinadamente. Julian Corton jamais imaginaria que estava repetindo os mesmos passos de Gilbert, os últimos momentos da vida do médico, antes da emboscada à entrada da cidade e que o mutilou para sempre. O irmão vinhateiro Perrin, amigo e fornecedor de Gilbert, havia morrido logo após seu criminoso acidente, e felizmente não teve o desconforto de servir o seu vinho ao arcediago. A história do médico amigo do mosteiro ainda perdurava na memória da irmandade e o envolvimento de Julian era um segredo sabido e jamais comentado entre eles.

Notre Dame des Aubes, entre aqueles que o conheciam, era também chamado de mosteiro dos humildes ou convento dos esquecidos, pelo fato de que a comunidade era praticamente ignorada pelo alto clero e mesmo pelos nobres. Não fosse pelo bom vinho que seus poucos hectares produziam, a sobrevivência da irmandade estaria seriamente comprometida. O destino reservava ainda o pior para o mosteiro, que seria consumido pelo fogo vinte anos mais tarde, sem chances de ser reconstruído nem deixar vestígios.

Para Gauden e seus amigos, o desconforto das acomodações e alimentação só seria compensado pela saída mais rápida possível daquele prédio e pela chegada a Saint Martin três horas depois. Uma missa comum e bênção especial a todos os monges marcaram a passagem rápida da comitiva, porém, que gastou um tempo maior preparando-se para ser recebida no seu pouso final.

XXIX - Ecce sacerdos magnus

Sim, finalmente, eis o supremo sacerdote às portas de Saint Martin.

Lá estava o mosteiro, protegido pela pequena floresta ao seu redor, cuja torre quadrada de pedra escurecida era vista de longe, sobressaindo nas árvores, como um sinaleiro ao cansado ou perdido peregrino. No seu topo, três sinos repicaram sons sequenciais, agudo, médio e grave, a rápidos intervalos e depois em uníssono, repetidas vezes, para o anúncio festivo da chegada do enviado do Senhor.

A distância que ligava a estrada ao prédio não era longa e todo trecho estava envolvido por uma atmosfera de paz e beleza. Quase ilhando o mosteiro, um estreito e pouco profundo rio corria sem-pressa, murmurando canção monótona, de prazer e calma, quando as águas encontravam e contornavam brancas pedras em seu trajeto. Esse encantador curso d'água era a divisa entre a riqueza e a modéstia, entre a violência e a fé. Sobre ele, três metros acima, uma ponte em arco ligava suas margens; esse fosso natural impedia que patas e rodas maculassem sua limpidez e perturbassem a sua serenidade.

Montado em seu cavalo e mantendo a postura mais solene que conseguia, Gauden colou-se à frente da caravana, no meio da ponte, e aguardou que o ritual prescrito fosse cumprido. Todos os monges residentes já o esperavam do outro lado, no território do mosteiro, perfilados, formando um corredor de vinte irmãos; na outra extremidade da ponte Mathieu segurava pelas rédeas um cavalo branco enfeitado apenas por uma montaria feita de veludo azul e recheada com algodão e penas, exibindo o brasão da ordem bordado nas laterais. O abade comportava-se como um humilde palafreneiro à espera do amo. Assim que o bispo apeou, Mathieu foi ao seu encontro, buscando primeiramente o braço estendido, cuja mão apresentava o anel para ser beijado de joelhos. Nesse instante o coral entoou

"Non nobis Domine, non nobis; Sed nomine tuo ad gloriam" (Não para nós Senhor, não para nós; mas que a glória seja dada ao teu nome). O canto e a reverência agradaram ao visitante, pelo menos foi o que se deduziu pelo sorriso espontâneo e caloroso cumprimento ao abade e uma bênção bem construída com amplo gesto aos cantores.

Antes de Gauden transferir-se para a nova montaria, Jean "Troncudo" a inspecionou certificando-se da sua firmeza e da mansidão do cavalo, e a seguir ajudou Sua Excelência a montar. Assim iniciou-se a procissão de curto trajeto, mas que devia manter a formalidade até a entrada do edifício. Duas filas de monges, ainda cantando, começaram o desfile, seguidos por Mathieu, que puxava o animal do bispo, logo atrás os padres e finalmente os homens auxiliares.

À entrada do mosteiro o abade fez cumprir a regra de recepção aos hóspedes. Pedindo ao bispo que sentasse na cadeira diante da porta, colocou-se de joelhos à sua frente, desatou-lhe as fitas dos macios sapatos, e tomando os pés do visitante, colocou-os dentro de uma bacia com água morna e lavou-os delicadamente. Assim, seguido pelos irmãos da ordem, todos os visitantes, em fila, tiveram seus pés lavados conforme a regra beneditina de recepção ao peregrino. A modesta cerimônia terminou com a leitura de um versículo de salmo. Só depois de cumprida a regra, os recém-chegados foram saudados com o beijo da paz e levados aos seus aposentos. O irmão William, o gaulês, ficou à disposição de Blanchard, que manifestou o desejo de conhecer todos os locais que seriam inspecionados por Gauden, que incluíam o quarto do bispo, sala de entrevistas, celas para si e para os padres e sala dos registros, e assegurar-se de que as chaves estariam ao seu alcance a qualquer momento. William tudo mostrava, mantendo-se no silêncio possível diante do arrogante desprezo de Blanchard por tudo o que via, e pedia a Deus que o fizesse obedecer à regra 60 "odiar a própria vontade", pois sua vontade era a de dar um chute no traseiro do secretário, pensamento maldoso que seria incluído em sua próxima confissão.

— O que existe na ala leste, que você não parece muito disposto a levar-me até lá?

— Nada de especial senhor, a não ser uma pequena enfermaria onde abrigamos e tratamos alguns ardentes.

— Uma pequena enfermaria... e quantos doentes estão lá?

— Talvez uns vinte ou trinta.

— E você chama a isso pequena enfermaria? Então é verdade que vocês tratam o mal dos ardentes? O bispo de vocês deu a autorização?

— Senhor, quem nos dá autorização é o nosso abade.

Estava armado o primeiro conflito. O que para William era falar a verdade, para Blanchard era uma arrogância para demonstrar a independência monacal. O secretário evitou perguntar quem dera autorização a Mathieu, para não obter uma resposta que o deixasse mais constrangido; assim, fez que não entendeu a implicação da resposta daquele gaulês de nariz vermelho.

— Acho que por ora basta. Temos muito tempo para trabalhar e sem-pressa.

William recebeu a estocada do "sem-pressa". Blanchard sabia que o recado seria levado ao abade.

— Vou mostrar-lhe seu quarto, senhor. O jantar será servido em uma hora e a seguir rezaremos as completas.

Um jogo de esgrima. Blanchard não era beneditino, portanto, não seria obrigado a seguir ou participar das horas canônicas do mosteiro, além do cansaço; por outro lado, seria indelicado e pouco fervoroso não estar presente. Algo para se pensar enquanto descansaria na sua cela.

— Hum, hum... foi a resposta, suficiente para tirar o sono do gaulês e de Mathieu depois de ouvir o relato do irmão.

Os visitantes jantaram em uma sala separada, destinada e preparada para esse fim. O irmão Confaloni foi o cozinheiro responsável pelo cardápio e Lepoint o encarregado de servir aos padres e ao bispo; este achou mais razoável que sua comitiva de guarda-costas e cavaleiros fosse servida numa parte separada do edifício e por isso outro irmão foi designado para atendê-los. Lepoint serviu inicialmente a sopa de legumes, seguida de presunto de carneiro, ovos cozidos, pão, frutas e vinho da casa. Blanchard chamou-o à parte.

— Sua Excelência gosta de frango, aves, carnes de caça, bolo com frutas e vinho mais encorpado. Talvez você não tenha percebido nossas instruções...

— Cristo não faria tais exigências, além disso, não caçamos; mas vamos procurar atender a todos os seus desejos.

— É próprio de sua ordem responder ou obedecer?

— Obedecemos calados; vou me penitenciar, certamente. Dito isso, ajoelhou-se ao lado do secretário, tomou uma de suas mãos e a beijou, para irritação de Blanchard e espanto dos comensais.

Antes de dormir, Gauden conversou com Mathieu para comunicar-lhe que começaria sua inspeção após as primas e faria sua primeira homilia no horário das terças. O abade respondeu-lhe que tudo estava pronto para o seu trabalho.

Apesar de ocupar um quarto especialmente preparado para recebê-lo, aquela cela estava longe de oferecer o conforto de Notre Dame; o que para os conventuais podia parecer um luxo, para ele era de um desconforto irritante, considerando que era um nobre acostumado com cama e outras comodidades que serviam ao seu descanso. Novamente o sono não vinha fácil. Chegara o momento de mostrar a importância da visita episcopal e que ele sabia como fazê-la, mas, na verdade, era a sua primeira experiência em enfrentar, como inspetor e juiz, toda uma comunidade, que parecia não dar muita importância àquela encenação, e continuava a se comportar com inabalável e servil serenidade. Deveria ele mostrar-se como pai rigoroso ou juiz indiferente? Blanchard dissera-lhe, antes de deitar-se, que havia doentes ardentes numa ala do mosteiro, e que possivelmente a inspeção deveria começar por lá. Deus haveria de guiá-lo em corrigir o que estivesse errado. O outro insone era Mathieu, mas por motivos contrários ao do bispo; tudo estava correto no mosteiro, à exceção dos doentes ali hospedados, da presença de Felicie como médica e das mulheres enfermas. A reação do visitante era imprevisível, assim como as inquiridoras entrevistas que seriam feitas aos seus irmãos; temia pela quebra da humildade de alguns. Resolveu passar a noite meditando e orando.

XXX - Homilia: a mulher e o demônio

O dia amanheceu cinzento como se espelhasse o sentimento de monges e visitantes. Ao silencioso desjejum seguiu-se a primeira inspeção, formada pelo pequeno grupo com Gauden, Blanchard e Julian Corton, guiados por Mathieu e William. Até aquele momento, Corton havia se mantido calado e praticamente ausente; esperava calmamente sua vez de entrar em cena. Blanchard portava uma lista de itens a serem examinados. Para Corton, a inspeção devia começar pelos possíveis problemas mais graves, para ganhar tempo e encurtar a visita, e aproveitando-se da informação do zeloso secretário sugeriu ao bispo que fossem conduzidos ao local onde se instalara a enfermaria. Mathieu obedientemente dirigiu o grupo para a ala leste, descendo as escadas no fim do corredor, e abriu a grande porta do inferno humano.

— Sede bem-vindos à geena, irmãos. Que vossas bênçãos possam ajudar o que ides ver.

Em verdade aquele trio de Paris já ouvira dizer tudo sobre a doença ardente, o fogo de Santo Antão, mas nunca haviam se aproximado, face a face, da doença e do doente. O que viram ao entrar deixou-os em estado de perplexidade. Por alguns minutos permaneceram sob a arcada da porta, deixando seus olhos se assegurarem da realidade daquela visão. Entre todos, apenas Corton tinha lido uma cópia recém-editada, e que lhe fora presenteada, por um colega romano, de *O Inferno*, escrito pelo poeta italiano chamado Dante. Possivelmente, esse autor teria uma visão de fogo, dor e lágrimas mais real se estivesse presente naquele momento. Para o insensível arcediago, o terrível impacto foi como se lhe houvessem aberto as portas da geena, porém, faltava-lhe o sopro da solidariedade ou caridade; daí sua impassividade forçada. Mathieu e William fingiram não perceber o estado de pânico dos três inspetores, e os convidaram a entrar para levar aos desesperados uma bênção especial.

Lá estavam os irmãos René e Confaloni, auxiliados por Claude, carregando um defunto; gritos e gemidos misturavam-se a pedidos de água, imprecações, preces para uma morte rápida, pedidos de socorro. Vários doentes ajoelhados diante da grande cruz de Santo Antão no meio do salão ou a ela abraçados, com choros convulsivos misturados às ladainhas. No meio de toda aquela desgraça caótica, havia uma figura que agia com serenidade, fazia curativos, sanava feridas, dava poções e encorajava os aflitos. Felicie destacava-se no meio de todos como uma líder, humilde, mas líder, a quem os aflitos dirigiam seus pedidos — "senhora", "santa", "doutora" — ajude-nos, piedade... Felicie não tomou conhecimento dos visitantes, seja porque não os viu ou porque seu trabalho não lhe permitiu desviar a atenção. De qualquer maneira que fosse interpretada, ela demonstrava, a quem a reparava, um vigor poucas vezes visto e ações muito objetivas. O árduo trabalho a deixava descuidada com sua pessoa. A roupa já suada, suja de sangue ou secreções, rasgada em algumas partes, não conseguia esconder certas regiões de seu jovem corpo, como os braços, o colo ou as pernas, logo acima dos tornozelos. Bastou essa visão para Corton voltar ao seu estado beligerante natural.

— Estou reconhecendo a sobrinha do doutor Gilbert, por certo?

— Estais certo, senhor arcediago. Ela é o bom anjo que nos ajuda a tratar desses infelizes.

— Então nunca houve boato algum! Vocês albergam uma mulher que transita indevidamente vestida entre homens, além de manterem aqui um grande número de pessoas...

— Senhor, com respeito, essa mulher não come nem dorme, vela pelos doentes dia e noite, e seus trajes assim estão pelo seu trabalho ininterrupto.

Corton assumia a posição de crítico, esperando com isso despertar a atenção do bispo para os elementos a serem futuramente questionados. Gauden permanecia observando e possivelmente travando um diálogo com a consciência, mas estava atento às iniciativas do arcediago.

— Como separaram os endemoniados e os malucos dos verdadeiros doentes? Continuou Corton.

— Todos estão doentes, senhor.

— Com que autoridade e certeza sabes a diferença?

— Com nossa prática, com nossa fé e com a ajuda de senhorita Felicie. Mathieu arrependeu-se de ter colocado a moça nesse fogo cruzado, mas agora era tarde. Senhor bispo, disse, não quereis ver de perto essa gente e as consequências do fogo ardente? Talvez uma bênção especial ou uma missa aqui dentro...

Gauden nada disse, mas passou entre os leitos de dor; havia mulheres e homens. Ignorou Felicie. Uma delas, com as pernas vermelhas e inchadas, ajoelhou-se diante dele, trazendo nos braços duas meninas gêmeas cujos braços mostravam grandes bolhas.

— Só Deus a perdoará, mulher, disse, para absoluta incompreensão da mãe desesperada.

Mesmo assim, dirigiu-se ao centro do grande salão, em frente à cruz, e deu a bênção que todos esperavam e que receberam com as cabeças inclinadas fazendo o sinal da cruz. Mathieu foi chamado.

— Vamos, creio que está na hora da homilia. Providencia para que todos estejam a postos.

— Não será necessário, senhor.

Saíram apressadamente da enfermaria e dirigiram-se para as orações das terças. Gauden e Blanchard vestiram seus paramentos de ocasião. Os irmãos já se encontravam em seus respectivos lugares, em pé, formando um círculo em cujo centro estava o altar. Mathieu entrou pela parte sul, seguido de Blanchard e por último Gauden. Os três ocuparam os assentos diante do altar. Para o arcediago e seus padres fora-lhes reservado um banco fora do círculo.

Por ser a hora terça, a celebração começou com o versículo inicial, seguido de três salmos cantados como antífonas, uma leitura e entoou-se o *Kyrie eleison*. Em vez das orações finais por Mathieu, Gauden dirigiu-se à frente do altar para fazer sua primeira homilia.

"Queridos e amados irmãos.

Quis o Senhor dar-nos força para vencer a distância que nos separa fisicamente, mas não no espírito e no amor a Cristo. Por ordem e inspiração de nosso papa João XXII aqui estamos cumprindo suas sempre sábias ordens, as quais não nos compete questionar. Viemos trazer-vos o conforto do Espírito Santo e promover uma caridosa visita inspecional, pois nem vós, nem nós podemos conviver com acusações que possam manchar as vestes de nossa madre Igreja. Viemos, como peregrinos da verdade, ver, perguntar, sentir, examinar tudo o que deve ser objeto de caridosa investigação.

É nosso dever ajudar-vos a combater o demônio e a reconhecer suas artimanhas e truques. Para alguns é chegado o tempo de purificação e assim o faremos abençoados pelo nosso santo papa. Nesta manhã fizemos nossa primeira visita. Foi entristecido que constatamos que acolheis um grande número de pessoas, muitas provavelmente doentes, outras seguramente endemoniadas ou com a mente perturbada. Não deveis tomar o lugar dos médicos ou dos sacerdotes que identificam e expelem demônios. Para cada uma dessas pessoas, sabeis que devem ser colocadas em lugares distintos, e o tratamento deve ser autorizado por vosso bispo regional. Mas sobre tudo isso haveremos de vos alertar e orientar. Quero neste primeiro contato corrigir o que consideramos uma falta grave. Tendes entre vós uma mulher (só isso já contraria nossas regras), que além de expor partes de seu corpo, de forma libidinosa, faz-se ainda passar por médica, pois não nos consta que no reino de França à mulher seja permitido o ensino da arte da medicina.

E por que impedimos que a mulher habite entre vós? Porque o ser feminino age por instinto e não por inteligência, pois sabemos que elas não têm raciocínio suficiente para planejar ou idealizar coisas complexas, como a arte médica. O intelecto feminino é como de uma criança. Assim, sua malícia e a malevolência vêm desde o Paraíso, bem próprias das serpentes. Se a mulher fosse um ser puro e confiável, por certo não menstruaria, mas por que isso acontece? Porque desde o Paraíso seu pecado foi marcado indelevelmente, para todo o sempre. Enquanto menstrua, ela se torna a mais vil das criaturas, impura, malévola, mostrando o sinal de sua eterna culpa nas roupas manchadas. É a mácula do pecado que aparece todos os meses, para que ela, nem nós, esqueçamos a sua imperfeição. E se ela é impura, malévola e imperfeita nessas ocasiões, como permitis que um doente seja por ela assistido? Quereis a danação das almas desses infelizes?

Pode o imperfeito tornar-se perfeito? Pode a mulher livrar-se desse crime e tornar-se santa? Sim, eu vos digo, é possível, mas somente aquelas escolhidas por Deus Nosso Senhor. E como reconhecê-las? Essas mulheres recebem como sinal divino a graça da ausência do fluxo sanguíneo como testemunho da santidade. Assim, deveis perguntar: "diz ó mulher, tens fluxo de sangue a cada mês?".

Sabemos que as santas jamais menstruaram. Não, isso não acontece. Elas faziam o jejum, e a fome junto às orações secavam suas carnes e não corria delas a mancha do erro original. É assim que o Pai Poderoso manifesta sua aceitação e bondade por tal mortificação e penitência.

Qual o perigo do sangue imundo? Mulheres maldosas, feiticeiras, hereges ou prostitutas induzem os homens a copular com elas durante seus períodos florais, para se vingarem, pois os incautos não sabem que esse sangue é o mais venenoso de todas as bestas, e que desse intercurso nascem os leprosos, os possessos convulsos, os corcundas, os cegos e até seres com cabelos vermelhos. É assim que elas povoam o mundo com novos seres endemoniados para a perdição das almas. Estai atentos. A mulher tem o mesmo poder da lua cheia de levar as pessoas à loucura.

Mas acautelai-vos daquelas que param de menstruar sem a ordem divina, pois se tornam um repositório de veneno. Por isso, as mulheres de mais idade não devem manter atos carnais.

Tudo que é imperfeito naturalmente deseja ser perfeito, e a mulher vê no ato carnal um momento de transferir e espalhar seus defeitos animalescos e pecaminosos para o homem, enquanto ele joga dentro de seu ventre o líquido da vida. Ao se unir ao esposo, dando-lhe um efêmero prazer, ela fica momentaneamente purificada e se aproxima do perfeito. Porém, ao recolher as virtudes do homem em sua mãe do corpo, ela volta à condição original de um vaso pecador e animal voraz. Mesmo nas guerras, nas invasões das cidades, quando as mulheres são raptadas e obrigadas a se unirem carnalmente com seus raptores, e se tornam grávidas, nem assim elas deixam de ser um vaso do pecado, pois mesmo humilhadas, seu senso moral foi superado pelo instinto animal, cujo prazer faz engravidar.

E, direis vós, se não menstruam nem se engravidam, então as santas são inteligentes? Eu vos digo que Deus as premia com a inteligência para orar e para ver com sabedoria as coisas divinas; mas permanecem inocentes em relação ao mundo e às causas dos homens e do universo.

Nesta manhã, vi o pecado ser permitido por vós. Num mesmo local, homens e mulheres misturados, atendidos todos por outra mulher, para festejar a vitória do demônio. Vi o pecado aproximar-se de nós, sob a forma de uma mãe com duas filhas gêmeas. Ora, então não sabeis que os gêmeos são filhos de dois pais? Essa mulher, portanto, fornicou, prostituiu-se ou manchou seu casamento, se for casada. Como aceitais tal pecadora entre vossas santas paredes? Ou foi a vossa falsa médica que a trouxe para insultar vossos votos? Vós estais neste sagrado mosteiro dedicado a um homem casto, Saint Martin, e como ele, fostes iluminados pela Providência que guiou vossa superior inteligência, e viestes a preferir o celibato e a castidade como norma de vida. E com muita razão assim vos comportais, pois como nos diz são João Crisóstomo: "o que é a mulher senão uma inimiga da amizade, um inevitável castigo, uma tentação natural, um perigo doméstico ou um mal da natureza com belas cores? E se é pecado dela divorciar-se, conviver com ela é tortura pura: ou se comete adultério, pelo repúdio, ou se suporta por toda a vida.

Assim, irmãos em Cristo, admoestamo-vos pelo pecado que estais cometendo, e certamente vos mostraremos o caminho da correção, arrependimento e penitência. Porém, mais coisas devemos apurar para comprovar a intenção de pecar ou se o demônio vos ludibriou. In nomine Patri, et Filii, et Spiritus Sancti. Amen".

Mathieu fez as orações finais e todos saíram em fila para suas atividades. Corton não esperava jamais que Gauden pudesse ser tão brilhante, e esperou o momento que estivessem a sós para cumprimentá-lo. Tudo estava preparado para o encontro com mais um D'Almania.

Entre os ouvintes, embora não lhes fosse permitido comentar ou emitir opiniões sobre as preleções e homilias, no íntimo as reações foram as mais diversas. Alguns monges, que haviam abandonado a vida mundana e já tinham experimentado a vida compartilhada com uma mulher, talvez não concordassem com o rigor da pintura feminina falada, mas o silêncio e a paz do mosteiro eram quase o paraíso terrestre. Por outro lado, havia aqueles que desde jovens foram entregues aos cuidados monásticos e conservaram a castidade até a fase adulta, quando se tornaram cenobitas. Para esses, a homilia confundia-lhes o espírito, pois não podiam imaginar o que seria o fluxo de sangue da mulher, muito menos como era o prazer pleno da carne. Tudo o que sabiam sobre sexo resultava do instinto próprio do homem e suas ações onanistas e ejaculações noturnas que os faziam correr ao confessionário, para receberem a penitência devida. Mas por que deviam repudiar ou castigar as mulheres? Sempre as viram tão envolvidas em trajes que era difícil adivinhar como seria o corpo de uma jovem. Seria realmente a jovem Felicie um vaso de pecado?

XXXI - Felicie é convocada pelo bispo

Ao contrário do que se esperava, foi Felicie e não um dos monges da enfermaria a ser convocada para a entrevista com o trio Gauden-Corton-Blanchard.

A notícia foi-lhe dada por Mathieu. Encontrou-a após o almoço, ajoelhada à beira de um colchão, aplicando linimento na perna de um homem.

— Boa tarde *père* Mathieu. Como vai a inspeção?

— Ainda não sei minha cara, mas não te trago uma notícia alegre. Foste a primeira a ser convocada pelo senhor bispo para uma entrevista. Deseja ele ver-te amanhã na hora nona. Não me agrada dizer-te isso, pois gostaria que não fosses envolvida em assuntos que só nos dizem respeito.

— Mas não é nenhuma surpresa, não é mesmo? Acho que calculamos o risco. De qualquer maneira não tenho nenhum receio, porém, não sei o que querem saber.

— Não temo pelo que fazes, mas por tua língua irreverente. Espero que não te compliques; comporta-te adequadamente, como assim deve ser com uma autoridade.

— Fica tranquilo *père* Mathieu, tudo farei para não piorar as coisas para a irmandade e para ti; porém, eu não sou obrigada a seguir as tuas regras beneditinas.

— É exatamente isso que me assusta, não por nós, mas por ti.

— Mas o que achas que querem de mim? O que fiz de errado?

— Filha, tens, acho, dois erros. O primeiro é seres mulher, e o segundo é exerceres a medicina. A compreensão e a caridade não são as preferências deste grupo parisiense. Do primeiro erro, não tens como defender-te; do segundo, vai depender de tua inteligência e do ensino que teu tio transmitiu a ti.

— E se eu me recusar a comparecer?

— Nem pensa nisso. Serás acusada de arrogância, desobediência e, certamente, culpada de alguma coisa que não queres contar... Eles têm meios...

— Os meios que eles têm já os conheço, pois usaram-nos contra meu tio.

— Bem, vou pedir ao Senhor a tua proteção e que tudo não passe de uma entrevista. O encontro com o senhor bispo será na minha sala. O irmão Robert virá buscá-la amanhã às nonas.

A segurança de Felicie era apenas superficial. Estava apavorada. Claude veio ao seu encontro.

— O que se passa, meu bem? Estás pálida. Vi dom Mathieu conversando contigo, uma conversa demorada.

— Ah, Claude, vamos sair um pouco. Preciso de ar fresco. Vamos ao pomar.

Uma grande árvore às margens do vinhedo era o local preferido do casal, em cuja sombra podiam conversar sem perturbar as conveniências do mosteiro. Sentados na grama, Felicie não se conteve.

— Claude, abraça-me, abraça forte.

Claude tomou-a nos braços e beijou-a, com amor e paixão, mas não com desejo. Era o companheiro apaixonado que sentia sua amada como uma criança ameaçada.

— O que temes?

— Não sei. O arcediago me dá arrepios. Receio que ele queira perseguir não a mim, mas ao meu tio pela segunda vez.

— Se fores maltratada ou perseguida, juro que o matarei.

— Não digas tolices. Mesmo tu não estás livre de ser chamado à entrevista. Creio que todos aqui serão chamados, só que não sei bem o que querem. Mathieu nada diz, mas percebemos, tu e eu, que todos os irmãos estão nervosos e apreensivos. Notaste que não parece uma visita fraterna e caridosa.

— O que pretendes fazer?

— Ir ao encontro do bispo e de quem mais lá estiver. Não deixarei que me abatam a não ser pela força.

— Depois que tudo passar, isto é, essa comitiva for embora e a doença ardente for resolvida, vais me obedecer. Não serei mais o teu auxiliar, mas o teu marido, a quem deverás obediência.

Foi o primeiro sorriso que Felicie deu nos últimos dias. Envolveu o pescoço de Claude e umedeceu o rosto do rapaz com beijos e lágrimas.

— Sim, meu amo e senhor. Tu tens a minha vida. Há muito tempo guardo meu amor para ti. Mas agora gostaria de ficar só e conversar com o Senhor. Vou aconselhar-me com Ele.

— Está bem, vou fazer como queres.

Felicie decidiu aproveitar a hora das vésperas e dirigiu-se à capela. Entrou por uma pequena porta lateral, cuidando para que seus passos não fossem ouvidos e perturbassem a quietude do lugar. De fato, as orações já haviam começado, e naquele momento, a congregação estava reunida em volta do altar, em meditação, com as mãos postas. Felicie ajoelhou-se no fim da nave e era a única pessoa leiga na cerimônia. Foi esse momento que lhe trouxe a revelação; pela primeira vez, ela sentia a grandeza e a majestade do silêncio apoderarem-se dela. Nunca tinha *sentido e ouvido* o poder do silêncio e como uma maravilhosa sensação de paz e segurança fortalecia seu espírito. Ao sair, sentia-se preparada para o encontro com Sua Excelência.

Voltou em calmos passos para o prédio e entrou na enfermaria, retomando o trabalho com os doentes como se nada estivesse acontecendo. Mais tarde, em seu quarto, sentiu-se menos segura e não conseguiu dormir bem; o sono foi entrecortado por sustos e solavancos.

Pela manhã, não foi capaz de tomar a sopa de cevada; contentou-se com um pequeno pedaço de pão e ficou à espera do irmão Robert. Ele foi pontual.

— Felicie, vim para ensinar-te o caminho.

A moça o seguiu e caminharam sem que trocassem palavras. Ela já se acostumara àquele silêncio. No andar superior, no canto de dois corredores, uma porta simples e sem decoração, de madeira pesada, mostrava pendurada uma pequena placa escrita "Dom Mathieu", com ingênuos desenhos florais nas margens.

A batida da pequena aldrava foi respondida com um seco "entre", vindo de dentro. Só Felicie entrou.

A sala era bem simples e presente apenas se encontrava o padre auxiliar, ex-barbeiro, que ocupava uma pequena mesa próxima à principal e cuja função era a de manter as penas de escrever afiadas e os vidros cheios de tinta. No centro, uma mesa retangular de carvalho, recoberta por uma velha toalha de veludo vermelho, seria ocupada pelo bispo. Pergaminhos, bíblia, crucifixo e uma jarra de vinho tinto eram o material necessário ao trabalho de Sua Excelência. Uma poltrona almofadada com um buraco no centro estava colocada diante do meio da mesa; era um móvel pessoal de Gauden, que ele usava em sua sala em Paris e que o acompanhava durante os seus deslocamentos. Na extremidade direita da mesa ficava a poltrona destinada ao secretário Blanchard, encarregado de transcrever a entrevista. Na outra ponta, numa poltrona semelhante, deveria sentar-se o arcediago, pois era o único dos três a valer-se de consultas ou argumentos pelos livros de teologia, bulas papais e direito canônico, colocados sobre a mesa. Ao entrevistado era destinada não uma cadeira, mas um banco de três pernas, recentemente serradas, distante da mesa, para que, numa posição bem mais baixa, olhasse para o alto ao falar com as autoridades.

Felicie, por um gesto do padre, foi autorizada a sentar-se. Sentiu-se quase no chão, uma posição incômoda e humilhante no silêncio do ambiente, e tudo indicava que propositalmente fora deixada com seus pensamentos à espera da comissão. Parecia que não havia pressa na entrevista e sua solidão no momento poderia servir para diminuir alguma forma de resistência. O padre auxiliar não lhe dirigia nem a palavra ou o olhar; mantinha-se entretido em alisar as penas.

Após um tempo que pareceu muito longo, abriu-se uma porta no fundo da sala e entraram em fila Gauden, Blanchard e Corton, ocupando de imediato seus lugares. Felicie levantou-se, porém, ocuparam-se os três na observação dos objetos à mesa, fazendo comentários sobre o que não dizia respeito ao propósito da reunião, ignorando a presença da moça. Diante de tal indiferença, Felicie sentou-se, e sem olhar para nenhum deles, tirou de sua bolsa um pequeno livro, abriu-o e passou a ler uma página qualquer.

O gesto foi interpretado como um desrespeito.

— Moça, não aprendeste como deves te comportar diante de teu pastor? Disse Gauden, estendendo-lhe a mão com o anel por cima da mesa.

— Não apenas aprendi como o faço, meu senhor. Felicie aproximou-se e o beijou.

— Então por que desdenhas deste momento, fazendo o que há de mais lascivo numa mulher, que é a leitura? Segues realmente o caminho da perdição ao carregares um objeto que só pertence aos homens. Deixa-me ver que herege livro lês.

Felicie passou-lhe o pequeno livro. Gauden e Corton coraram-se diante do belo *Livro das Horas* que tinham às suas frentes. Em vez de alívio, uma reação de desapontamento.

— Onde o conseguiste?

— Foi-me dado por madre Florence, a abadessa de Nonnains, quando lá terminei meus estudos.

Felicie desferia assim o primeiro golpe no trio. O livro significava muito mais do que um saltério, simbolizava que só uma pessoa de grande prestígio poderia ganhar um presente tão caro, a se considerar as elegantes iluminuras douradas; e mais, indicava que sua portadora estava sob a proteção da poderosíssima Florence.

— É bom que o aprendas, mas agora não é o momento para leitura, disse devolvendo-lhe o livro. Assenta-te. Fazes alguma ideia por que te convocamos?

— Suponho, Excelência, que quereis saber sobre o sofrimento de toda aquela gente que tivestes a caridade de visitar, e, talvez, aconselhar-me sobre qual a melhor forma de ajudá-las.

— Isso seria razoável se fosses a pessoa certa para fazê-lo, disse Gauden, levantando-se abruptamente e pondo-se a andar pela sala. Parou diante de uma janela de onde se via o rio. Permaneceu de costas para Felicie. — Sabes que não tens permissão nem licença para o exercício da medicina, que praticas atos indevidos, próprios de uma falsa médica, e estavas indecorosamente vestida na presença de tantas pessoas e no lugar onde não é permitida a presença de mulheres. Desejamos tratar-te caridosamente, disse, voltando a encará-la, mas não deves provocar nosso desgosto nem nosso sofrimento. Por isso sê humilde e vigia tua língua.

— Sou vossa ovelha, senhor, e compartilho do vosso sofrimento.

— O queres dizer com isso? Por que dizes que sofro?

— Vós demonstrais isso, senhor.

— Não sejas petulante. Guarda tua arrogância. Quem está sendo questionada és tu. Onde vês meu sofrimento, além daquele de ser um pai rigoroso contigo?

— Serei castigada se vos disser?

— Serei tolerante em nome do Senhor.

— Bem, vossa cadeira com um buraco no centro indica que deveis sofrer de hemorroidas, e que elas vos incomodam, caso contrário não a traríeis convosco. E vejo que também sofrestes a experiência recente de um sangramento, o que aumenta, com razão, vossa impaciência.

— Como ousas falar-me de maneira tão desrespeitosa?

— Condenai-me se estou mentindo.

— Por que disseste tais coisas? Como podes adivinhar que sangrei? Se és uma adivinha, então podes ser uma feiticeira, o que agrava tua posição.

— Nem sou adivinha, nem feiticeira, meu senhor. Apenas vi que vossa veste está manchada de sangue na sua parte detrás. Este sinal mais o tipo de vossa poltrona permitiram-me essa dedução.

Gauden sentiu-se constrangido, assim como os demais presentes, que evitaram observá-lo. Percebeu que teria mais dificuldades pela frente do que imaginava e estava tomando uma atitude defensiva ao invés da de inquiridor.

Corton rememorava com preocupação e impaciência o embate que tivera com o brilhante Gilbert na Universidade e do qual saíra quase desmoralizado. A moça era a encarnação do tio e Gauden não estava sendo rigoroso como seria esperado. Não, os fatos não iriam se repetir se dependesse dele, Corton. Por sua vez, Blanchard mantinha a pena suspensa, sem saber se devia registrar os diálogos, mas um olhar de Gauden deu-lhe a decisão de deixar ainda o pergaminho em branco.

— E o que fazes com os doentes aqui abrigados? O que vimos não pareceu nenhum benefício, pois só gemidos e morte presenciamos, continuou Gauden, sinalizando para a transcrição do interrogatório.

— Bem sabeis, senhor, que dor e morte são companheiras nessa doença. Trato a dor e as partes afetadas do corpo conforme os ensinamentos de meu tio.

Corton não se conteve e com um olhar pediu ao bispo para intervir.

— Queres dizer que realmente praticas tratamentos e cuidados reservados aos médicos. Usas fórmulas prescritas por teu tio e não aquelas reconhecidas e ensinadas nos livros dos mestres.

— Vós sabeis o que dizem esses livros sobre essa doença, senhor? Posso dizer-vos que a todos eles estudei, como meu tio obrigava, e posso vos garantir que houve progresso no tratamento.

— Basta, menina! Basta. Tudo o que precisamos saber já foi escrito pelos sábios que a Igreja e a Universidade reconhecem. Eu não tenho satisfações a dar-te do que li ou não li, mas certamente Sua Excelência, o senhor bispo, está presenciando uma confissão de atos desonestos.

— Com perdão, meu senhor, mas é desonesto aliviar os que sofrem, ajudar a morrer aqueles a quem o Senhor chama?

— Desonesta é a desobediência, pecado é presunção...

— Obrigado, senhor arcediago, interveio Gauden, impedindo Corton de apossar-se do interrogatório. Moça, continuou, pela autoridade com que sou agraciado, devo ordenar que voltes para o lugar de onde vieste. Tua presença neste lugar coloca em risco tanto a alma quanto o corpo das pessoas que buscaram aqui o socorro para seus males. Teu pecado não é o da heresia, por enquanto, mas da desobediência às recomendações que finges ignorar ou propositalmente desprezas, além de assumires uma função que não reconhecemos. Aconselho-te que sejas humilde na obediência, mas não te consideres absolvida. Teu caso será estudado futuramente. Por ora, basta. Tens permissão para saíres.

— Excelência, eu...

— Senhorita Felicie, a sessão está encerrada. Agora sai. Que Deus a abençoe.

Felicie saiu atordoada com o julgamento preconcebido de sua ajuda aos ardentes e percebeu que queriam dela apenas a confirmação, por suas próprias palavras, de que praticava a medicina. Era o que provavelmente estaria registrado nos escritos do secretário Blanchard. Andou através do claustro vagarosamente, sem saber se obedeceria de imediato as ordens do bispo, porém, ao chegar à enfermaria, tomou a decisão. Quem tinha autoridade de fato sobre o mosteiro era dom Mathieu e não cabia ao bispo de Paris interferir. Isso ela sabia. Pediu a Claude que a colocasse em contato com o abade.

Mathieu foi ao seu encontro pouco tempo depois. Estava ele mesmo curioso com o desenrolar da entrevista. Quis saber pormenores e Felicie lhe confidenciou tudo.

— E agora, reverendo pai? Devo ir embora, quando tenho tanto trabalho a fazer? Estive pensando e tomei a decisão melhor aos meus propósitos. Só sairei daqui por tua ordem. Acho que o destino de minha família é brigar com o pessoal de Paris. Que seja! Já não os temo. Assim, mestre, pedi para ver-te para saber o que me ordenas.

O abade sentou-se junto à pequena mesa colocada próxima à porta da enfermaria. Convidou Felicie a fazer o mesmo. Durante um momento manteve-se em silêncio, olhos fechados, cabeça baixa. Refletia.

— Eu já esperava por essa reação do senhor bispo, certamente estimulada por Corton. Assim decido, minha filha, vais permanecer aqui enquanto fores necessária aos ardentes. Entretanto, vou abrir exceção às minhas solitárias decisões e buscarei uma aliada, quero dizer, convidarei a abadessa Florence de Nonnains para visitar-nos. Será uma boa surpresa para nossos hóspedes, mas não creio que vais te livrar, no futuro, de um pronunciamento de Paris.

— Acho tua decisão maravilhosa, *mon père*. Vamos deixar o futuro com o Senhor Jesus, afinal, a igreja de Paris tem mais com que se preocupar do que com uma insignificante mulher do interior.

— Nada, minha filha, deve ser subestimado. Por ora, continua teu trabalho.

Durante o resto do dia Gauden achou melhor fazer a inspeção nas áreas de trabalho do mosteiro, como a produção de alimentos, vinho e o estúdio dos copistas. Era uma forma de fazer coisas amenas, onde não deveria encontrar problemas ou fazer confrontos. Na verdade, era a sua primeira visita inspecional e o diálogo com Felicie deixou-o preocupado e cauteloso. Desejava exercer sua autoridade sem parecer um carrasco e não deixar que Corton assumisse a iniciativa da visita. O arcediago não conhecia a política disfarçada de diplomacia usada na corte; Gauden a conhecia bem. Resolveu que iria sozinho àqueles locais, numa demonstração de simplicidade. Essa resolução foi comunicada a Blanchard e ao arcediago, porém, este não perdeu o momento que lhe pareceu de grande oportunidade, oferecendo-se para, ele e o secretário, conduzirem as entrevistas, reportando-as mais tarde ao superior. O bispo disse-lhes um definitivo não.

XXXII - Assassinato no mosteiro

Foi precisamente na vinha que Jean "Troncudo" encontrou Sua Excelência conversando com o irmão Lepoint. Certo de que seria notado, permaneceu vários metros distante de ambos, à espera da oportunidade de se aproximar e falar com o superior.

O bispo resolveu livrar-se logo daquela imensa e assustadora figura.

— O que desejas Jean?

— Excelência, venho pedir vossa permissão para ir até Troyes, onde preciso resolver alguns negócios e falar com amigos. Como tudo está muito calmo por aqui, meus dois auxiliares ficarão para qualquer ordem de Vossa Excelência e eu prometo estar de volta antes do anoitecer e farei toda a ronda noturna e...

— Basta, Jean. Tens minha permissão para te ausentares.

— Deus abençoe Vossa Excelência.

Pouco tempo depois saía Jean em seu ligeiro cavalo. Sempre prevenido contra surpresas, carregava um punhal, uma pesada espada e um bordão com cravos na extremidade. No alforje, comida e água. Na cintura, algum dinheiro. Uma visita a Troyes era a grande oportunidade para Jean obter contratos de serviços que pudessem ser feitos em Paris, com a sua equipe de força. Geralmente eram tarefas de cobranças ou acerto de contas com desafetos de comerciantes ou nobres de Troyes. Como homem conhecido por sua valentia e audácia, e temido pelos que o conheciam pessoalmente ou pela fama, imaginava que por certo não lhe faltariam propostas de negócios, e, ao fazer os contratos verbais sobre valores, dispensava o testemunho de seus companheiros. Era assim que trabalhava.

Àquela hora, logo após o almoço, o caminho até a cidade apresentava-se praticamente deserto. O trajeto deveria ser feito através da floresta, não muito densa, e que se mostrava bonita com suas folhagens multicoloridas, próprias da estação; ravinas e campos de pastagem modificavam a continuidade da mata. A trilha seguida por Jean o levaria a Troyes entrando pelo portão de Saint Jacques. Não havia necessidade de correr, pois a distância era curta e a tranquilidade do lugar dava uma grande sensação de paz e prazer, que envolvia até mesmo uma pessoa pouco sensível como aquele cavaleiro. Mesmo assim, Jean mantinha-se atento aos ruídos próprios do ambiente, como os sons de pássaros e de pequenos animais que fugiam apressados do barulho das patas do cavalo sobre o tapete de folhas secas. Algum tempo depois, outros sons vindos de diferentes locais não lhe pareceram pertencentes àquele cenário, principalmente para um homem cuja profissão era a de estar sempre vigilante. Colocou em alerta todo seu instinto e reflexos. Parou para melhor escutar. Os estranhos ruídos silenciaram. Prosseguiu por alguma distância, e como a confirmar seu pressentimento, foi surpreendido por estranhas figuras, quase espectrais, que se colocaram à frente do animal. Simultaneamente àquela visão, Jean desembainhou a espada e arremeteu-se contra aqueles vultos. Não chegou até eles, pois foi atacado por todos os flancos, como por fantasmas que se erguiam das moitas ou saíam por detrás das árvores; pedras e paus o atingiram nas costas e na cabeça. Caiu, sangrando, e sua tentativa de se levantar foi contida por todas aquelas silenciosas criaturas de rostos deformados. Foi sua última visão antes de morrer e tão de repente como tudo acontecera, todos aqueles atores desapareceram como pássaros que se elevam em revoada.

Como não retornara na mesma noite, a sua ausência tornou-se motivo de preocupação no outro dia à tarde. Era possível que os negócios o prendessem em Troyes, mas pouco provável de demorar tanto tempo sabendo que deveria manter-se à disposição de Sua Excelência. Na manhã seguinte, Poulenc, um dos homens da comitiva, foi enviado a Troyes à sua procura, e menos de duas horas depois retornava conduzindo o cavalo a pleno galope. Freou o animal em frente à entrada do mosteiro, desmontando com incrível agilidade e pressa, pondo-se a correr através do edifício gritando por Blanchard. Diante de tão estranho tumulto, o secretário do bispo não tardou a aparecer.

— Por que gritas assim? Acalma-te e diz que fantasma viste.

— Senhor, encontrei Jean...

— E...

— ... e ele está morto. Na ravina. Na floresta. Ele morreu. Está ainda lá, eu vi.

— Calma, conta o que viste, mas devagar.

— Fui procurar Jean em Troyes, pois tinha dois dias que ele tinha ido para lá e tinha de ter voltado no mesmo dia, pois o senhor bispo precisou dele e por isso fui mandado para procurar ele na cidade mas logo que saí da floresta vi o corpo dele estendido num barranco e parece que ele está muito machucado e vi que ele está morto e o cavalo dele não está lá e vim correndo para avisar.

— Está bem, está bem, chega. Seu linguajar me irrita. Tomarei as providências, disse Blanchard.

A primeira delas foi a de avisar ao bispo, que se mostrou muito mais assustado do que penalizado.

— O que achas Blanchard? Isso pode ter relação conosco? Será alguma ameaça velada? Bandidos da floresta? Vamos, procure investigar.

Toda a iniciativa coube a Mathieu, dominando rapidamente o pânico que se instalava entre o bispo e sua comitiva. Os dois companheiros de Jean foram designados para trazer seu corpo ao mosteiro, William e um dos padres foram encarregados de proceder à investigação do local e circunstâncias do crime.

O corpo ainda estava lá, no fundo da ravina, sem sinais de ter sido violado e nem modificada a sua posição. A inspeção de William e seu auxiliar não deixava dúvidas quanto ao ataque feroz, e que a abertura na parte posterior do crânio foi a causa da morte, além de vários outros ferimentos e sinais de pancadas. A outra evidência era a de que Jean fora atacado por várias pessoas, certamente bandidos, pois só assim se explicaria a ausência de sangue na espada, que fora desembainhada, mas não tivera tempo de ser usada. Ninguém teria coragem de enfrentá-lo de frente e em igualdade de forças. O exame do corpo e roupas mostrava que aparentemente nada fora roubado, pois lá estava o dinheiro na cintura. Qual seria então o motivo? Não era possível afirmar que o provável bando levara o cavalo; William determinou que os dois homens procurassem o animal, pois havia a possibilidade de encontrá-lo no interior da floresta, caso tivesse fugido durante o ataque. Enquanto o padre ajeitava o cadáver para ser transportado, William inspecionou os arredores, à procura de pistas. Não muito longe do local, no meio de uma moita, o monge percebeu um objeto estranho semelhante a duas grandes conchas. Apanhou-o e de imediato reconheceu tratar-se de uma grande castanhola, usada pelos leprosos para se fazerem anunciar. Ora, esses infelizes geralmente andavam em grupos de três ou quatro, usavam bastões que lhes serviam como apoio para andar e defesa contra animais. Jamais um deles esqueceria ou perderia sua castanhola, pois a pena para tal descuido seria severa, a não ser que houvesse um motivo muito relevante, como a queda durante a fuga de algum animal ou... William guardou o objeto no bolso e manteve silêncio sobre o achado e sobre uma suspeita que começava a se delinear. Ordenou que o corpo fosse logo removido e levado ao mosteiro.

A chegada do cadáver provocou comoção aos residentes, revolta na comitiva e medo em Gauden. Por ordem do bispo, o corpo foi selado em um caixão disponível no mosteiro e recebeu as bênçãos fúnebres de forma simplificada. Atendendo ao pedido de Mathieu, que preferia que o defunto fosse enterrado no cemitério comum de Troyes, para lá foi levado o caixão com uma carta de Gauden ao bispo local. Havia pressa em encerrar aquele episódio.

William, quando interrogado por Blanchard sobre sua investigação, afirmou não ter encontrado nenhuma pista que pudesse ser devidamente seguida, e que, na sua opinião, o assassinato fora obra de bandidos que não precisam de motivos para cometer um crime. À noite, quando todos dormiam, William encontrou-se com Mathieu na cela do abade. Contou-lhe os detalhes da inspeção do local e entregou-lhe a castanhola recolhida.

— Esta parece ser a castanhola usada pelos leprosos, disse Mathieu.

— Certamente, senhor.

— E o que isso quer dizer para ti? O que pensas a respeito?

— Senhor, tenho receio de revelar meus pensamentos e suspeitas, mas todos nós conhecemos a história de Gilbert e...

— Estás associando o ataque ao médico Gilbert, provavelmente executado por Jean Troncudo e seu grupo, com esse assassinato?

— Senhor, é apenas um palpite. Mas sabemos que Jean estava a serviço de Julian Corton, de forma indireta, pois o seu chefe imediato era Breton, secretário do arcediago. Jean estava sempre presente na residência de Corton, fazendo serviços de diversas naturezas, porém, sempre à disposição do secretário. Por sua vez, Corton tem grande influência sobre Gauden. Além disso, o arcediago parece ter sido o responsável tanto pela condenação de Mallais, auxiliar de Gilbert, a morrer para o mundo, quanto pelo atentado que deixou o médico paralítico Assim, não é impossível fazer associação entre todos eles.

— Porém, Gauden nada tem a ver com a briga entre Corton e Gilbert.

— Certamente não, também acho, mas não devia ignorá-la.

— Seria então uma morte planejada? Perguntou Mathieu.

— Acho que não. Penso que foi um encontro casual; porém, todos conheciam Jean e o odiavam tanto quanto ao arcediago. Observe que os homens de segurança da comitiva são todos ligados a Breton e Corton, os quais seguramente foram os responsáveis pelo esquema de proteção da viagem. Possivelmente atacaram Troncudo para se vingarem de todos.

— E isso nos leva a Mallais?

— Não sei reverendo pai, são apenas suposições com as quais não pretendo concluir nada. Por outro lado, só tu decides o que fazer com nossa conversa e esta castanhola.

— Pois bem, William. Deixemos tudo como está. Não é nossa função procurar assassinos. Fizeste bem sendo discreto, e ordeno-te que esqueças o assunto.

— Já o esqueci, senhor. Boa noite.

— Deus o abençoe, William.

XXXIII - Mathieu é interrogado

Se o assunto de Jean Troncudo estava aparentemente encerrado para Mathieu, o mesmo não se podia dizer para Julian e Gauden. Embora admitissem que o crime fora praticado por bandidos assaltantes, hipótese mais plausível e cômoda, no íntimo havia um mau pressentimento.

O bispo chamou à sua sala Blanchard e Corton, e não teve constrangimento em lhes falar francamente sobre o recente acontecimento. Sim, a morte de Jean tinha de ser considerada, pelo menos oficialmente, como ato de cruéis assassinos que andam pelas florestas e cidades à procura de vítimas fáceis e com algo para ser roubado. Mas o seu coração discordava, e por mais que procurasse manter aquela linha de raciocínio, não conseguia livrar-se do receio de que um grave e velado recado estava sendo enviado. Poucos ousariam a atacar um auxiliar da comitiva de um bispo, sem um propósito calculado ou sem pesar o risco da empreitada.

Os dois amigos ouviam calados tais reflexões. Corton estava agradecido pela omissão, na conversa, da relação entre Breton, seu secretário, e Jean, porém, o Troncudo tinha mais inimigos do que se imaginava e por méritos próprios. Mas quaisquer que tivessem sido as atitudes ou ordens por eles dadas em ocasiões anteriores ou recentes, a tudo se objetivou a maior glória da Igreja ou a preservação da fé. Pelo menos era um pensamento consolador.

— Em verdade, disse Gauden, chamei-os para uma decisão. Devemos abreviar nossa visita neste mosteiro e retornar a Paris ou ignorar o incidente? Quais seriam as prioridades, a partir de agora, para nossa inspeção?

— Acho que devemos ir até ao fim, disse Blanchard.

— Não vejo nenhuma covardia em encurtarmos nosso tempo aqui, desde que não nos desviemos das tarefas mais importantes, retrucou Corton.

— E quais são elas? Perguntou o bispo.

— Investigar os atos dessa moça Felicie e a conivência do abade, interrogando-o, completando a missão com uma rápida inspeção do mosteiro e sua administração, dentro das regras propostas por Sua Santidade Inocêncio III, que Deus o tenha, respondeu Corton.

— Acho que Felicie foi adequadamente interrogada e tudo o que temos a fazer é deliberar sobre o que ouvimos. Seu depoimento e as demais tarefas analisaremos, evidentemente, em Paris, disse Gauden. Mas sugiro que nos apressemos.

Gauden voltou atrás ao concordar que Blanchard e Corton dirigissem certas entrevistas. Decidiu-se então repartir as tarefas para maior agilidade e ganho de tempo. O bispo se incumbiria de interrogar Mathieu, tendo um secretário para registrar as perguntas e respostas; Corton faria as entrevistas com os monges que ele achasse convenientes, e, finalmente, Blanchard faria o levantamento dos bens materiais e sua administração. Juntos escreveram quais ações cada um desenvolveria, e, especialmente, para o bispo, as perguntas e temas que deveriam ser dirigidas ao líder do mosteiro.

O abade foi convocado na manhã seguinte. Sua figura serena e humilde contrastava com o respeito que inspirava. Gauden quis mostrar cordialidade e autoridade, mas não conseguia esconder a arrogância dos nobres, que nada tinha a ver com sua posição eclesiástica, mas com uma herança dos tempos de homem da corte. Entretanto, o seu lado diplomático não estava totalmente morto, e mandou que uma cadeira normal fosse colocada à mesa, na outra extremidade, de forma a deixar o abade numa posição digna.

— Bem sabes, irmão Mathieu, quão dolorosa considero esta missão, cabendo-me revelar as virtudes que edificam e os erros que devem ser corrigidos e curados. Não me apraz servir de juiz em tua casa, mas não posso me recusar a obedecer às ordens de nossa Santa Mãe Igreja, emanadas de Sua Santidade. Assim, interrogo-te em nome do dever e da verdade, não pela boca de Gauden, mas pelo sopro do Espírito Santo, pois conheceremos a verdade e a verdade nos libertará, como bem sabes.

— Também sabeis, senhor, que desnecessário é exortar-me dizer a verdade, pois ela é a razão de nossa ordem e nossa principal obediência. Vamos, então, às vossas santas dúvidas.

Gauden fingiu não perceber que o duelo tinha começado. Irritou-se com a ironia e sentiu a estocada. Por isso, mesmo sendo grande a lista de assuntos, o bispo resolveu não levar em conta o tempo que gastaria para arrancar contradições do abade.

Durante várias horas obrigou Mathieu a ouvir os graves rumores das irregularidades em Saint Martin, e, mais do que rumores, os fatos concretos que estavam sendo observados naquela ocasião pelos membros inspetores. Como negar a presença de mulher no mosteiro, mais ainda, em atitudes e trajes que ofendiam a moral cristã? O charlatanismo recebia um incentivo abacial ostensivo, exercido principalmente por uma mulher. Não havia nenhum médico no local. Como saber se aquela jovem não era uma feiticeira e se usava poderes demoníacos para dominar toda aquela gente deitada na hospedaria? Nunca se soube de autorização episcopal ou pontifícia para transformar um mosteiro num hospital, num local de peregrinação de doentes. Aliás, não havia prova de que todas aquelas pessoas fossem realmente doentes. Quais os critérios usados para separar os verdadeiros doentes dos loucos e dos endemoniados? Estava evidente que ali se tratava o Fogo Ardente como uma doença comum, sem levar em conta o desígnio divino. Como ousavam permitir a promíscua mistura de homens e mulheres num único ambiente?

Durante longo tempo, Gauden mostrou-lhe a contrariedade da Igreja por tão repreensíveis condutas. Esperava, portanto, que Mathieu tivesse uma defesa aceitável, que pudesse aplacar a terrível indignação da Sé e os castigos que poderiam ser propostos. Todo o exagerado discurso era interrompido com ligeiras pausas para que o secretário pudesse anotar com a melhor precisão possível.

Mathieu ouviu em absoluto silêncio, com o olhar perdido em direção às árvores vistas através da janela. Estava absorto, contemplativo, como se ninguém estivesse ao seu lado. Essa atitude incomodou Gauden, que a tomou como um desprezo às suas perguntas.

— Senhor abade, podes ao menos dizer-me se estás me ouvindo? Vim de Paris para ouvir teus motivos e saber como te defendes dessas acusações. Comportas-te com indiferença, então?

— Excelência, jamais ousaria interromper-vos. O meu silencio é uma forma de beber vossas palavras. Que posso dizer-vos? Podemos, eu e meus irmãos, ser indiferentes ao sofrimento? Com relação aos nossos pobres e sofredores doentes, Excelência, que aqui albergamos, não ouso defender-me, pois posso cometer o pecado da arrogância ao parecer que estou a ensinar-vos as práticas da caridade, quando sois vós que caridosamente apontais nossos erros. Não serão minhas palavras que me justificarão, perante vós, de como receber o peregrino ou quem tem fome ou dor, mas é o vosso coração, em Cristo, que nos julgará. Quanto à presença dessa mulher no mosteiro, saiba que jamais ela pretendeu chamar-se de médica, nem nós assim a consideramos, mas damos crédito aos ensinamentos que ela recebeu de seu tio e à sua prática em tratar os doentes. Ela dedica-se a eles, dia e noite; sabe como aliviar a dor e fazê-los dormir ou retirar-lhes um membro ressequido que está se descolando do corpo. Sua missão cristã não deixa tempo para se cuidar da aparência. Perdoai-a por isso. Em nome de Deus, eu não a considero uma feiticeira, mas um anjo bom.

— Não fosse conhecer tua religiosidade, diria que blasfemas ou que és ingênuo perante as artimanhas que o demônio é capaz de fazer, inclusive de se fazer passar por anjo bom. Não é Lúcifer um anjo também? Por ora, interrompamos nossa conversa, pois já passa da hora do almoço, embora eu prefira me alimentar da Palavra.

— Se assim é, senhor, fiquemos até o tempo necessário para concluir vosso interrogatório, pois o jejum também é nossa grande bênção.

— Não quero teu sacrifício, além do mais, a fome é um momento propício aos planos do demônio. Ordeno que te vás a comer e que me sirvam aqui mesmo. Chamar-te-ei em outra ocasião.

Gauden, em verdade, não estava à vontade no seu novo papel de visitador e fiscal, no qual procurava representar a figura de um inquisidor enérgico e malicioso; no fundo, considerava tudo aquilo uma chatice e muito barulho para pouca coisa. Não queria demonstrar esse sentimento, pois, apesar de sua posição superior, sentia-se observado por Blanchard e Corton, sendo este o mais astucioso dos dois. Não estava disposto a continuar a pressionar Mathieu, o qual, apesar da arrogância monástica, não lhe parecia um homem desonesto. Por outro lado, ele, Gauden, não faria um tamanho esforço físico e burocrático apenas para demonstrar a inocência de um grupo de rebeldes, como eram todos os mosteiros. De qualquer maneira, o melhor era esperar pelos relatórios que seus dois espertos auxiliares trariam e enquanto isso, mandaria aumentar sua cota de vinho e a quantidade de frango e pão para o almoço.

XXXIV - Resultado da inspeção

Blanchard concentrou sua inspeção nas fontes de renda e meios de subsistência da ordem. A maior parte da produção de vinho era destinada ao consumo interno, e o pequeno excedente era trocado por sal, peixes e também vendido a particulares. Do arrendamento das terras para fazendeiros, recebiam em troca leite, lã e trigo especial; a carne vermelha era consumida em raras ocasiões. As aves, como galinhas e patos eram as carnes comumente consumidas.

Não havia reparos a fazer nos meios de subsistência dos homens do mosteiro, à exceção, talvez, de que algum dinheiro pudesse ainda ser adquirido com o aluguel das terras.

Outro fato que chamava a atenção e admiração era a grande produção de mel, proveniente da floresta que cercava a propriedade e se constituía num dos principais bens de consumo e troca da comunidade. As anotações dessas atividades estavam bem descritas no livro de Registro da Produção, Trocas e Arrendamento do Abaciado de Saint Martin. Blanchard não achou que os registros de Notre Dame em Paris fossem melhor descritos, porém, não demonstrou essa impressão nem fez nenhum elogio.

Enquanto isso, a tarefa de Corton era mais difícil, subjetiva, mais propícia às deduções do que à constatação de fatos. A procura de evidências que denunciassem erros ou má-fé o mantinha num estado de alerta, como se farejasse pistas de um crime. Havia presença de mulher no mosteiro? A resposta era sim. Mas, em quais circunstâncias, o que fazia ela, por que foi permitida sua presença, e mais ainda, por que havia sido dado um quarto para acomodá-la? Essas indagações seriam incluídas na discussão sobre o resultado do interrogatório a que Felicie se submetera naquela manhã. Dentre as ações desenvolvidas pela falsa médica não havia nenhuma prova, absolutamente clara, de que ela não seria uma feiticeira ou que pactuava com esse tipo de espírito. Entretanto, ao inspecionar a enfermaria improvisada, o arcediago notou que havia todas as manifestações a que estão sujeitas a alma do homem: o sofrimento verdadeiro, por meio da doença; os endemoniados que se misturam aos doentes, para confundir os médicos e as pessoas de Deus; a loucura, cujo comportamento nem sempre se distingue dos possuídos, e só os homens experientes nas coisas da fé e da doença sabiam diferenciar. Essas nuances e diagnósticos não foram feitos pelos monges, com visível displicência. Muitos dos que ali estavam em tratamento pagariam pela graça da cura ou pela indulgência de suas almas moribundas; embora se pudesse desconfiar da possibilidade de simonia, nenhum daqueles infelizes teve coragem de fazer a denúncia, provavelmente pelo receio de não mais receber tratamento. Ao sair daquela que ele considerava uma câmara de horrores, Corton estava transtornado, suas ideias ficaram confusas entre o certo e o errado e a dedução lógica. Em sua visão, as dúvidas não inocentavam os tratadores dos doentes e o próprio abade, principalmente porque não havia evidências ou provas em contrário. E, se duvidava em nome do papa, essa postura adquiria a legitimidade da verdade. Sua próxima investigação era a verificação da existência do comércio de relíquias. A abadia não possuía em seu único altar nenhuma relíquia verdadeira que lhe desse um santo prestígio. Por outro lado, havia um rumor sobre a vinda do vinho de Dauphiné, santificado após banhar as relíquias ósseas de Santo Antão. Seria o vinho, misturado à água e dado aos doentes, uma distribuição secreta da relíquia, várias vezes multiplicada pelas sucessivas misturas nos tonéis de água? O abade, quando interrogado, foi veemente ao negar que a cruz plantada na enfermaria fosse de madeira proveniente de Dauphiné, assim como considerava um absurdo imaginar que se dessem ao trabalho de viajar a tão longa distância para buscar uma porção do vinho de Santo Antão. Entretanto, poderia dom Mathieu negar que uma pessoa de muita posse e que estivesse com a doença não vacilaria em pagar um bom dinheiro por um cálice daquele vinho?

— Acho que qualquer um pagaria por aquilo que acreditasse ser um remédio curativo, milagroso ou não, respondeu Mathieu. Porém, na nossa enfermaria só existem pobres, sem dinheiro; os ricos poderiam enviar seus mensageiros até Dauphiné, sem precisar dos serviços de Saint Martin.

Que astucioso, que astucioso, pensou Corton.

O arcediago e Blanchard encontraram-se na manhã seguinte para interrogar todos os residentes do mosteiro. Parecia que eles haviam ensaiado as respostas. As negativas e afirmativas eram sempre as mesmas. Os dois procuradores nunca haviam penetrado numa comunidade religiosa mais fechada e solidária. Não havia contradição nas respostas; quando elas não podiam ser dadas, havia o silencio ou um lacônico "não sei". Jamais imaginaram uma busca tão infrutífera. Seria o demônio que obrigava aos monges a fecharem as bocas, e dava-lhes força para resistir às perguntas? Assim terminou o terceiro dia de buscas e interrogatórios, com a tríplice comissão mostrando-se cansada e mesmo entediada.

Gauden, Blanchard, Corton e os secretários reuniram-se no outro dia, logo cedo, após uma noite de sono pesado. Do relatório resultante da inspeção deveriam constar observações sobre as regras, estatutos, disciplina, administração e finanças, elementos com os quais seria feita uma tabela de avaliação do mosteiro, terminando pela conclusão e taxas de honorários e/ou multas. Finalmente, o bispo, com poderes de procurador, enviaria uma cópia para Avignon; daí a descrição e observações metódicas que deviam ser observadas. Somente próximo às vésperas o relatório foi ditado e transcrito integralmente.

"Gauden, servo de Deus e por Sua graça bispo de Paris, na paróquia de Notre Dame, nomeado Procurador por Sua Beatitude João XXII, para, com plenos poderes, exercer a inspeção, inquisição, estabelecer taxas, orientar, corrigir e aconselhar os membros residentes do mosteiro de Saint Martin, em Troyes, e assim contribuir para o aperfeiçoamento e salvação de suas almas, de acordo com as instruções e regras inspiradas por Nosso Senhor aos mui lembrados e reverenciados Inocêncio III e Inocêncio IV, faz registrar, sob testemunho de nosso cônego Blanchard e de nosso arcediago Corton, e sob a proteção de Nosso Senhor Jesus Cristo, o que, baseados nos fatos colhidos, passamos a relatar.

Das regras e estatutos – Embora as regras de São Bento sejam do conhecimento geral e razoavelmente cumpridas, poucos são os conhecedores dos estatutos promulgados pelo venerado Gregório IX, especialmente para os nossos irmãos negros. Notamos ainda que os estatutos não estão copiados em quantidade suficiente, nem são expostos em lugares visíveis, como nos claustros e refeitório; além disso, para aqueles que ainda ignoram o latim, não há uma tradução vernácula.

Da disciplina e da Essência da Regra – Não observamos propriedades privadas entre os residentes, nem vestes ricas do abade, mas a ordem tem grandes bens terrenos com arrendamento para ricos fazendeiros. A disciplina foi quebrada a partir da introdução de uma mulher que se faz passar por médica, pois para esse exercício ela não tem licença, traja-se com pouco pudor, circula entre homens de forma provocativa e ainda dispõe de um quarto privado dentro do próprio mosteiro. Sobre essa mulher, em especial, deveremos tomar decisões posteriormente. Cremos que há quebra da disciplina e ordem, mesmo quando uma intenção caritativa, como a de cuidar de doentes, é displicentemente realizada sem a ordem e inspeção episcopal, permitindo que prováveis endemoniados e loucos, não devidamente identificados, venham a provocar a perda de almas.

Da administração e finanças – Como foi dito acima, impressionou-nos as propriedades da ordem, tanto pelos edifícios quanto pelas terras arrendadas a fazendeiros e senhores nobres, que sustentam confortavelmente a sua subsistência. Não temos informações sobre a contribuição da ordem para com o episcopado de Troyes, já que, para a Sé de Paris, temos a devida certeza. Não houve uso de créditos junto ao episcopado, para investimentos, durante os últimos cinco anos, de tal forma que não foram construídas novas alas. A falta de expansão impede o abrigo das novas vocações religiosas e pedidos de admissão, que sabemos estar em grande fase de aumento.

Tabela de avaliação do mosteiro

• *Ignorância das regras e estatuto:*
Número de cópias do estatuto – 2
Número de cópias das regras – 10
Número de monges em falta – 10

• *Disciplina*
Número de monges faltosos – 2

• *Da essência da Regra*
Do silêncio: número de monges não obedientes – nenhum
Da propriedade privada: monges não obedientes – nenhum
Da vida comum e claustro: monges não obedientes – 2

• *Da administração*
Falhas do abade – Cumprimento apenas parcial das normas de bem receber o bispo; possível falha na segurança dos arredores do mosteiro que teria implicação no assassinato de nosso guia monsieur Jean. Conivência com charlatanismo e com a presença de mulher dentro do mosteiro.
Contas irregulares – não constatamos.
Débitos do mosteiro – aqueles devidos anualmente ao episcopado, que deverão ser calculados após nossa volta a Paris.

• *Conclusão:*

Será feita uma caridosa repreensão ao nosso irmão abade, aconselhando-o firmemente e esperando que cumpra nossa orientação sem-demora, ao interromper as ações da senhorita Felicie, assim como enviá-la de volta à sua casa; o mesmo se re-

fere ao monsieur Claude, seu pretenso auxiliar. Assim também esperamos ver corrigidos os erros apontados em nossa avaliação. A obediência imediata às nossas ordens poderá suspender a pena cabível segundo nossas leis canônicas, a qual será substituída por multa pecuniária com valor de penitência.

"O sacerdote fixará seu preço de acordo com tua avaliação e esse homem pagará o preço fixado no mesmo dia" (Lv 27:23). Assim, por santa penitência, fixamos a multa em trinta parisis, que correspondem a trinta e sete deniers de Provins. Em nome da bondade fraterna, minha autoridade concede que parte dessa dívida poderá ser paga em bens de consumo, como mel, vinho e trigo até um terço da mesma, ficando o restante para ser pago até a páscoa.

Honorários da visita episcopal: Por ordem papal, como procurador, estou autorizado a receber os honorários devidos à nossa justa missão, incluindo as despesas da comitiva, em sessenta libras parisienses, que correspondem a cento e sete deniers de Provins, a serem pagas até o natal vindouro.

Escrito e assinado no Mosteiro de Saint Martin, nos arredores de Troyes, no ano de 1317 de Nosso Senhor Jesus Cristo. Gauden, bispo de Paris".

O documento foi redigido em três cópias, uma para o mosteiro, outra para o próprio bispo e uma terceira que seria enviada para João XXII, em Avignon. Os pergaminhos foram assinados por Gauden, contendo também as assinaturas das testemunhas Blanchard e Corton. Por fim, firmou-se o lacre episcopal. Mathieu foi informado do seu conteúdo, para que providenciasse a imediata terça parte do pagamento.

Os preparativos para a volta da comitiva foram feitos rapidamente, durante a tarde e a noite, cuja única dificuldade foi acomodar 30 jarros de mel, quatro tonéis de vinho e 1000 libras de trigo. Pela manhã, Gauden, auxiliado por Mathieu, celebrou o *Te Deum*. Na homilia, cujo tema foi sugerido por Corton, Gauden fez referência à sua missão gratificante: "a sua afeição por vós é cada vez maior, quando se lembra da obediência que todos vós lhe testemunhastes, de como recebestes com respeito e deferência" (2Cor.7:15). Fazendo apologia da obediência, procurou acalmar a indignação estampada nas faces da assembleia. Ao final da missa, fez a entrega solene do documento conclusivo sobre a visita para Mathieu, o qual optou por recebê-lo sem fazer a leitura para seus irmãos, reservando-a para a reunião do capítulo.

Finalmente, a comitiva se pôs a caminho, o bispo sendo transportado no mesmo cavalo da recepção até atravessar a ponte, porém, sem o canto de despedida; transportou-se para sua montaria, e algum tempo depois os cavaleiros sumiram na floresta.

Felizmente, os rápidos acontecimentos e a mudança dos planos do bispo tornaram desnecessário, ao abade, o convite para a visita de madre Florence. Mathieu não quis usar da autoridade para reprimir as contidas manifestações de alegria e alívio dos irmãos. Ele próprio tinha vontade de pular e gritar, não fosse quem era, além do documento considerado injusto que teria de compartilhar com todos. A alegria não seria tão duradoura.

XXXV - O mosteiro reage

A reunião do capítulo foi tensa, com o relato de cada um dos irmãos sobre o assunto a que foram inquiridos e investigados, para que o reverendo pai pudesse ter uma precisa noção das acusações e supostas faltas dos seus filhos. Exigindo que todos que não se manifestassem, a seguir, Mathieu procedeu à leitura do documento deixado por Gauden. Ele, o abade, assumiria toda a responsabilidade pelos resultados revelados à inspeção, assim como usaria do direito de recurso à Sé de Avignon, como permitia a tradição; mas, antes, uma carta seria enviada ao bispado de Paris.

Mathieu decidiu que Felicie não mais ocuparia um quarto no mosteiro, para sua própria proteção e defesa futura, caso fosse chamada à presença de Gauden, assim como evitaria um confronto com ele, que tinha na presença da moça o principal motivo de desentendimento entre Saint Martin e Notre Dame. Os serviços médicos continuariam sendo prestados por ela, em visitas semanais aos doentes e para orientação dos irmãos, que teriam suas instruções de cuidados aos enfermos.

Depois de ouvido pelo confessor, Mathieu recolheu-se em sua cela durante cinco dias, onde, em jejum de alimentos, dividiu o tempo entre orações, meditação e redação da carta dirigida ao bispo Gauden.

Ao sair da clausura, tinha em mãos o documento redigido, nos seguintes termos:

"Mathieu, abade de Saint Martin, o menor e mais indigno dos servos dos Servos, ao venerável pai em Jesus Cristo, senhor Gauden, que

pela graça de Deus é bispo de Paris, saudação e obediência, tanto obrigatória como devota, reverência e honra.

Senhor, após humilde e atenciosa leitura da conclusão e penitências que nos foram impostas em consequência de vossa honrosa visita inspecional, nas calendas de outubro, impusemo-nos uma semana de jejum completo, para recebermos a inspiração de NSJC e de nosso mestre fundador São Bento, a fim de decidirmos o caminho a seguir diante de vossas acusações.

Com muito respeito, devo recordar a Vossa Excelência de nossa condição monacal, pela qual devemos obediência indiscutível somente à Sua Beatitude, o papa, e humildemente rogamos que aceiteis nossos argumentos de que não dependemos financeiramente da Santa Mãe Igreja, porém, não podemos pagar nossa penitência pecuniária; a maioria de nossos irmãos não são sacerdotes, portanto, devem obediência apenas ao abade; gostaríamos de ter o mesmo fraternal e cristão tratamento dispensado aos irmãos de Cluny e Citeaux, ou seja, a dispensa de novas e futuras inspeções, assim como a não interferência na administração. Caso Vossa Paternidade não achardes de justiça atender-nos, usaremos o abençoado e o tradicional direito que a lei canônica nos concede, porém sem duvidar de vossa decisão, mas desejosos de uma confirmação de nosso supremo pastor, recorrendo à clemência do papa para a redução dos honorários de Vossa Excelência, os quais, embora justos, não levam em consideração nossa condição de uma ordem sem condições de pagar a elevada quantia revelada. Até vossa decisão ou de Sua Beatitude João XXII, iremos ignorar o restante da multa imposta. Estamos em oração permanente para que o Senhor ajude nossa Santa Mãe Igreja desde Avignon, e assim, possamos entregar nossa humilde subserviência àquele a quem Nosso Senhor Jesus Cristo aceita como regente do destino da cristandade. Quanto às normas disciplinares, posso vos garantir que todos os vossos mandados foram corrigidos, embora não possamos deixar de socorrer aos que sofrem, pois isso contraria o amor que devemos ao próximo e o motivo pelo qual escolhemos ingressar nessa ordem.

Solicitamos vossa caridosa compreensão aos nossos motivos e vossa bênção para nos iluminar no bom caminho. Que a graça de NSJC esteja no vosso coração e vos proteja em vossa difícil missão na cristandade, seu filho que beija vossas sagradas mãos,

Mathieu,

Ano da Graça de Nosso Senhor nos meados de dezembro de 1317."

O pergaminho lacrado foi enviado para Paris pelo costumeiro cavaleiro, a serviço do mosteiro.

Absorvidos com resignação os acontecimentos recentes, a comunidade do mosteiro voltou à sua rotina, como se nada houvesse acontecido. Os ardentes lá permaneciam, na enfermaria, pelo tempo que fosse necessário, atendidos segundo as novas determinações de Mathieu. Felicie, acompanhada de Claude, voltou para Troyes e visitava Saint Martin uma vez por semana, e durante um dia inteiro produzia elixires, poções, linimentos para alívio das dores e curativos, em quantidade suficiente para a próxima visita; além disso, discutia e instruía os irmãos encarregados dos cuidados dos enfermos. Tudo isso fazia com a mesma disposição de antes, talvez até com mais dedicação, visto que só dispunha de um dia. Membros ressecados e em vias de separação do corpo eram arrancados com destreza pela jovem, auxiliada por Claude. Assim, sem receio de possíveis e secretos olheiros, expunha-se sem temor de praticar o que achava certo.

Os meses se passaram sem que Paris se manifestasse, seguramente por ter assuntos mais importantes a ocuparem tão prestigiosa arquidiocese, embora não se devesse olvidar da memória e paciência eclesiais.

Tempos mais calmos permitiram que Felicie desenvolvesse ações em Troyes e cidades da região de forma tão marcante, que já não lhe sobrava tempo para outras coisas, como por exemplo, amar. Para as mulheres, que eram a maioria de seus atendimentos, ensinava-lhes que o sangue menstrual não era pecado nem as tornava impuras. Embora fosse prática comum os maridos surrarem suas mulheres, como um direito de amo e senhor, algumas confiavam a Felicie seu inconformismo com as atitudes masculinas, principalmente com relação ao sexo. Assim, ela descobriu que os homens, ao voltarem de uma ausência de poucos dias, queriam encontrar sua mulher com o cheiro de sua última relação, e o banho do túnel do amor poderia significar infidelidade. Quando havia oportunidade, ela explicava ao casal que a falta de limpeza vaginal por longo tempo impedia nova gravidez. Não raro, a esposa apanhava por ter revelado segredos tão íntimos a uma estranha. Foi com essa liberdade de conversar e ocasionalmente examinar o corpo de uma mulher, que Felicie passou a defender a necessidade de mulheres médicas, como meio de saber de doenças que a vergonha as impedia de revelar ao médico. Se a Escola de Salerno permitia o estudo para mulheres, por que não a Universidade de Paris? Esses comentários chegaram, de boca em boca, ao destino, e mais tarde seriam usados contra ela.

Com o tempo ficando mais úmido e o prenúncio de inverno rigoroso, as atenções de Felicie voltaram-se aos camponeses, que constituíam a imensa maioria dos ardentes, ou seja, parecia que a doença se originava no campo, observação que ela já vinha fazendo desde o período chuvoso. Mas Claude interrompeu temporariamente o ímpeto incessante de trabalho daquela mulher incansável.

— Felicie, não quero mais ser teu assistente...

— Mas o que dizes? Por que me abandonas? Como te ofendi, meu amor?

— Não me ofendeste nem vou abandonar-te. Em vez de assistente, quero ser teu marido, e não vou esperar que tu decidas para quando achares ter tempo.

— Mas, Claude, devemos nos preparar...

— Ainda me amas como disseste em Saint Martin?

— Sim, por certo.

— Então estamos preparados. Casaremos dentro de alguns dias, ao sair a lua cheia.

Felicie ficou feliz pela rara atitude de decisão e mando de Claude. Se era uma ordem de amor, ela obedeceria.

E assim, nas calendas de dezembro de 1319, na igreja de Saint Jacques da abadia de N.D.aux Nonnains, dom Mathieu casou Felicie e Claude, sob as bênçãos da madre Florence. Ao término da cerimônia, a abadessa chamou Felicie à parte.

— Minha filha, estou feliz por ti. Sei que serás feliz com Claude. Lembras-te do cilindro que me entregaste, contendo teu testamento? Não o queres de volta? És muito jovem para manter um testamento. Vamos, leve-o. Vou buscá-lo.

— Não, minha querida mãe. Pelo contrário, agora é que deves dele bem cuidar. Como sabes, Saint Martin recebeu a visita de Paris...

— Sim, eu sei de tudo, e sei também que não podes mais lá permanecer. Por que não vens atender teus doentes aqui em Nonnains?

— É verdade, mãe Florence. Acho que aceitarei tua proposta.

— Sim, faça isso. Espero por ti.

Os felizes noivos voltaram para a casa de Felicie, que agora era o lar do casal. Durante vários dias lá permaneceram sob as ordens do amor, renovando as forças de ambos para o árduo trabalho que viria a seguir.

O rigoroso inverno chegado em dezembro estendeu-se até março de 1320, mês no qual Felicie festejava a certeza de estar grávida. Apesar de ser um fato tão importante para o casal e dos cuidados que Claude queria lhe impor, a impaciente mulher não arrefeceu o trabalho e atendimento aos doentes, que passaram a procurá-la em Nonnains. Com a ajuda de Florence, Felicie organizou um herbário seco e outro vivo, e transportou para lá todo o material médico que mantinha em sua casa. Reservava a parte da manhã para se dedicar ao estudo da doença dos ardentes. Isso demandava tempo e paciência.

XXXVI - O mistério desvendado

A neve caía mais do que o esperado, ocultando as estradas e as casas, umedecendo os celeiros e obstruindo os moinhos. Dentro de casa o frio também era implacável, e para a maioria das famílias, principalmente na região rural, as modestas construções não tinham lareira, apenas uma pequena chaminé; o preço da madeira para aquecimento era muito caro nessa época do ano e praticamente só se destinava à classe mais rica. Por outro lado, a tentativa de se aquecer com a queima de lenha era um verdadeiro desastre, pois toda a pequena casa se enchia de fumaça, que provocava tosse e deixava uma fuligem que adornava de preto as modestas paredes e móveis. Um dos recursos mais engenhosos era o de queimar, durante longas horas, vários blocos de pedra, que espalhados pela casa e nas beiradas das camas, forneciam um calor que permitia o sono e a sobrevivência no ambiente.

As doenças do peito, como tosse e febre, representavam as maiores tarefas de Felicie, que se dispunha a visitar quem a chamasse, embora quase todos os habitantes tivessem seus próprios remédios para as doenças do inverno.

Suas visitas à zona rural, acompanhada por Claude, eram realmente penosas, pela dificuldade da marcha dos cavalos na neve, que em certos trechos atingia a altura dos estribos. Naquele fevereiro ela atendeu as famílias de cinco pequenos fazendeiros, na verdade, arrendatários. Depois de examinar, prescrever e preparar as poções para a tosse e febre, além de ensinar a dieta com os alimentos que aquela pobre gente dispunha, Felicie pediu para examinar os celeiros de todos eles.

Aveia, trigo, centeio e cevada eram enfeixados e colocados em montes separados, à espera de melhora do tempo, para os feixes serem batidos e os grãos moídos. O que se via era quase tão desolador quanto as feições dos agricultores, a quase certeza de uma safra de pouco proveito. Porém, o que chamou a atenção de Felicie, em todos os celeiros visitados, foi o fato de que apenas os grãos de centeio davam mostra de sentir o rigor do clima, pois se apresentavam inchados e com manchas escuras, como se fossem pequenas espículas ou esporãozinhos. Essa mudança de forma dos grãos não era levada em grande consideração. Quando interrogados, todos respondiam quase da mesma forma e que era do conhecimento geral: a aveia era aproveitada para a sopa matinal e jantar; o centeio destinava-se ao fabrico do pão negro, consumido pelas gentes pobres, e o trigo, sendo bom, daria a farinha de primeira e era vendido para o fabrico do pão branco, de alto preço.

Outra observação surgida de comentários despretensiosos dos agricultores era da baixa resistência do centeio ao mau tempo, frio, neve ou chuva, cujos grãos tornavam-se inchados mesmo antes da colheita e silagem.

Algumas observações da médica deixavam-na com a mente muito excitada, a ponto de conversar consigo em voz alta. Claude temia por sua saúde e gravidez, e aquele comportamento poderia ser sinal de alguma doença ou de extremo cansaço, frio e má alimentação. Uma vez de volta para casa, revelou a ela seus temores e exigiu-lhe descanso. Aonde queria ela chegar com aquelas atitudes, além de tomar notas febrilmente, durante a noite? Parecia Gilbert no corpo da sobrinha.

— Não, meu querido, não estou maluca, apenas parece que estou prestes a cumprir a tarefa que meu tio me pediu.

— Mas que tarefa?

— A de esclarecer a doença dos ardentes.

— E tu acreditas tê-la esclarecido ou resolvido?

— Não tenho certeza, mas há uma série de indícios ou coincidências que formam ideias importantes em meu juízo.

— Vamos lá, conta-me esse segredo.

— Não há segredo Claude. Apenas observação, que nem sei se é verdadeira ou só intuição. Mas vê. De onde procedem os doentes que atendemos em Saint Martin e no convento de Nonnains?

— Bem, a grande maioria do campo, agricultores, suas famílias e as pessoas mais pobres da cidade.

— Ótima resposta e melhor observação. E o que eles têm em comum? Quando adoecem?

— Bem, parece-me que têm em comum a própria doença, que, como se sabe, aparece nos meses mais frios e chuvosos.

— Foste parcialmente bem na resposta, apesar de dizeres o óbvio. Observo que todos ou a maioria trabalha em campos de cultivo de grãos, aveia, centeio e trigo; porém, os únicos que estragam ou apodrecem são os de centeio. Será possível que esses grãos possuem algum veneno que penetra no corpo dessas pessoas?

— Se assim fosse, seria fácil eliminar a praga da doença, bastaria arrancar os ramos do centeio, pois toda árvore que não dá bons frutos deve ser arrancada e queimada. Porém, como explicas que pessoas pobres ou mendigos, que moram na cidade ou arredores e que não vão ao campo, nem se esfregam nessas plantas doentes, adquirem a mesma doença?

— Argumentaste bem, diria meu tio, como diziam na universidade. Tenho pensado neste argumento, mas creio que a resposta está mais próxima do que imaginamos.

— Realmente, não vejo como.

— Pensa Claude. De que é feito o pão negro dos pobres?

— Do centeio... ó, não, quer dizer que pensas...

— Sim, penso o que estás pensando agora, mais claramente. Os moleiros trabalham com o centeio doente ou envenenado, vamos assim dizer; portanto, mesmo sem irem ao campo, têm contato com os grãos. Em seguida fazem o pão negro, que só os pobres e mendigos o comem e também adoecem. Assim, temos um grupo de pessoas que direta ou indiretamente entrou em contato com esses grãos, moleiros e consumidores do pão.

— Meu Deus, isso pode ser fantástico! Mas, o pão é feito no forno, sendo assim, o fogo não destruiria o veneno? E os monges e outras pessoas?

— Esses comem pão de trigo, e bom trigo. Quanto ao forno, podes ter razão, mas meu tio dizia que a dúvida deve persistir enquanto não se provar o contrário.

— E como podes provar isso?

— Só com mais observações e autoridade. Seria necessária a cumplicidade da nobreza e da Igreja.

— Por que não conversas com a madre Florence?

— Não é uma má ideia.

Madre Florence ouviu com cepticismo.

— Minha filha, o pão negro sempre existiu e, não fosse ele, a maioria do nosso povo teria morrido de fome. Seria o caso, então, de termos a doença durante todo o ano. Mas não vou discutir doenças contigo. Continua a atender teus doentes aqui, mas não provoques, mesmo à distância, as autoridades da Igreja e da Universidade. Passa tua vida em trabalho despercebido.

— Mas não me passa pela cabeça fazer provocações...

— Ah. Tu és o teu tio. Deixou-te mais herança de sangue do que de bens materiais. Então não sei que pregas a necessidade de mulheres médicas e que isso deveria ser adotado por Paris? Não vês a enormidade da provocação?

— Minha mãezinha, tu sabes como as médicas seriam úteis nos tempos atuais, e antes de ser uma provocação é uma contribuição para que a universidade e a Igreja vejam as necessidades do povo.

— Filha, universidade é para o engrandecimento do espírito, para mostrar a glória de Deus ao homem, para debater a filosofia, entre outros fins, e não para resolver os problemas da sociedade. Para isso temos os governantes, os soberanos e prefeitos. Não pensas assim?

— Já discutimos o assunto algumas vezes e prometo não criar-te constrangimentos, nem mesmo voltaremos a falar sobre as mulheres médicas de Salerno, como Trotula e Hildegard da Germânia.

— Vá para o teu trabalho, *vade retro* sobrinha de Gilbert, com tuas provocações, brincou. Deixe para Deus curar as doenças em que teus remédios são ineficazes. Não anda à procura das causas das coisas. Vá, com a bênção do Senhor.

XXXVII - Felicie intimada à Paris

Da Chancelaria da Arquidiocese de Notre Dame de Paris e Chancelaria da Faculdade de Medicina, Universidade de Paris, em nome de Sua Excelência Gauden, bispo de Paris pela graça de Deus.

Faz saber à irmã em Cristo, Felicie D'Almania, que estas chancelarias esperam sua presença em meados do mês de junho deste ano de 1319 de Nosso Senhor Jesus Cristo, para com devota humildade e obediência responder a perguntas que nossas autoridades houverem por bem e de justiça considerar que devam ser feitas e respondidas, sobre práticas médicas não permitidas e que envolvem conceitos de fé, e que assim atendendo a este chamado paternal, possa receber os conselhos e orientações para a salvação de sua alma.

Julian Corton, Arcediago e Chanceler da Universidade de Paris, no ano de 1319 de Nosso Senhor Jesus Cristo aos 28 dias de fevereiro.

A carta-intimação não foi propriamente uma surpresa para Felicie. Tanto Mathieu quanto Florence já a tinham prevenido para essa possibilidade, pois suas atividades no mosteiro eram tudo que Paris precisava como motivo para apanhar os dois, Saint Martin e ela, de uma só vez. Mesmo assim, o impacto foi grande, pois o seu destino ou seu trabalho poderiam ser mudados em função do resultado do inquérito em Paris. Felicie lembrou-se de quando seu tio recebeu a carta do ex-chanceler Phillipe de Froissart, sete anos antes, em 1312, o qual prevenia Gilbert contra o ensino de matéria médica às mulheres, sendo ela própria o motivo daquela carta. Certamente, esse antecedente lhe seria cobrado. Um frio laminar alisou as costas de Felicie, um arrepio que a fez temer por seu futuro. Sentiu-se só; seu tio saberia enfrentar tal situação, mas ele próprio fora vítima dessa mesma gente. Agora seria pior, pensou, pois o arcediago Corton era o atual chanceler.

Claude manteve-se calmo, porém, estava mais desorientado do que a mulher e sua única iniciativa resultou em um bom conselho — mostrar a carta à abadessa Florence e ao abade Mathieu. Eram eles os melhores amigos e capazes de prepará-la para o embate.

Mathieu e Florence também não se mostraram surpresos. O abade decidiu que assumiria total responsabilidade pelas ações de Felicie em Saint Martin, colocando-se à disposição da chancelaria. Florence fez duas observações — não se aflija tanto, minha filha; Corton ainda terá suas surpresas.

Felicie continuou seu trabalho diário em Nonnains com indigentes, e àqueles com recursos, estabeleceu uma taxa de alguns diners, dos quais tirava uma parte para o convento e outra para renovar e suprir o herbário e outros produtos. Uma vez por semana dedicava-se ao atendimento em Saint Martin, onde, além da diminuição de novos casos, muitos se curaram; porém, havia vários dos antigos que ainda lá permaneciam. Esses últimos esperavam por uma de três coisas: a morte ou pela fabricação de suportes nos casos de membros amputados ou um meio de retornar para casa. Felicie propôs que monges habilidosos na arte de trabalhar com madeira e couro pudessem fabricar muletas e peças que se adaptassem a pernas ou braços amputados. Com permissão de Mathieu, uma pequena marcenaria foi instalada num galpão do mosteiro; a missão coube a Grand Pierre, como era carinhosamente chamado o habilidoso monge de setenta anos, que contava com um noviço como auxiliar. As peças eram feitas lentamente, sob medida, e ao ficarem prontas, permitiam que os mutilados voltassem para suas casas ou outras cidades, onde, quase sempre, se transformariam em mendicantes.

O tempo passava rápido, e tanto aumentava a apreensão de Felicie por sua viagem a Paris, quanto também crescia o tamanho da barriga. Aproveitava-se da sugestão de Mathieu, para, durante a noite, reler as matérias médicas dos livros herdados do tio. Reviu os aforismas de Trotula e Hildegard; recordou Hipócrates e Galeno, Averróes e Avicena e vários outros, incluindo os estudos e as glosas feitas por Gilbert. Por outro lado, o próprio Mathieu passou os últimos meses colecionando e anotando o *Judex Ecclesiasticus,* conforme o Código da Lei Canônica, com referências das bulas dos papas Gregório IX, Inocêncio III, Inocêncio IV e Urbano IV nele contidas. Foi uma trabalhosa tarefa, tornada possível pela solidariedade e certos poderes de outros mosteiros. Fez uma coletânea de suas observações, anotadas por argumentos, e deu a Felicie para ler e guardar na memória, pois poderiam eventualmente servir para sua defesa ou contestação, conforme o desenrolar da arguição.

A sobrinha de Gilbert passou a desconhecer a paz espiritual, e a fadiga tomava conta de seu corpo e mente. Apesar do grande auxílio de Claude no preparo de medicamentos e na negociação e busca do material necessário para seu trabalho, ela experimentava uma pressão jamais imaginada. Atender doentes, visitar Saint Martin, dar ordens para as tarefas domésticas, manter-se atenta à gravidez, estudar durante a noite e recolher-se em orações para que o futuro não lhe fosse pesado e injusto. Lembrava-se das conversas de seu tio sobre a expectativa dos exames finais do curso e do difícil debate que travou com Corton. Que o Senhor lhe desse a mesma firmeza e sorte.

Junho chegou mais rápido do que devia. Claude preparou uma pequena e mais confortável possível comitiva, com dois jovens cavaleiros e uma aia, suprimentos de comida e remédios, e na manhã de doze de junho de 1319 partiram em direção a Paris. Florence foi despedir-se deles; lá estava também Mathieu, e, de longe, sem ser notado por ninguém, um frade com o capuz cobrindo a cabeça observava a cena. Era Mallais. O abade deu-lhes as bênçãos e assim que se puseram a cavalgar, Mathieu observou para Florence: "Eis uma fuga para o Egito, porém, ao contrário".

"É verdade, respondeu, vão se encontrar com Herodes".

XXXVIII - A viagem

Quarenta léguas deviam ser vencidas entre Troyes e Paris. Felizmente, o período não era de chuvas e a comitiva podia deslocar-se com mais rapidez, porém sem impor sacrifícios ao estado de Felicie. Nessas condições, eram percorridas dez léguas por dia, descansando algum tempo tanto durante o dia quanto a noite, em algum dos albergues que existiam às dezenas naquele trajeto. Outro bom sinal foi o de uma viagem sem intercorrências, livre de assaltantes ou de ladrões que exigissem pagamento de pedágio. Aconselhado por experientes soldados de guerra, que tinham famílias em Troyes, Claude incluiu na caravana mais dois animais livres de montaria, para substituir aqueles que mostrassem cansaço e dessem mais conforto para Felicie.

A jornada durou quatro dias, e, à medida que se aproximava da maior cidade de todos os reinos, a paisagem mostrava-se bem diferente daquela dos arredores de Troyes. Campos e lavouras pareciam mais organizados, com diferentes carroças e instrumentos de aragem. Finalmente, os limites campestres de Paris começaram a aparecer, e, confiantes nas instruções de Mathieu, esperavam chegar num belo prado onde se localizava a imponente abadia de Saint Germain des Prés, e a partir dela, chegariam à cidade pelo lado sul.

Foi o primeiro choque cultural e religioso que o jovem casal experimentava. Sem nunca terem saído de Troyes e vizinhanças, a abadia e o mosteiro deixaram-nos intimidados por sua grandeza e majestade. Nunca tinham visto construções tão grandiosas como aquelas. Se comparados, Saint Martin não passava de um mosteiro muito pequeno e humilde, e sendo assim, como poderia incomodar a Sé parisiense?

Passava um pouco da hora terça quando o grupo atingiu o portão principal de Saint Germain, onde havia um monge porteiro que recebeu a todos com um sorriso de boas-vindas. Claude entregou-lhe a carta escrita por Mathieu, dirigida ao abade local, sua paternidade Augustine, que rapidamente veio cumprimentar-lhes. Foram conduzidos para a ala de hóspedes e peregrinos, com a sugestão de que descansassem durante algum tempo, principalmente Felicie, para mais tarde tomarem a refeição da manhã. A cama foi um presente abençoado para a grávida, e se não fossem as circunstâncias, ficaria o resto do dia e da noite deitada ali mesmo. Uma hora depois foram chamados para saciarem a fome, no refeitório dos hóspedes, sendo servidos pelo monge hoteleiro, que lhes trouxe vinho, água, pão, queijo e peixe defumado. Um banquete, pensou Claude. Uma festa, pensou Felicie. Logo depois, sentiram-se todos em condições de completar a curta distância que os separava de Paris.

O casal foi conduzido até a sala do abade, que, parcialmente inteirado do motivo daquela viagem, pela carta de Mathieu, dispôs-se a orientá-los de como entrar na cidade e onde se hospedarem. Augustine entregou-lhes uma mensagem escrita para seu amigo Montand, abade de Saint Pierre, um pequeno mosteiro muito próximo da Île de la Cité, considerado como uma boa localização para que Felicie não precisasse andar longas distâncias. Na carta recomendava-lhe os membros da comitiva, contando com a ajuda do irmão ao casal na sua primeira viagem a Paris.

Dos prados de Saint Germain, por ser um terreno plano, não era possível aos ansiosos viajantes ter uma visão de Paris, da extensão e prédios da grande cidade. Apenas avistavam uma linha escura que correspondia aos elevados muros que delimitavam a metrópole. Uma hora depois, estavam face a face com a alta muralha, com suas cônicas torres-vigias a intervalos regulares, que cercava a cidade e mostrava-se tão extensa que parecia não ter fim, e tão alta que parecia intransponível. Não demorou muito chegarem diante do Portão de Saint Jacques, a entrada sul da cidade, pela qual passaram sem que fossem abordados ou impedidos. Tinha início a grande aventura do casal, começando pela rua de Saint Jacques, que se estendia desde o portão, em linha reta, em direção a Île de la Cité. Um guarda que se encontrava nas proximidades do portão foi gentil em ensinar àqueles inibidos forasteiros como chegar ao endereço recomendado por dom Augustine. Nada mais do que andar até o fim daquela rua, chegando à margem esquerda do rio Sena e sobre ele a Petit Pont. Era o ponto final.

O trajeto foi demorado, não pela distância, mas pelo encantamento das novidades. Multidão de pessoas enchia a rua de maneira muito semelhante às feiras de Troyes. Tavernas em profusão, cheias de gente bebendo, comendo e falando alto; estudantes com suas vestes típicas andavam de forma orgulhosa e descontraída, como senhores do bairro, personagens que jamais foram vistos por Felicie; o comércio de lojas e barracas era de uma agitação frenética, com ofertas de produtos nunca oferecidos ou vistos em tempos normais na sua pequena cidade. Lá estavam pequenas feiras com especiarias e plantas de uso medicinal; enormes carroças trafegavam com mercadorias, intrometendo-se no meio do povo. Construções de três ou quatro pavimentos, exibindo riqueza exterior. Pessoas com vestuário de luxo davam um toque de nobreza e colorido àquela confusão. Não era sem-razão que Claude e Felicie sentiam-se num outro mundo que lhes trazia inquietude e cautela; nunca se sentiram tão estranhos e sozinhos como naquela primeira impressão da agitada e interessante cidade. Por outro lado, não fosse pelo motivo que ali os levava, nada seria tão empolgante quanto explorar tudo aquilo que ouviram dizer sobre a respeitável Paris.

A Petit Pont comunicava a Île de la Cité aos moradores da margem esquerda do rio, uma região da cidade maior do que Troyes, porém economicamente menos importante do que a cidade da margem direita. O pequeno mosteiro de Saint Pierre localizava-se bem no meio da Petit Pont, cerca de meia milha da ilha do poder central da cidade.

O abade Montand os recebeu com emocionante hospitalidade, e ordenou a um dos serviçais que se incumbisse de alojar os animais. Após uma conversa de meia hora, o abade inteirou-se do motivo da presença de Felicie em Paris, sentiu a gravidade do problema e não escondeu sua opinião pelo que poderia se seguir.

— Creio que a tua permanência aqui poderá ser mais longa do que imaginas, disse Montand, baseado na sua longa experiência de como as coisas funcionavam em Paris, principalmente em se tratando de assuntos relacionados à Igreja ou à Justiça. Além disso, continuou, tu não ignoras que os mosteiros não recebem mulheres, e assim, vou encaminhá-la ao Convento de Santa Joana, nosso vizinho, onde tu serás muito bem acolhida pela madre Justine. Ainda com o seu estado de gravidez, deves ter alguns cuidados especiais, imagino.

— Sinto-me muito bem reverendo pai, apenas lamento separar-me do meu marido, mas sem dúvida será melhor do que ficarmos numa hospedaria.

— Tudo ficará muito bem, Felicie, disse Claude. Estamos seguros com a caridosa atenção dos religiosos desta cidade. Reverendo pai, disse, dirigindo-se a Montand, que Deus vos recompense. Creio que precisaremos de vossa bênção e conselhos.

— Madre Justine e eu faremos o que for possível para ajudálos, mas lembrem-se de que Paris faz suas próprias regras. E tu, Felicie, quando deves te apresentar ao arcediago?

A pergunta fez a moça tremer, pois desde sua chegada, esteve com a cabeça ocupada em situar-se no estranho ambiente da cidade e em acomodar-se, tal o cansaço que a possuía. Apresentar-se ao arcediago! Era tudo o que ela veio fazer, mas ainda precisava saber onde, quando e como.

— Não sei, reverendo pai, mas creio que assim que Claude e eu tivermos o nosso endereço aqui e estivermos bem descansados, iremos à sua procura. Como achais que devemos fazer?

— Vai descansar, filha. Amanhã cuidaremos disso.

XXXIX - Felicie conhece Paris

Felicie amanheceu bem disposta, depois de descansar toda a tarde e uma repousante noite de sono. O pequeno quarto da hospedaria do convento era mobiliado com o essencial, a saber, uma mesa rústica com um jarro de água, um pequeno banco redondo de três pernas e uma cama baixa, feita com madeira tosca e preenchida com um colchão de palhas. Aquele ambiente tão simples dava à hóspede conforto físico, espiritual e sensação de segurança. Fora caridosamente abrigada e alimentada, e "enquanto estivesse em Paris, ali seria sua casa", nas palavras de madre Justine. A expectativa de conhecer a Ilha, junto com Claude, guiados por um noviço de Saint Pierre, fê-la esquecer temporariamente sua missão. Acompanhou as orações das laudas, e sentia-se pronta para explorar a cidade desconhecida e assim o peso da barriga não parecia incomodá-la.

A manhã ensolarada estimulava as pessoas a andar. O noviço Ubaldo esperava o casal à porta do mosteiro. O destino era um passeio pela Île de la Cité. Percorreram o pequeno trecho da Petit Pont, parando um momento para apreciar a agitação humana sobre a indiferente tranquilidade do Sena naquela margem esquerda. Barcos de todos os tamanhos, com mercadorias ou pessoas, transformavam o leito fluvial, como se fosse uma das movimentadas ruas da cidade. Porém, mais do que o movimento no rio, Felicie estava bastante interessada em conhecer uma casa na Petit Pont, que fazia parte das histórias parisienses que seu tio contava. Era o local onde residiu a médica Hersende. Segundo Gilbert, essa mulher teve instrução médica, provavelmente em

Salerno, e durante dois anos, de 1248 a 1250, foi a médica pessoal de São Luis, tendo-o acompanhado na sua viagem ao Egito. Durante esse tempo, aproveitou para trocar experiências com os médicos árabes e aprender seus tratamentos. Ao regressar a Paris, casou-se com o apotecário Jacques e vieram morar na casa situada quase ao final da Petit Pont, na entrada da Ilha. Jacques tornou-se o fornecedor de plantas medicinais para o serviço do rei. Após a morte do casal, o destino colocou nessa casa outra apotecária, madame Pétronille, que também fornecia para a farmácia real. Várias casas da Petit Pont eram ocupadas por apotecários, possivelmente pela proximidade e facilidade de negociar com a nobreza na Ilha. Felicie demorou-se vários minutos diante da casa de Hersende, refletindo sobre a presença dessa mulher junto ao rei, numa prova de compreensão de São Luis e tolerância da Igreja diante da imposição real.

Saindo do devaneio sobre a médica e seu trabalho, o trio entrou na Ilha.

O impacto da grandiosidade insular foi profundamente maior do que a chegada na cidade e o primeiro contato com a grande rua de Saint Jacques e os arredores de sua hospedaria. O primeiro local que quiseram ver foi, naturalmente, a catedral de Notre Dame. Jamais Felicie e Claude puderam imaginar que o homem fosse capaz de expressar sua inteligência, arte e fé, oferecendo a Deus aquela obra tão fantástica. Todo o conjunto fazia o fiel sentir-se muito pequeno diante do volume, altura e majestade da catedral, simbolizando talvez, a insignificância do ser humano diante da glória do Senhor. O pesado silêncio associava-se aos belos vitrais e rosáceas, produzindo um efeito diferente do silêncio monástico. Ambos se ajoelharam e choraram silenciosamente; oravam entre os soluços de emoção e devoção. Abriram seus corações a Deus e Nossa Senhora, intimidados pelo peso do poder da Igreja. Era natural que o bispo e toda a corte eclesiástica de Paris tivessem um certo desdém pelas paróquias provincianas, como Troyes e outras pequenas cidades. Era ali, naquele ambiente onde estavam ajoelhados, que os poderes real e intelectual frequentavam com naturalidade, como uma extensão de suas propriedades. Ubaldo presenciava com aparente compreensão e tolerância o arrebatamento e admiração do casal interiorano, sensações que ele não mais sentia. À saída, Felicie mostrava-se feliz pela visita, mas a visão física da notável edificação dava-lhe uma ideia do que seria o poder espiritual e simbólico que teria de enfrentar. Era no mínimo intimidante.

À pequena distância da catedral encontrava-se o já lendário Hôtel Dieu, hospital que fizera parte da história de seu tio. Possivelmente ele já existia há duzentos anos, mas a memória recente contava sessenta anos de sua função assistencial completa. Felicie não insistiu com Ubaldo para conhecer as enfermarias e outras dependências do hospital, inibida por sua condição de não ser uma acadêmica ou por fazer um enfrentamento fora de hora. Assim, o noviço deu-lhe algumas informações que a impressionaram: o hospital abrigava mais de mil doentes em cerca de trezentos leitos; em cada leito eram acomodados três a cinco doentes. Como um endosso de sua pregação pela necessidade de mais médicas, Ubaldo mostrou-lhe o exterior de uma construção anexa ao prédio principal, mandada erigir pelo rei Luís IX, canonizado 25 anos antes, para abrigar e tratar mulheres. Essa descoberta foi um alento para Felicie, para argumentos futuros, se necessários.

A impressão mais forte viria a seguir na extremidade leste da Ilha. Era o Palácio Real com os prédios que o cercavam, como a Corte de Justiça, o Ministério das Finanças e a poderosa Cúria Real. Ubaldo contou-lhe sobre a Santa Capela, construída por São Luís, como a mais bela e indescritível obra já imaginada por arquitetos e artistas, para abrigar as sagradas relíquias da Paixão de Jesus, como a coroa de espinhos e os pregos da crucificação. Todo aquele grandioso conjunto de poder, realeza, encanto e elegância fascinavam e atemorizavam qualquer simples mortal.

O passeio serviu para Ubaldo afeiçoar-se com a simplicidade do casal e apiedar-se do destino que poderia estar reservado à moça; além disso, foi como uma forma de preparação para a visita que fariam após o almoço à Universidade de Paris-Sorbonne. A excitação provocada por tanto deslumbramento e reflexões tirou o apetite de Felicie. Alimentou-se pouco e mal pôde esperar que Claude e Ubaldo tomassem suas refeições. Voltaram à rua logo a seguir, caminhando em direção ao portão de Saint Jacques. Uma das partes da Universidade estava de frente para aquela rua. Depois de ver tantos belos edifícios, o conjunto de prédios da universidade não impressionava tanto, apesar da austeridade que a fachada inspirava. O abade Montand já havia noticiado a Felicie que seu encontro com Corton seria na Universidade, e Ubaldo aproveitou-se de lá estar para colher detalhes. Enquanto o casal esperava nos jardins, o noviço entrou na recepção do edifício, tendo a sorte de encontrar um colega de noviciado que ali fazia estágio. Por seu intermédio, após um longo tempo de consultas e perguntas, foi informado de que Felicie seria entrevistada no *Auditorium minor* entre a sexta hora e as nonas. A intimação deveria chegar ao mosteiro na hora das vésperas daquele dia.

Bem, comentou Felicie com Claude, já que estava lá para isso, que acontecesse logo e a aliviasse daquela apreensão.

XL - O interrogatório na Sorbonne

A notificação para Felicie chegou ao entardecer, dando-lhe boas-vindas a Paris e trazendo instruções quanto ao horário e local onde seria esperada e conduzida para a caridosa entrevista. Estava assinada pelo chanceler da Universidade, o arcediago Corton. Nenhuma surpresa.

Felicie levantou-se mais cedo; a insegurança, a sensação de solidão, apesar de Claude, a incerteza de como se sairia nas inquirições, tudo isso lhe tirou o sono. O dia amanheceu mais cinzento, o sol não tinha o mesmo entusiasmo da manhã anterior. Nem ela. Como um sinal de solidariedade e aviso para que elevasse o ânimo, percebeu movimentos na barriga, ora fortes, ora delicados chutes.

— Obrigado, meu pequeno. Juntos vamos vencer. Não tenhas receio, sua mamãe não vai desanimar. Agora sei que não estou sozinha, somos dois D´Almania. Esses dragões de Paris não nos metem medo.

Deitou-se novamente para acariciar a barriga, como se passasse a mão na cabecinha do seu filhotinho. Cantarolou uma melodia de ninar. Os chutes aquietaram-se.

Preparou-se para sair. Uma dúvida nasceu de imediato. Quanto tempo ficaria à disposição do arcediago? A que horas voltaria para o convento? Decidiu colocar a outra veste que trouxera: uma túnica de algodão, cinza, que cobria seus tornozelos e permitia grande liberdade de movimentos; recobriu-se com uma capa vermelha de lã, que se estendia até abaixo da cintura. Os cabelos presos e enrodilhados de trás da cabeça foram cobertos por uma touca branca, presa até o pescoço. Sapatos marrons, macios e de lã grossa completavam a vestimenta. Dentro de uma pequena sacola colocou o *Livro das Horas*, uma pequena toalha, um pedaço de queijo e pão branco.

Claude e Ubaldo acompanharam-na até a Universidade, na entrada pela rua de Saint Jacques, atravessaram o pequeno jardim cuja pequena aleia conduzia às escadas em frente ao pórtico do edifício. À espera encontrava-se um jovem monge.

— Deus abençoe a todos vós, irmãos. Creio que tu és Felicie, a quem devo receber.

— Sim, sou Felicie, irmão.

— Sê bem-vinda, irmã. Vou levar-te ao *Auditorium*.

Felicie lançou um olhar amoroso a Claude, que ele não sabia se era de despedida ou de súplica por ajuda. Fez menção de acompanhá-la, porém, foi impedido pelo monge.

— Lamento, irmão, mas aconselho-te a voltar para casa, pois madame Felicie deve entrar só. Vem buscá-la por volta das completas.

Claude envolveu Felicie num terno e prolongado abraço. "Tem fé, meu amor. Logo estaremos em casa. Virei buscar-te mais tarde". Felicie não respondeu. Sem olhar para trás, deixou-se conduzir por seu guia.

Pela primeira vez Felicie entrava numa universidade, e nada menos do que a famosa Sorbonne. Mármores, pinturas e esculturas faziam um conjunto de elegância simples e austera nos salões e corredores, obrigando o visitante a respirar o ar da ciência e cultura, quase tão sagrado quanto o da catedral que visitara no dia anterior. A reunião no *Auditorium minor* foi transferida para a Sala do Conselho, considerada mais apropriada para a finalidade da ocasião.

A Sala do Conselho tinha a forma de um comprido retângulo, com janelas apenas em um dos lados; o intervalo entre elas era preenchido por quadros; na parede oposta, bandeiras das nações estudantis e tapeçarias alternavam-se, dando um colorido especial ao ambiente. A extremidade da sala era ocupada por uma longa mesa e cadeiras de longo espaldar, ricamente entalhadas; diante dela, porém, à distancia de dez braças, estava colocada uma cadeira de pés baixos mas com alto espaldar e apoio para os braços, possivelmente em consideração ao estado de gravidez da convidada.

Quando Felicie foi instruída para sentar-se, a sala estava vazia. Foi uma sensação idêntica àquela sentida no mosteiro de Saint Martin, o mesmo ritual para intimidá-la ou mantê-la sob tensão e expectativa, com o objetivo de diminuir uma possível resistência ao interrogatório. Assim que se sentou, o jovem monge retirou-se. Felicie repetiu o gesto de outrora retirando de sua sacola o *Livro das Horas* e pôs-se a lê-lo como se fosse senhora de toda a confiança e calma possíveis.

Poucos minutos depois, que lhe pareceram várias horas, Felicie assustou-se com o ranger de uma enorme porta, que ao se abrir deu passagem ao grupo dos homens letrados, que formavam a comissão de interrogatório. Todas as portas foram então fechadas. Em total silêncio, cada um ocupou seu lugar, sendo o último a sentar, ao meio da mesa e na maior e mais alta cadeira, o senhor bispo Gauden.

Levantando-se, Gauden abriu a cerimoniosa reunião.

Em nome do Pai, do Filho e Espírito Santo, invoco as bênçãos para esta santa inquirição. Estamos reunidos em nome das verdades da ciência que nossa Madre Igreja permite por bem ensinar e usar nesta Universidade. Aqui estão reunidos homens cujo saber e discernimento podem discutir, julgar e orientar os acertos e os desvios daqueles que agem em nome do que consideram como verdade ou o fazem de má-fé.

Falava como se se dirigisse a um grande número de pessoas, assim como se fosse presidir um *disputatio.* Continuou.

Tudo o que for dito ou comentado aqui será devidamente registrado e anotado pelo senhor secretário episcopal, monsenhor Blanchard. Registre-se a presença do professor e consultor em Direito Canônico, Louis Charles. Registre-se a presença de monsieur Jean Montinni, doutor em Leis Civis; a mui honrosa e inspirada colaboração do senhor arcediago e chanceler da Universidade, Julian Corton, doutor em Teologia; os médicos, professores e doutores de medicina, Pauliac e Coutelier. Quero mostrar nossa felicidade pela humilde obediência ao nosso chamado da madame Felicie, cuja atitude de servilidade ao desejo da Igreja certamente foi orientada pelo Espírito Santo. Abençoo a todos vós em nome do Pai, do Filho e do Espírito Santo. Darei a palavra ao senhor chanceler, para que mostre a este Conselho e à dama aqui em nossa frente as dúvidas e acusações que motivaram este julgamento.

Felicie estranhou o termo julgamento, que pela primeira vez foi empregado, apesar de saber que a reunião era exatamente para isso, mas que tinha sido camuflado até aquele momento. Por outro lado, ela desconhecia o detalhe de que ambos os médicos foram ex-professores e examinadores de Gilbert. Além disso, ela não esperava tantos intelectuais e provavelmente homens muito poderosos para acusá-la e travar uma discussão de tão complexo nível teológico ou filosófico, que ela não teria como fazer réplica. Por que tão solene cenário foi armado contra ela? Para justificar uma condenação já prevista? Suas forças diminuíram à medida que o coração acelerava, mas uns chutes na barriga devolveram-lhe a postura digna.

Jean Montinni, doutor em Leis, sugeriu a Gauden que seria interessante saber o que a senhora tinha a dizer sobre tão graves denúncias. Corton quis impedir, mas Montinni fez observar que a acusada não tinha quem a defendesse, a não ser ela própria. A Universidade tinha por costume ouvir os contraditórios. Gauden deixou-se convencer, e acedeu ao seu pedido.

— Senhora Felicie, ouviremos tua versão, após os argumentos da acusação que te trazem aqui, antes de passarmos ao interrogatório dos membros deste conselho.

Felicie sentiu-se aliviada pela primeira oportunidade de defesa; apertou carinhosamente o ventre e depois colocou o *Livro das Horas* sobre o colo. Fez uma prece ao Senhor, para que a iluminasse.

XLI - Julian Corton acusa

Excelências.

Quis a vontade do Senhor que eu fosse um instrumento de vigilância dos preceitos e tradições do ensino da arte médica nesta Universidade, assim como zelasse para que não houvesse corrupção dos ensinamentos dos grandes mestres que sustentam o saber que daqui irradia para toda a Europa. Sabeis que todo o ensino e matéria médica que formam nossos bacharéis e doutores são orientados pela fé e devem estar de acordo com os princípios da mestra de todas as ciências, que é a Teologia.

A arte médica, apesar de ser uma matéria menos importante do que aquelas que tratam da alma, da elevação do espírito e da interpretação das leis, deve ser praticada por aqueles devidamente licenciados por esta Universidade ou, poderemos até aceitar, por outras Escolas de respeito.

Vamos, assim, ao assunto no qual esta senhora, Felicie D`Almania, é o motivo que nos leva a esta desagradável reunião, pelos atos que farei considerar a seguir.

Teve ela uma infância e juventude de ócio e futilidade, pois cresceu e foi educada no mosteiro de Notre Dame aux Nonnains, onde, vejam bem, dedicou-se ao estudo das letras e da escrita, e com o passar dos anos, passou a ler livros e até a copiá-los. Quanta indignidade. Não cabe à mulher, por seu menor intelecto e espírito mais fraco, dedicar-se às habilidades dos homens, e principalmente, dos homens de Deus. O demônio não tardou a tentá-la; durante anos, é possível, segredou-lhe o espírito da soberba e ambição, como o de querer tornar-se médica, como seu tio.

É justo que ressaltemos que seu tio, o doutor Gilbert D´Almania, foi um excelente aluno desta Faculdade, alguns de vós o conhecestes bem. Foi um médico competente, mas de espírito fraco, não adepto à confissão e comunhão, e por isso, sucumbiu às tentações e conselhos de Lúcifer, desperdiçando seu tempo a ensinar a uma mulher, no caso, sua sobrinha, as disciplinas e segredos da medicina. Com tal atitude, afrontou e desafiou as regras tradicionais que são impostas por esta Universidade. Pretendeu ele ter ensinado um curso completo da arte médica, com teoria e prática, durante oito anos, a essa mulher aqui presente. Seu desafio chegou ao limite da impertinência e atrevimento, que em carta dirigida ao chanceler Philippe de Froissart, que Deus abençoe sua santa alma, solicitou que validasse seus ensinamentos à sobrinha e lhe desse a devida licença para o exercício da arte médica. Buscai, senhores, buscai em toda a história desta Universidade tão semelhante e descabido pedido. De onde tirou, o Doutor Gilbert, força e coragem para tal pretensão, a não ser de uma mente desorientada pelo demônio? O Chanceler Froissart, evidentemente, negou-lhe a petição e ainda caridosamente o admoestou contra o ato de desobediência e suas consequências. Gilbert ignorou aquela piedosa orientação, e tornou a senhora Felicie sua assistente. Posteriormente, com a infeliz doença do doutor Gilbert, que o levou à morte, essa mulher, para quem olhais, assumiu a posição de seu falecido tio, praticando atos médicos sem a licença da Universidade.

Pergunto-vos: é válido a uma mulher exercer a medicina? Vamos considerar uma fase anterior a essa posição — é válido e necessário que uma mulher saiba ler palavras e números e escrever? Não, posso responder-vos. E por quê? Todos vós sabeis. É que, por sua origem, ela é a causa de todos os males da humanidade, começando pelo pecado original, e dessa forma pode usar o conhecimento de ler escrever para praticar o mal. São as mulheres as rainhas da feitiçaria e suas menses as tornam impuras. Como pode pessoa impura cuidar de doentes debilitados?Como eles se protegerão contra uma mulher impura e que ainda pode ser uma feiticeira?

Quanto à arte médica, quero relembrar-vos o que nos diz Bruno da Calábria em sua obra Magna Chirurgia: "Mulheres vis e presunçosas fazem o trabalho médico de homens, e o que é pior, sem conhecimento e habilidades. Como resultado de sua estupidez, os piores erros e enganos são cometidos, e não raramente os seus pacientes morrem".

Agora quero testemunhar-vos o que nossos olhos e inteligências viram e registraram, digo-vos, esse humilde Chanceler, Sua Excelência o mui abençoado bispo Gauden e o iluminado secretário monsenhor Blanchard, quando de nossa visita ao mosteiro de Saint Martin, em Troyes. Não irei relatar as irregularidades administrativas lá encontradas, pois não é o assunto do qual tratamos hoje, mas foi aproveitando-se de um deslize e fraqueza na condução moral daquela instituição, que esta mulher instalou-se lá. Foi o que testemunhamos: o exercício das funções de médico, com tratamentos e fórmulas secretas, amputações de membros, além do andar cheio de volúpia no meio dos pobres homens, contribuindo para o enfraquecimento de suas almas. Não foi possível distinguir suas ações imorais daquelas de uma feiticeira instruída pelo demônio. E se tal desatino não bastasse, eis que ela se aloja na casa religiosa, tendo um quarto para si, ou seja, passava as noites no mais inimaginável dos lugares. Imaginai o poder de sedução de uma mulher nas sombras da noite, hora que Satanás tem maiores poderes, sobre homens de fracos espíritos.

Devo apontar-vos uma última reflexão: ao rebelar-se e ao desobedecer às ordens da Universidade e da Igreja, esta infeliz criatura comporta-se como uma cismática. Será ela simpatizante ou partidária do cisma, para a perdição das almas?

Eis aí, senhores, os motivos de trazermos às vossas presenças esta mulher, para que a interrogueis e obtenhais dela a verdade, e a julgueis pela verdade, em nome do Senhor Jesus Cristo.

Quase trêmulo e visivelmente nervoso, Corton sentou.

Felicie ouviu o discurso estarrecida, contendo as lágrimas num esforço sobre-humano e a vontade de gritar contra as sórdidas acusações. Mas dois chutes na barriga a preveniram de não se comportar como desejaria, certamente, o seu acusador.

XLII - A réplica de Felicie

Gauden retomou a palavra.

— Madame Felicie D´Almania. Ouviremos tua defesa, mas que sejas breve.

Apesar de cansada, Felicie se levantou, apoiando-se com uma das mãos num dos braços da cadeira.

— Excelências, em nome de Deus e do sagrado sacrifício do Senhor Jesus, como cristã e pertencente à fé católica, vou procurar responder, respeitosamente, às palavras do mui honrado senhor Chanceler, Julian Corton.

Mostro-vos minha gratidão em conceder-me o direito de defesa, embora não possa e nem saiba falar com vossa erudição e conhecimento das leis civis e canônicas. Assim, peço a Deus que me inspire a tirar as sábias dúvidas que vós considerais tão importantes e merecedoras deste julgamento.

Acusai-me de ter dedicado parte de meu tempo aprendendo as letras, a leitura das escritas e dos números, mas será que Deus irá condenar-me por dedicar-Lhe a leitura do Livro das Horas? Eu jamais louvaria ao Senhor com os sagrados salmos se não os soubesse ler. Jamais dei oportunidade ao demônio para negar a minha fé, lendo livros que não fossem do bem. Acaso não é do bem um livro que nos ensina a saúde ou como curar os doentes? Uma feiticeira não se interessa pelo bem-estar das pessoas ou por sua saúde.

É verdade que meu honrado e culto tio, Gilbert D´Almania, instruiu-me na prática de tratar certas doenças, deu-me lições e fez-me ler todos os livros que formam a base da arte médica. Porém, jamais me chamei ou disse a outros que sou médica. Apenas quero ajudar as pessoas doentes, movida pela caridade cristã; e melhor as ajudarei tendo um conhecimento melhor do que aquele que nada sabe. Uso esse conhecimento em nome de nossa fé católica.

— Blasfema, blasfema, gritou Corton.

— Deixai-a prosseguir, disse Gauden. Continua, mulher, mas não nos canse!

— Obrigado, meu pai. Ouvi com humildade a lembrança do sábio Bruno, sobre as mulheres que fazem o trabalho médico dos homens, como se tal prática fosse uma afronta a Deus e à Universidade. Porém, senhores, não era assim o pensamento e comportamento de nosso rei São Luís. Por certo sabeis a história, nunca lembrada, de Hersende, a médica, falecida há cerca de setenta anos, que foi graduada em Salerno, e, vindo para Paris, acompanhou São Luís ao Egito, como sua médica pessoal. Ela estudou a medicina árabe enquanto lá esteve, e ao voltar casou-se com o apotecário Jacques, e sua casa está até hoje na Petit Pont. Como podeis contradizer nosso iluminado rei e santo? Também, humildemente, quero lembrar-vos de nossa Santa Hildegarde, médica da Germânia, que, apesar de nunca ter exercido a medicina, escreveu livros como Causae et Curae, Líber Simplicus Medicinae e outros ensinamentos que são usados, copiados e estudados por várias universidades, e que, segundo meu tio, várias de suas recomendações são usadas nesta Faculdade. Esta santa, que está nos livros dos nossos santos, nunca foi admoestada pelo papa. Ainda de Salerno, lembro-vos a grande Trotula de quem todos vós conheceis sua obra. Pergunto-vos, foram Hersende, Hildegarde e Trótula mulheres usadas pelo demônio? Devemos condenar a Faculdade de Medicina de Salerno por permitir que mulheres estudem a medicina e sirvam também à caridade para com os doentes?

Finalmente, mestres, quero vos afirmar que minha permanência em Saint Martin foi um pedido meu, pessoal, ao reverendo pai Mathieu, tendo em vista que no mosteiro não havia médicos e eu me considerava mais habilitada do que os caridosos irmãos que assistiam aos doentes. Quis apenas ajudar. O pequeno quarto que me foi destinado era para deixar-me à disposição daqueles infelizes, durante a noite, ajudando a aliviar suas dores ou identificando a morte iminente, e assim avisar aos padres para dar-lhes o conforto da confissão e da extraunção. Nunca quis usar a volúpia, apenas acontecia de atender a tão grande número de pacientes moribundos ou em grande sofrimento, que não me sobrava tempo para cuidar de minha aparência, e assim, minhas velhas vestes rasgavam. Só tive volúpia de ajudar e bem servir em nome de Deus.

— O demônio está colocando palavras melífluas em sua boca, contestou Corton.

Gauden o ignorou.

— É tudo o que tens a dizer? Perguntou.

— Sim, Excelência.

Terminada sua réplica, Felicie sentou-se, com os olhos inundados de lágrimas, recebendo como aplauso três carinhosos chutes no ventre. Alisou a barriga. "Obrigado, meu amor. Que bom que você gostou".

O silêncio que se seguiu foi constrangedor. Corton falou ao ouvido de Gauden durante alguns minutos. Os demais membros confabularam entre si e o bispo. Gauden se levantou.

— Esta sessão cumpriu sua primeira parte. Voltaremos a nos reunir para completar nossas inquirições dentro de quatro dias, tempo também suficiente para o nosso secretário transcrever e fazer cópias do que foi aqui dito.

Felicie respirou aliviada. Não suportaria mais outros ataques, mas achou quatro dias muito tempo. De qualquer forma, iria para o convento descansar. Levantou-se enquanto a comissão se retirava, preparando-se ela, também, para deixar o prédio. Foi nesse instante que dela se aproximou o secretário monsenhor Blanchard.

— Minha filha, hoje deverás ficar aqui. Não regressarás à hospedaria do convento por ora.

— Mas o que dizeis, monsenhor? Por acaso estou detida, estou presa? Quase gritou.

— Não estás presa. Apenas serás nossa hóspede aqui neste prédio. Ganharás um quarto e ficarás muito bem cuidada pelas irmãs da capela da Universidade.

— Mas, por quê? Por que me prendeis? Apenas disse a verdade.

— Ninguém te julgou até agora. Receberás uma tigela de sopa e um pedaço de pão, ao dia, para que tua fé seja estimulada e tuas orações ouvidas. Deverás alimentar o espírito e não o corpo, e dessa forma o Espírito Santo te ouvirá e te aconselhará.

— Mas por que não me deixais voltar ao convento? Prometo-vos, juro, que voltarei todos os dias, se preciso for, ou quando quiserdes. Não sairei da cidade.

— Não é bem assim, minha filha. Aqui terás por companhia Deus e tua consciência. Aqui terás o silêncio necessário para refletir sobre tuas ações e certamente poderás orar mais perto de Deus. Fora daqui estás sujeita a receber maus e falsos conselhos, além da tentação do demônio. Queremos protegê-la dessas influências, para que saias com a alma limpa.

— Sede claro, Excelência. Estou presa e só Deus sabe o destino que reservais para mim. Serei torturada ou pouparás o filho que trago no ventre?

— Chega de discutir. Tens a língua solta e não sabes o que dizes. Acompanhe a irmã Claudete até teus aposentos. Que Deus te abençoe.

XLIII - A prisão de Felicie

A notícia foi dada a Ubaldo por seu amigo na Universidade. De fato, Felicie estava retida num dos quartos das irmãs que cuidavam da capela. Não, não sabia por quanto tempo, nem era possível comunicar-se com ela.

Claude desesperou-se. Não poderia nem vê-la, nem enviar-lhe algum alimento; além disso, sua entrada estava proibida naquela parte da universidade. De nada valeram os esforços do abade Montand e da madre Justine. Ambos não conseguiram falar com Gauden ou Corton.

A possibilidade de alguma tortura passava pela cabeça de todos, mas ninguém queria manifestar ou conversar sobre o assunto. Nada havia a fazer, a não ser rezar, além de enviarem o mais rápido cavaleiro para levar uma mensagem a Troyes. Claude pagou-lhe em dobro para que o recado escrito fosse entregue na metade do tempo habitualmente gasto entre as duas cidades.

O quarto de Felicie tinha o mesmo conforto daquele do convento, acrescido de um pequeno oratório suspenso na parede, com a imagem de Cristo na cruz e uma mesa maior contendo uma bacia, um jarro com água para beber e molhar o rosto e uma vela de cera. O pequeno buraco de um pé de diâmetro, num dos cantos do quarto, servia de latrina. Um diminuto quadrado, no alto da parede, fechado por grades, fazia as vezes de janela. A refém não tinha liberdade de sair; a porta de sua cela ficava permanentemente fechada. Obedecendo ordens, uma irmã de feições suaves trazia-lhe pela manhã uma tigela contendo leite com aveia, pedaços de maçã e mel. Complementava com um bom pedaço de pão branco, e como extra, a solidária monja deixava meio copo de vinho, fazendo-lhe sinal com o indicador na boca e uma piscadela, tornando-se cúmplice daquela transgressão. Felicie entendeu, e mostrou-se agradecida, colocando uma mão sobre o coração e retribuindo com um beijo enviado por um dedo. O que mais desejava, porém, era conversar e fazer perguntas, mas quanto a isso a irmã não ousou desobedecer, pelo menos por enquanto. Nos dois primeiros dias, ela aproveitou o pão e o queijo que trouxera, aprendendo de imediato a economizar comida para o resto do dia e noite. Perdeu a noção das horas, apesar de ouvir as batidas dos sinos. Alternava seu tempo de isolamento entre lágrimas, orações e pensamentos passados e repassados de sua vida, desde o tempo que fora educada em Nonnains, seus estudos e trabalhos com Gilbert, o conhecimento e nascimento do amor a Claude. Quantas coisas temos para recordar da vida quando tememos por ela. Os ruídos próximos ao quarto assustavam-na. Esperava a qualquer momento ser levada para uma sessão de tortura. Chorava por seu filho no ventre, o receio de perdê-lo se ela viesse a sofrer fome ou maus-tratos físicos. Para não perder o juízo, passou a conversar com o filhinho, acalmando-o com carícias e reafirmando sua confiança de que tudo acabaria bem e iriam ser felizes na sua casinha em Troyes. Aquele pesadelo teria um fim. Mas, quando? Quatro dias se passaram e o silêncio absoluto dentro da solidão dava indícios de minar-lhe as forças. A fome aumentava, e Felicie não a considerava nem uma mortificação nem um ato de fé, mas uma covardia para com aquele indefeso no seu ventre. Procurou dormir, pois a noite já ia adiantada.

O profundo silêncio da noite foi quebrado, subitamente, por uma batida na sua porta. Acordou sobressaltada. Trêmula, aguardou que a porta fosse aberta. Um monge encapuzado a chamou. *Chegou a minha hora,* pensou. *Meu Deus, serei torturada ou morta nesta hora da noite, sem testemunhas.*

— Não temas. Vem comigo.

— O queres de mim? Para onde me levas?

— Tens uma honrosa tarefa; porém, não faças mais nenhuma pergunta. Trouxeste um cofre com teus remédios e instrumentos?

— Sim, para o caso de necessidade durante a viagem.

— Onde se encontra?

— Com meu marido, Claude, no mosteiro.

— Vamos.

Saíram por uma passagem lateral e pouco conhecida do prédio. O monge conversou com um colega, que saiu correndo em direção ao mosteiro. Felicie entrou numa estranha e desconfortável carruagem, junto com o monge, com o coração a sair pela boca. Em poucos minutos, para seu espanto, estava diante da catedral de Notre Dame, em frente a uma porta voltada para o norte.

— Entra, disse o acompanhante; ainda sem perguntas, completou.

A igreja estava às escuras. Felicie foi guiada pelo transepto norte; uma porta atrás de um altar, uma batida de aldrava, a porta se abrindo, uma escada espiralada, uma passagem, outra porta. Totalmente desorientada, a mulher não sabia o que pensar. Uma pequena sala, elegantemente mobiliada. Sentado na poltrona, o senhor secretário, Blanchard.

— Excelência, eu...

— Tem calma. Escuta com atenção o que vais ouvir e o que terás de fazer. Antes, porém, ajoelha-te e coloca tua mão direita sobre o Livro Sagrado, e jura jamais revelar o que viste ou fizeste nesta noite. Se quebrares o juramento, sofrerás a pena da excomunhão e serás acusada de bruxaria. Aceitas?

— Sim, Excelência.

Assim, Felicie ajoelhou e prestou o juramento.

— Podes sentar e agora escuta. Quando estávamos em Saint Martin, tu te mostraste observadora, ao diagnosticar o sangramento hemorroidário do senhor bispo. Isto o impressionou, e só quem tem essa prática pode fazer tal suposição. Pois bem, Sua Excelência encontra-se no momento com uma cruel crise dolorosa em sua hemorroida, a ponto de ter desfalecido uma vez. Queremos que o trate. Entrarás no quarto, sem dirigir-lhe a palavra, nem a ninguém. Ele estará todo coberto, debruçado sobre uma arca, e apenas a sua parte íntima será vista. Tu deves examiná-lo e dizer o que farás, com o mínimo de conversa. Um de nossos noviços, que estuda na faculdade de medicina, será teu auxiliar.

— Mas por que eu?

— Sem perguntas. Apenas obedece.

Enquanto conversavam, o cofre de remédios de Felicie já estava à sua disposição.

Realmente, a mulher encontrou Gauden tal como lhe fora dito. Aproximou-se do doente, com as nádegas envoltas em lençóis, deixando apenas um campo circular aberto para o exame e tratamento. Os gemidos do bispo eram pungentes. *"Senhor, faça tua vontade. Levai-me até vós e hoje mesmo estarei no paraíso".* Depende de qual ladrão estás falando, pensou Felicie. Com segurança, afastou ambos os glúteos e de imediato percebeu uma volumosa tumefação das veias; sobressaía uma área mais escura, com um nódulo, como se fosse uma pequena azeitona preta.

— Isto é um trombo encravado na veia. Aquece água e trazei-me panos limpos, disse ao auxiliar. Enquanto ele atendia ao pedido, Felicie abriu o cofre e separou duas ferramentas: uma lanceta e um bastão de cobre.

A aplicação de panos quentes no ânus de Gauden trouxe-lhe em pouco tempo um alívio que tornara a dor suportável. Quando a tumefação ficou mais amolecida, ela tomou a lanceta e num golpe preciso fez uma incisão sobre o negro caroço; aberta a veia, um filete de sangue escuro jorrou. Introduzindo o fino bastão de cobre, removeu o caroço coagulado e comprimiu o local com um lenço aquecido. Colocando o bastão sobre o braseiro, aguardou até que o mesmo ficasse rubro, e a seguir cauterizou a abertura. Um grito pavoroso ecoou no quarto e por instantes o bravo bispo ficou inconsciente. Felicie fez o curativo com uma pomada idealizada por seu tio, e cobriu-a com uma tira de pano.

— Está pronto, disse a Blanchard. Ao acordar, deem-lhe essa poção, que é uma teriaga à base de mandrágora. Amanhã ele deverá estar bem.

— Podemos ir? Perguntou Blanchard.

— Sim, não há mais nada a fazer. Amanhã o auxiliar fará novo curativo com a pomada que vou deixar convosco.

Pouco tempo depois, uma cansada, porém otimista Felicie, repousava em sua cama no quarto da Universidade. Na mesa, uma cesta com frutas, uma jarra de vinho, pão e queijo.

XLIV - O exame do conhecimento médico

Finalmente, no quinto dia pela manhã, a porta se abriu e lá estava o jovem monge convidando-a para voltar à Sala do Conselho, para novo encontro com a comissão da universidade. Felicie não sabia se estava alegre ou triste, mas levava consigo a esperança de tudo ter um fim e rápido.

Sentou-se no mesmo lugar da sala, esperou da mesma forma a entrada dos membros da comissão. Ritual inabalável. Entraram todos, a seguir, na mesma ordem. Tudo o mesmo. A diferença estava, agora, na arguição.

Gauden reabriu os trabalhos, sentado na poltrona de assento redondo e com o orifício no centro. Estava um pouco pálido e falava menos. Começou fazendo a invocação que seria testemunhada pelo Espírito Santo.

— Espero, minha jovem, que o tempo que aqui passaste tenha te aproximado do Senhor, dando-te inspiração e humildade. Agora estarás respondendo por teus conhecimentos aos nossos mestres e médicos desta universidade, disse, sem fitá-la diretamente.

— Asseguro-te Excelência, que jamais me afastei do Senhor, e serei uma humilde serva.

— Queres imitar Maria?

— Embora devesse, não recebi essa graça, senhor.

— E é pouco provável que a recebas, enquanto não desarmares o espírito. Mas prossigamos. Vejamos o que os doutores Pauliac e Coutelier desejam saber sobre teu trabalho.

— Madame D´Almania, começou Pauliac, há muitos anos, creio que eras muito pequena, o doutor Coutelier e eu examinamos o teu tio, que se doutorou de forma brilhante. Naquela ocasião ele demonstrou uma memória prodigiosa e sábias respostas. Apesar do seu talento e vocação, não quis prosseguir na carreira acadêmica, foi para Troyes e possivelmente usou-te como modelo do ensino que teria praticado aqui. Mas nunca estimulamos o ensino às mulheres, não importa aqui as razões. Citaste os exemplos de Hersene, Trotula e Hildegarde, mas provavelmente não viste o outro lado da moeda, ou seja, os seus erros e condutas que desaprovamos. Assim, deixemos de lado os ensinamentos dessas mulheres, e voltemos às nossas tradições. É por nós sabido que tu te interessas pela doença de Santo Antão ou dos Ardentes, visto que acudiste a Saint Martin para tratar esta enfermidade. Sabeis realmente o que seja isso?

— Meu tio pediu-me que desse atenção e observasse essa doença com muito desvelo, pois desejava esclarecer seus aspectos, e fez-me prometer, antes de morrer, que eu prosseguiria seu trabalho. A primeira coisa que chama a atenção nessa doença é a pele rubra como uma brasa ardente, e acho que devemos chamá-la pelo nome que vossos mestres já a tinham batizado.

— A que nome te referes?

— À erisipela, como já diziam Hipócrates, Galeno e Rhazés.

— Ora, se a reconheces como erisipela, devo crer que combates o queimor e a dor com neve ou água fria.

— Nem sempre, senhor.

— Explica melhor, apartou Coutelier.

— Bem, segundo o aforisma de vosso pai Hipócrates, o frio deve ser aplicado somente nas erisipelas sem úlceras. Quando estas aparecem, ele recomenda uma mistura de pó de amêndoas, alúmen e chumbo.

Corton estava indignado com a concordância dos professores. Por que Gauden não convocou Caroli e Ricordeau, que eram mais competentes e severos? Esses dois idiotas faziam perguntas que qualquer pessoa saberia responder...

— Falas de uma pele vermelha, porém, como explicas que outros a tenham negra como o carvão, a ponto de perderem seus membros?

— Isso não é matéria médica, interrompeu Corton. É o castigo...

— Excelência, cortou Coutelier, é possível que tenhais razão, mas precisamos ouvir a acusada. Prossegue, senhora. O que dizes da pele negra e da perda dos membros?

— Bem, senhor, muitos não se curam talvez porque o tratamento vem tardiamente, ou resistem às ervas, ou então, lhes falte uma grande fé, terminou olhando para Corton.

— Como soltas um membro podre?

— Como na lepra, senhor, com uma mistura de óleo de olivas e mercúrio.

— Nada do que respondeste é novidade para nós, apenas demonstras que memorizaste o ensinamento de teu tio ou leste em um dos seus livros. O fato de assim saberes não significa que estás prosseguindo com a pretensa tarefa que foste incumbida.

— É verdade, mestre, fiz as duas coisas: memorizei as lições de Gilbert e também li em seus livros. Mas prossegui na missão, se me permitis falar a respeito.

– Explica melhor, pois ainda tens muito a responder.

— Gostaria de contar-vos que tenho uma ideia sobre a origem desta doença, e talvez como preveni-la.

— Podes estar delirando, disse Pauliac. Pretendes ter achado uma causa para a doença que atravessa séculos e já foi definida pelos mestres que tu mesma nomeaste?

— Isso é uma blasfêmia! Corton não se conteve. Todos nós sabemos que esta doença é um castigo divino, é uma expiação terrena para graves pecados. Se assim não fosse, de que adiantariam os milagres de Santo Antão, que são precedidos pela confissão, penitência e arrependimento? Essa mulher fala pela boca de Satanás. Por que ainda quereis ouvi-la? Senhor bispo, suplico-vos que não tolereis as infâmias que somos obrigados a ouvir.

— É tradição desta Universidade, respeitável Chanceler, que um exame só termine quando os examinadores assim o fazem. Ainda respeitamos o *quaestio, disputatio et determinatio* (o problema, o debate e a conclusão), disse calmamente Gauden, mas com visível impaciência com Corton.

— Por certo não estais afirmando que eu, Chanceler da Faculdade de Medicina, ignoro essas coisas.

— Absolutamente, apenas repito o que aprendi convosco. Continue, professor Pauliac.

— Madame, qual foi o fato que observaste e que não sabemos?

— Mestres, minhas observações e reflexões nasceram ao observar e conversar com os doentes de Saint Martin. Todos eles vinham do campo, eram agricultores. A doença se manifesta durante o período chuvoso ou muito frio, e naquelas pessoas que têm contato direto com os cachos de grãos. Nos campos, o trigo, a aveia e o centeio têm a safra e colheita prejudicadas, porém, o centeio mostra-se mais sensível à umidade, inchando os grãos e adquirindo um minúsculo caroço amarelado, como se fosse um esporãozinho. Cada tipo de grão, como sabeis, tem um destino. O bom trigo servirá ao fabrico do pão branco; aos pobres é destinado o pão negro, feito de centeio, e a aveia é a sopa ou alimento de um dia de trabalho. Ora, o único cereal que se estraga é o centeio. Como todos os pacientes vêm do cultivo desses grãos, eu passei a me perguntar se o centeio mofado e estragado não teria algum veneno que penetrasse na pele dos braços, das pernas e outros lugares do corpo.

— Mas e aqueles que ficam doentes e não trabalham no campo? Questionou Coutelier.

— É verdade. Essa é pergunta que vem logo a seguir. Mas podemos encontrar uma relação mesmo assim, pois os moleiros trabalham com o centeio estragado, e dessa forma também eles tornam-se doentes; e finalmente, temos aqueles que comem o pão negro, feito com esse mesmo centeio.

— Tens uma contraprova?

— Bem, quem não vai ao campo de cereais ou não trabalha em moinhos parece que não tem a doença; pelo menos não vi nenhum deles em Saint Martin. Além disso, as pessoas que comem pão branco nunca tiveram a doença.

— Então crês que se proibirmos o cultivo do centeio, a doença desaparecerá?

— E os pobres passarão fome, bebidas não serão fabricadas e as fazendas e cidades terão abaladas suas trocas e economias. É isto que essa maluca propõe? Como ousa a negar a ira do Senhor, enviando uma doença para chamar ao arrependimento e revigorar a fé? Corton mais uma vez perdia a paciência.

— Excelência, nem passa por meu coração tal afirmação de uma herege, muito menos ouso discutir o vosso saber teológico. Mas, por que só essas pessoas são castigadas? O restante das pessoas das cidades e dos castelos não peca? Por outro lado, não nego que Deus envie essa doença, mas ela não pode vir através de seus próprios meios de trabalho?

— Não tenho dúvidas de que és uma cismática e herege, completou Corton.

— Levemos a hipótese de que isso seja possível, disse Pauliac. Qual seria a solução?

— Não sei Excelência. Nem sei se é correto o meu pensar. Mas Vossas Excelências são pessoas sábias e têm condição de provar ou refutar a hipótese.

— Bem, mudemos de assunto, propôs Montinni. Sabemos que propagas e defendes a ideia de mulheres nas faculdades de medicina. O que te leva a contrariar a lei?

— Senhor, mil perdões eu vos peço se considerardes atrevida minha resposta, mas creio que imutáveis são apenas as leis de Deus. Por que Salerno e Bologna permitem que algumas mulheres sejam médicas ou tenham reconhecidos seus livros de aforismos?

— Certamente porque essas Escolas não têm o nosso discernimento.

— Mestre, eu vejo de outra forma. Mulheres médicas podem ajudar a mulheres doentes. A mulher sente-se acanhada em contar ao homem suas dores ou sintomas mais íntimos, e nem pode por ele ser examinada. O contrário sucede quando ela é atendida por outra mulher.

— As doenças dos homens e mulheres são as mesmas. A diferença é que os homens não têm *menses*, símbolo do pecado original e da impureza, nem ficam grávidos, replicou Louis Charles.

Mais uma hora seguiu-se de perguntas, respostas e comentários. Tradicionalmente, em Paris, quando mulheres como Felicie eram levadas à corte ou à presença dos doutores, eram também julgadas por sua capacidade de ler o latim, comentar os grandes textos médicos e demonstrar uma habilidade cirúrgica.

Felicie demonstrara conhecer os grandes mestres, porém, o latim deixava a desejar; por outro lado, havia recentemente mostrado sua habilidade cirúrgica no presidente da comissão.

Gauden suspendeu a sessão, considerando suficiente o depoimento para aquele dia. Enquanto Felicie voltaria para seu quarto, a comissão iria se reunir para deliberação.

XLV - Uma supresa para o arcediago

O tempo que passara sentada, ansiosa e sem poder derramar suas necessidades, foi para Felicie uma tortura sem o látego. Voltou ao quarto com as pernas inchadas, tonta, sedenta e esfomeada. Doíam-lhe as costas. Seu nenê parecia ter-se cansado também, pois não lhe dera nem um chutezinho. Comeu e bebeu o que tinha sobre a mesa. Aliviou-se na latrina. Deitou-se de tal forma cansada, que lhe pareceu estar na melhor cama do mundo. Nem uma ameaça de excomunhão a tiraria dali. Adormeceu a seguir.

Longe do local a comissão se reunião.

Gauden se propôs a ouvir um por um dos membros.

Pauliac comentou que era obrigado a reconhecer que a sobrinha era tão brilhante quanto o tio. Ficara realmente impressionado com o preparo que Gilbert lhe dera. Observou que em nenhum momento ela se colocou na posição de médica, mas de uma mulher muito culta, inteligente e de grande presença de espírito. Não acreditava que ela estivesse prejudicando as pessoas doentes; por outro lado, era-lhe necessária uma rigorosa admoestação, para que não executasse nenhum ato cirúrgico, nem sangrias ou fraturas. Que prestasse serviço apenas dentro de um convento.

Coutelier tinha opinião semelhante. Gostaria que muitos de seus alunos tivessem o volume de estudo de Felicie. Entretanto, não concordava com o exercício médico sem licença da universidade. Sugeriu que lhe fosse dada a oportunidade de trabalhar num Hôtel Dieu, como auxiliar dos médicos, mantendo a proibição de trabalho individual.

Motinni achava que ela tinha transgredido a lei conscientemente, pois fora devidamente avisada, em carta dirigida a seu tio. Não era contra a lei ler livros sobre qualquer assunto permitido pela Igreja; os livros médicos podiam ser lidos por qualquer pessoa. Em sua opinião, como ela não visava lucro em seus cuidados aos doentes, ela deveria fazer um juramento solene, perante a corte e a igreja de não mais praticar atos ilegais, sob pena de prisão de vários anos.

Louis Charles não percebia tanta transgressão às leis canônicas. Era uma mulher franca, de língua incontrolável, talvez com falsa humildade, mas não notou sinais de bruxaria em suas respostas. Concordava com Montinni, mas acrescentaria uma penitência a critério do senhor bispo, de pelo menos um ano, por exemplo, usando seu conhecimento entre os leprosos.

Corton comportava-se como uma pessoa absolutamente possessa pela ira. Estava assistindo aos sinais dos tempos modernos, de tolerância às afrontas à Igreja, à ciência e às leis. Via a necessidade de uma pena maior do que a simples reprovação acadêmica, por isso a queria num tribunal eclesiástico e o exemplar castigo da excomunhão.

Gauden a todos ouviu em silêncio e parecia refletir bastante. Alguma coisa mudara em seu comportamento.

— Muito bem, senhores, ouvi vossos argumentos. Vou decidir com a inspiração do Espírito Santo. Voltarei a discutir o assunto com todos vós. Vamos descansar.

Blanchard nada disse, porém, notou que ninguém discutira a hipótese de Felicie sobre o mal dos ardentes. Por que não consideraram o principal trabalho de Felicie e motivo daquela reunião? E se fosse realmente como ela propunha? Não era um assunto que se resolveria pela dialética, concluiu Blanchard, e não havia como obter provas materiais. Uma grande pergunta para um grande problema, sem meios de resposta adequados. Portanto, melhor ignorá-la.

Enquanto todos se preparavam para sair, um dos auxiliares aproximou-se de Corton, que ainda não tinha se aliviado da indignação, para avisar-lhe que uma abadessa o esperava no átrio do prédio principal.

— Quem é? Quem me procura sem aviso antecipado?

— Não sei, Excelência. Ela apenas disse que o senhor gostaria da surpresa.

— Surpresa, surpresa. Já não chegam as de hoje? Não me interessam surpresas.

Visivelmente mal-humorado, Corton foi ao encontro da desconhecida, isto é, desconhecida enquanto durou o trajeto até o saguão.

— Florence! Tu! Que surpresa.

— Que bom que me reconheces depois de tantos anos, meu primo. Que Deus o abençoe. Como preferes conversar comigo? Como tua prima ou como a abadessa de Nonnains?

— Tu bem sabes que quando dedicamos nossa vida ao senhor, os parentes não mais existem.

— Mas tu não fizeste voto algum.

— Porém, tu os fizeste. Por outro lado, não creio que me procurarias apenas por estar com saudades do teu primo. Afinal, o que fazes aqui? O que desejas?

— Venho impedir-te de cometer mais uma das tuas injustiças ou vinganças, como quiseres. Tens Felicie sob tua custódia e a detiveste da forma mais injusta. Não existe sinal de caridade em tuas ações, Corton. Peço-te em nome de Jesus que não faças mal a essa mulher, que a deixes voltar para sua casa.

— Como ousas falar-me dessa maneira? Quais injustiças? Quais vinganças?

— Bem, serei forçada a lembrar nosso parentesco, que na verdade, não me honra muito. Queres que te lembre de Gilbert?

— O que queres dizer com isso? O que insinuas?

— Esqueces de que quando éramos jovens, em Aix-en-Provence, eu acompanhei a corte que fazias a vários rapazes da tua idade ou muito mais jovens. Nunca quiseste namorar as donzelas.

— Tinhas ciúmes? Querias que te fizesse a corte?

— Não sejas ridículo. Sempre foste efeminado. Antes de morrer, Gilbert enviou-me uma carta, segredando-me as prováveis razões de tua ira e vingança contra ele, que o deixaram inutilizado pelo resto de sua vida. Fizeste corte e propostas a Gilbert, quando ele se matriculou na Universidade, um moço à época, muito bonito e disputado. Foste rejeitado. Gilbert preferia as mulheres. Disseste-lhe que um dia ele se arrependeria. Agora que sabemos a verdade, descobrimos também o que realmente tens contra Felicie. Ela é a extensão de tua vingança contra Gilbert e o teu ódio natural às mulheres. Queres que Paris saiba de tua verdadeira história? Achas que o papa João gostaria de saber?

— Tens a língua do demônio. Nada tenho a esconder, além disso, o teu testemunho será considerado falso e podes pagar por isso. Estarias bem, colocada numa fogueira.

— Esqueces que sou a abadessa de Notre Dame aux Nonnains? Que não tens poderes para me ameaçar ou impor-me castigo? Se queres um desafio, mostrarei a carta de Gilbert a Gauden, além das testemunhas que viram teus bandidos assaltarem Gilbert, sob o comando de Jean Troncudo. Foi por isso que condenaste o infeliz Mallais na vila dos leprosos.

— Teu senhor é o demônio. Não vieste aqui para me chantagear. Isso não é próprio de uma abadessa.

— Realmente não, mas farei se for preciso. Essa mulher em teu poder é inocente e bem sabes. Vim buscá-la. Convence o bispo a soltá-la, e tu, esquece-a para sempre, e prometo-te enterrar-me com teu segredo.

— Pensarei no assunto. Mas que teu mosteiro se cuide de uma inspeção episcopal.

XLVI - Julgamento e sentença

Mais dois dias se passaram enquanto Felicie esperava trancada em seu quarto a deliberação ou sentença da comissão. Na primeira dessas noites, alguém bateu à porta; ela levantou-se com dificuldade e, com o temor costumeiro, aguardou. A porta foi aberta parcialmente, o suficiente para que pudesse ser introduzida uma bandeja com alguns objetos. Nenhuma palavra foi dita. Assim que Felicie a recebeu, a porta voltou a ser trancada e o silêncio retornou. À luz da vela, pôde então perceber que havia ganhado um belo *Livro das Horas*, meia jarra de vinho e um pequeno rolo de pergaminho, com uma mensagem: "*Obrigado. Deus te abençoe*". Não havia assinatura, nem o lacre. Ela presumiu que os presentes viriam de Gauden, o único com motivos para agradecê-la e em condições de presenteá-la com um livro caro e elegante como aquele. Olhou os presentes com indiferença. Por que um agradecimento secreto, sem testemunhas? Seria vergonhoso reconhecer o erro, seria humilhante tornar público que ela se comportara de maneira muito mais cristã do que ele? Mas não era a humildade o grande símbolo do cristão verdadeiro? Ao aliviar seu algoz de sua doença, ela imitara Cristo, com gesto de solidariedade profissional e caridade, que em nenhum momento Gauden e Corton mostraram. Não, aqueles presentes ficariam intocados.

Mas para a mãe de seu corpo, pesava-lhe o nenê. Dores repetidas a intervalos regulares davam-lhe a sensação de que o filho pedia para sair; as costas não conseguiam manter-se eretas; as pernas cada vez mais inchadas. Pouco urinava. Ela sabia que seu filho corria perigo, e o que acontecesse com ela poderia custar a vida que carregava no ventre. Passou a noite sem dormir, perturbada pelo desconforto e temores das contrações.

No dia seguinte, após a hora do almoço, foi convocada para apresentar-se diante da comissão. Apresentando palidez e fraqueza, foi amparada por duas irmãs que lhe diziam palavras de coragem e resistência às dores.

Sentou-se no mesmo lugar, mas sua face não apresentava a mesma impassibilidade estoica de antes; desta vez, com a face de sofrimento agudo, parecia dar pouca importância à conclusão do julgamento.

Seu estado não passou despercebido a Gauden, que talvez esperasse um olhar cúmplice e grato em relação ao seu bilhete e presente da noite anterior, mas ela mantinha a atitude de profunda indiferença a toda aquela encenação. No fundo, ele parecia apiedar-se dela, mas tinha de manter as aparências de um juiz zeloso.

— Vou permitir que permaneças sentada, senhora. Esta comissão decidiu, por unanimidade, que transgrediste a lei desta Universidade, que além de ser o árbitro da teologia mundial, é a mais conceituada no ensino da medicina. Porém, levamos em consideração que não tiveste a colaboração do demônio, nem praticaste heresia. Assim, em nome da Santa Madre Igreja e desta Universidade, dou-te, como penitência, servires a um convento durante dois anos, só de lá saindo uma vez por mês, para assistires aos leprosos. Jamais deverás entrar em um mosteiro masculino e nem procederes ao tratamento da doença dos ardentes. Estás também proibida de praticar o ato carnal por toda a vida. Procederás diante desta comissão o juramento de cumprires o que anuncio, sob pena de seres excomungada e entregue à prisão por vários anos. Estás assim disposta?

— Sim, Excelência. Assim o farei. *Se eu puder sobreviver, pensou.*

Pela segunda vez deitou sua mão direita sobre o Sagrado Livro, e repetiu o juramento que lhe fora ditado.

— Estás livre para voltar para casa, concluiu Gauden.

Não havia alegria ou alívio no rosto de Felicie, apenas dor e suor. Desfaleceu por um breve momento, e foi levada praticamente arrastada pelas irmãs ao seu quarto. Os juízes acharam o desfalecimento como resultado de grande emoção, coisa típica das mulheres fracas. Um dos monges encarregou-se de avisar a Claude da libertação da esposa.

Em pouco tempo chegaram madre Justine, Montand, Claude e Florence, recebidos pela superiora da congregação da universidade. A alegria tomava conta de todos. Claude entrou no quarto explodindo em sorrisos, e todos os amigos logo atrás; porém, seus sorrisos desapareceram ao verem-na deitada e ofegante.

Felicie deu um pálido e discreto sorriso a Claude, que a beijou na face. Olhou para todos os amigos e tentou sorrir.

— Meu bem, que se passa contigo? Não podes ficar doente depois de ganhares a luta. Vamos para casa hoje mesmo.

— Claude, meu amor... eu quero ficar bem para criarmos nosso nenê, disse com voz fraca e pausada, mas acho que vou precisar... de muita... sorte para isso. Eu te... amo.

As dores estavam mais fortes e ela não conseguia mais falar; coberta por um suor frio, Claude tentava enxugá-la. Florence percebeu a cama molhada e concluiu que algo não estava bem. Pediu a Claude e Montinni que ficassem fora do quarto. Enquanto Justine tomou para si a tarefa de enxugar o rosto da amiga, Florence levantou sua veste. Havia muito líquido e sangue sob as coxas.

— Ela perdeu as águas e tem sangramento da matriz. Creio que devemos chamar a parteira.

A irmã superiora, assim que avisada, tomou as providências. Parteiras e apotecários eram tipos de pessoas encontradas facilmente na Petit Pont. A parteira mais conhecida e experiente era Claudine, mulher rude e franca, com seus cinquenta e tantos anos, que atendeu prontamente ao chamado e logo chegou ao quarto de Felicie. Calma, confiante na sua prática de incontáveis partos e situações difíceis, aproximou-se de Felicie como se fosse cuidar de uma pessoa querida e íntima.

— Deixa-me ver, minha pequena. Fique tranquila, tudo sairá bem. Dobre os joelhos. Abra as pernas.

Felicie não conseguia responder. Levantando a veste, a parteira viu a grande quantidade de sangue que minava da vagina, formando uma poça de sangue e coágulos. Colocando um dedo, e logo após outro, dentro da vagina, atingiu o orifício da matriz, e com movimentos decididos fez o exame. Ao retirá-los, olhou com desânimo para Florence, meneando a cabeça. Acenando para que saíssem, deu sua impressão para a abadessa.

— É um caso perdido, eu acho. O canal da matriz está muito fechado, e meus dedos tocaram a almofada que sai após o nascimento; ela impede a criança de sair e assim não pude sentir sua cabeça. A hemorragia só para se a almofada mudar de lugar ou o orifício se abrir rapidamente, para sair junto com a criança. Geralmente, isso não acontece.

— E então? Perguntou Florence ansiosa.

— Nestes casos, não há necessidade de sangria, pois ela já está perdendo sangue. Se as coisas continuam assim, sem mudar, a mãe será envenenada com os líquidos da criança, que morre, e mata a mãe.

— Meu Deus! O que pode ser feito?

— Primeiro temos que fazer a moça espirrar forte, pois isso dá força na barriga e pode parar o sangue ou mudar a almofada de lugar ou abrir o orifício.

Com esse rápido diálogo, Claudine voltou à beira do leito onde Felicie parecia agonizar. Gemia baixinho e estava muito pálida. Madre Florence e Justine acharam que ela tivera uma melhora, pois estava mais quieta e com uma brancura que se notava nas pessoas que se curavam pela sangria.

A parteira, sem perda de tempo, abriu uma grande sacola que continha todo o seu material de partejar.

Providenciou uma fumigação com ervas secas e incenso, junto ao nariz da parturiente, pedindo-lhe para aspirar a fumaça até espirrar forte. Felicie não foi capaz das duas coisas. Deixando Justine ocupar-se da fumigação, Claudine passou a esfregar óleo de rosas e violetas na barriga, coxas e nas bordas vaginais, para aquecer a matriz. Nos intervalos das massagens, introduzia vinagre no seu interior, para apressar a abertura do orifício e parar a saída do sangue. Sob suas instruções, Florence trouxe água quente numa chaleira, dentro da qual foram colocados pedaços de alho-porró e raízes de salsa, deixando a mistura ferventar. Quando achou que a poção estava pronta, Claudine acrescentou azeite, e a seguir forçou Felicie a bebê-la. Florence interveio apreensiva — E se ela vomitar? Melhor, respondeu a parteira, dá mais força na barriga. Felicie apenas abriu a boca, deixando o líquido ali retido, sem forças para engoli-lo.

O sangue continuava a fluir. Claudine examinou e sondou a barriga, concluindo que a criança estava morta; mas evitou dizê-lo no momento, num ato humanitário para com a sofredora. Isso significava que devia restar pouco tempo para a mãe. Porém, seu olhar e leve meneio negativo com a cabeça, em direção a Florence, transmitiram a gravidade da situação de Felicie.

Florence pediu à superiora a presença de um padre imediatamente, para ouvir a confissão de Felicie e dar-lhe a extrema-unção. Não foi difícil encontrar frei Olivier, confessor da capela. O ritual foi obedecido; a confissão do pensamento, a absolvição e a extrema-unção.

Claude e Montini voltaram ao quarto, e, enquanto durou a agonia de Felicie, o marido tomava em suas mãos as de Felicie. Lágrimas escorriam pelas faces contraídas de Claude.

— Meu amor, não vai embora. Como vou sobreviver sem ti? Vamos esquecer tudo isso, o pior já passou. Reage, meu anjo, por favor. Vamos, olha para mim.

Como resposta, Claude sentiu apenas um leve movimento da mão da mulher. Sua respiração tornou-se imperceptível, a pele tão branca quanto o mais branco mármore. Frei Olivier acercou-se novamente do leito e colocou o crucifixo sobre o peito da moribunda. Todos ali a rodeavam e de joelhos faziam preces silenciosas para que fosse feita a vontade do Senhor. A vontade Dele fez-se meia hora depois. Não havia mais dores, a serenidade foi devolvida ao rosto, sua beleza foi percebida de maneira nunca antes notada. Um vento leve penetrou quarto a dentro, jogando no chão o pequeno rolo de pergaminho que estava na mesa, e, ao soprar sobre Felicie, levou junto seu último suspiro. *Requiescat in pacem,* pronunciou frei Olivier, fazendo o gesto da bênção sobre ela. Soaram as badaladas de Notre Dame, anunciando a hora das completas. Era o dia 12 de agosto do ano de 1319 de Nosso Senhor. Tinha Felicie trinta e dois anos. Morrera como Jeanne, sua mãe. Um insondável mistério no destino de ambas.

XLVII - A volta para Troyes

Gauden foi o primeiro a ser comunicado do destino da ré, após a libertação, por um noviço, mensageiro da universidade. Sob indisfarçável constrangimento e comoção, enviou Blanchard como seu representante à capela onde descansava o corpo de Felicie até ser levado para Troyes. O secretário falou à abadessa e a Claude dos sentimentos do senhor bispo, que não duvidava que a jovem fora para Deus em odores de santidade, assim como havia autorizado o traslado de seu corpo para Troyes e dos acompanhantes, além da construção de um túmulo nos jardins de Notre Dame aux Nonnains, cujas despesas seriam pagas pela arquidiocese de Paris.

Florence não se deu por satisfeita. Tinha uma nervosa missão a cumprir. Ela própria queria comunicar a Corton o final de sua obra. Sabia que o aposento do chanceler estava numa das alas da universidade, e pediu à irmã superiora que lhe ajudasse a encontrá-lo.

— Impossível, madre Florence. O arcediago não sai de seus aposentos depois das completas; além disso, o acesso até lá é permitido a poucas pessoas. Sinto muito, mas nada posso fazer.

— Nada é impossível irmã. A não ser que chames guardas, nada me impedirá de ir à sua procura, e preciso fazer isso ainda nesta noite, pois amanhã cedo não mais estarei aqui. Manda o jovem monge avisá-lo; estarei à espera diante das portas do auditório. Pede-lhe que venha conversar comigo, para o bem de sua alma e posição como chanceler.

As palavras de Florence tinham tal determinação e autoridade, que Justine não pôde contestá-las e achou melhor fazer o que lhe fora sugerido, considerando aquela noite realmente excepcional, na qual tudo estava acontecendo, até a presença do monsenhor Blanchard.

Uma hora depois, defrontam-se Corton e Florence, às portas do auditório.

— O que queres agora, Florence? Por que perturbas meu descanso? Vim atender-te, pois é a última vez que quero encontrar-te.

— Vim comunicar-te, filho de Belzebu, que terminaste com êxito tua obra de vingança contra a família D´Almania. Por causa de teus caprichos e inspiração do demônio, Felicie morreu. Tens a carregar na consciência, se é que realmente a tens, a morte de três pessoas, incluindo um inocente anjo que não pôde ser batizado. Vamos, regojiza, chanceler todo-poderoso. Ninguém saberá de teu passado, e no presente, aprenderão a respeitar-te aqueles que ousam desobedecer teus caprichos.

Corton ficou imóvel, fugiram-lhe a cor e a fala. Com um gesto mecânico, empurrou a porta do auditório e sentou-se em uma de suas cadeiras. Florence o acompanhou. Por vários minutos o chanceler esteve mudo, absorto, com o olhar absolutamente perdido. Finalmente, com a voz em baixo tom, quase um lamento, disse a Florence: sai daqui!

— Corton, Corton, tu serás teu juiz, mais cedo ou mais tarde. Nenhuma confissão absolverá tua consciência, se acaso a tiveres. Tenho pena de ti, pobre diabo.

— Sai, gritou. Sai, sai. És tu o anjo mau que se compraz em inquietar meu espírito. Mas eu sou mais forte do que pensas, e não sou culpado de tuas acusações demoníacas.

— Estou saindo. Que Deus tenha piedade de tua alma. Um dia tua história haverá de ser conhecida. Espero que estejas vivo para que te envergonhes dela.

— Sai demônio!

Minutos depois a quietude dominou todo o prédio. Somente na capela ardiam velas e o silêncio do ambiente era quebrado apenas pelos discretos soluços de Claude. Apenas Florence fazia-lhe companhia, orando em silêncio ao desfiar o rosário e recitar salmos. O clarão da lua cheia penetrava através dos vidros das janelas, como testemunha da triste cena, iluminando parte do corpo de Felicie. O luar aclarava o pátio da capela e jardim da reitoria; as flores e árvores não mostravam a mesma alegria como durante o dia. Os monturos de terra, volumosas pedras e profundos buracos, como elementos de uma nova ala em construção, forneciam sombras estranhas. Faltando ainda algumas horas para que a aurora voltasse a acordar a cidade, um barulho de vozes no jardim quebrou o santo silêncio, como a desrespeitar a vigília mortuária. Claude e Florence se sobressaltaram com os gritos, berros, risos estranhos parecendo originados de uma ferrenha discussão.

— *Sai do meu caminho, não tenho medo de teus chifres. Tua baba não vai me envenenar, nem esses teus olhos de fogo irão queimar os meus. Vade retro! Não tenho medo de tua legião. Ah. Ah. Por que não entras nestes porcos que passeiam no jardim?*

Não fazia sentido o que ouviam Claude e Florence. Uma pequena janela se abriu, e o rosto da irmã superiora aflorou no parapeito. A cena que todos viam era digna de temor e piedade. Lá estava, no meio do jardim, o chanceler Corton, em camisola, debatendo e dialogando com uma visão. Seus olhos muito abertos, braços em cruz e o corpo rodopiando como numa dança macabra. Em certo momento, ele apanhou algumas pedras e começou a atirá-las contra a legião que o atacava. Um pedaço de madeira servia-lhe de espada.

— *Tomem, tomem, seus malignos, nada podem contra essas bolas do fogo divino. Sintam o peso da minha espada. Nunca me levarão, malditos!* Misturava gritos a risadas estridentes.

Ao arremessar as pedras em todas direções, algumas atingiram os vidros das janelas da capela, quebrando-os.

— *Assassinos. Eu, Julian Corton, guardião da moral teológica e do saber da universidade, senhor de Paris, da Germânia e conselheiro dos anjos e do papa, sou intocável. Por que me olhas com esse sorriso, verme das profundezas? Querias a minha vida? Dei-te em troca algo melhor, uma cozinheira e bruxa, digna de tua legião. Agora vai*, disse chorando. Acalmou-se por instantes, deitando-se à beira do poço profundo, feito pelos pedreiros, olhando para o seu interior. *Isso mesmo, fica aí, nas profundezas de onde saíste.*

XLVIII - Tudo consumado

Acompanhado de Florence, Claude visitava pela última vez o túmulo de Felicie. Uma simples lápide vertical de granito lapidado, fixada num dos cantos do jardim de Notre Dame aux Nonnains, continha uma inscrição sob uma cruz gravada: *Felicie D'Almania. 1287-1319.* A abadessa e Claude dispensaram a oferta de Gauden para erigir um túmulo com escultura.

— Reverenda madre, tu e o reverendo pai Mathieu fostes toda a família que Felicie e eu tivemos. Foi em vós que encontramos segurança e fé, além de enxugarem nossas lágrimas. Foste a mãe de Felicie e Mathieu meu pai. Lembrarei sempre dele e de ti nas minhas orações, enquanto durar minha vida. Vim despedir-me.

— Para onde vais, meu filho?

— Voltar às minhas origens. Dom Mathieu aceitou-me para reiniciar o noviciado; é o tempo que deve provar-lhe que não estou fugindo do mundo nem querendo esquecer o quanto sofri e sofro sem Felicie. Quero entregar meu espírito ao Pai e continuar a penitência que foi imposta a minha amada, cuidando dos leprosos como fazia antes.

— Tens uma alma muito boa, Claude, e vocês mereciam um destino melhor, mas não devemos questionar a vontade de Deus. Continuarei também cuidando de Felicie, orando em seu túmulo e nas missas, por sua paz. Vamos entrar, pois tenho algo a entregar-te.

Uma porta lateral do convento deixava entrar do jardim para o interior do edifício, e próximo aos claustros ficava a sala de audiências de Florence. Retirando uma chave presa a uma fina corda trançada sob o avental de sua veste, dirigiu-se a um cofre feito de madeira e cobre, sobre sua mesa. Abriu-o.

— Há alguns anos, logo após a morte de Gilbert, Felicie veio me comunicar que iniciaria a sua vida profissional e deixou-me um cilindro de couro. Ele contém um testamento. Ela receava ter o mesmo destino do tio, que morreu após longo tempo de invalidez, provocada por um assalto pelos homens de Paris. Pediu-me que o abrisse se ela viesse a morrer. Naquela ocasião eu achei que ela estava sob grande comoção e medo, e não dei muita atenção ao testamento. Vejo agora que ela tinha razão. Quero abri-lo para lermos juntos. Assim dizendo, tirou o cilindro do cofre, retirou sua tampa e puxou o pergaminho.

"*Em nome de Deus Todo-Poderoso, sirva este documento para expressar minhas vontades, quando minha alma for entregue ao Salvador, por sua bondade ou pela maldade dos homens. Deixo ao convento de Notre Dame aux Nonnains a minha casa e os bens que meu pai me deixou, assim como o notário deverá entregar à administração do referido convento os bens monetários que herdei de meu tio Gilbert. Tudo que nela contiver deve ser examinado pela abadessa e que se guardem os livros e tudo o mais que possa ser útil ao uso da irmandade. Que seja distribuído aos pobres tudo que a eles possa servir de alívio do frio ou da fome; se acaso valores em moedas forem encontrados, que sejam repartidos entre os leprosos. Tudo o que neste documento afirmo deverá ser cumprido junto com orações por minha alma e descanso. Na cidade de Troyes, no ano de 1313 de Nosso Senhor Jesus Cristo. Amém. Felicie D'Almania*".

Ambos permaneceram em silêncio, emocionados pela simplicidade do texto.

— Bem, Claude, quando Felicie escreveu este caridoso documento, ela não imaginava que viria a se casar, mas parecia pressentir que não teria vida longa. Acho que cabe a ti decidir sobre o cumprimento deste testamento, pois tu és o herdeiro dos bens de tua mulher.

— Nada muda, reverenda madre. Nada muda. O desejo de Felicie deve ser cumprido como foi escrito. Por outro lado, eu já não necessito de mais nada, de nenhum bem material. Tenho teto e alimento para o corpo e o espírito.

— Mas há algo que podes levar contigo. Florence abriu uma gaveta.

— Enquanto Felicie estava sob a custódia de Gauden ou Corton, continuou, ela recebeu, secretamente, este lindo *Livro das Horas* e junto esta mensagem sem assinatura. Veja. *"Obrigado. Deus te abençoe"*. Creio que pelo preço e raridade, este livro poderá ter sido um presente de Gauden ou de alguém a quem ela fez algum favor ou cura. Agora não é mais possível saber quem demonstrou tamanha gratidão, nem o que o levou a isso.

— Reverenda madre, coloca esse livro, o bilhete e o cilindro de volta ao seu cofre. Que essas sejam as lembranças vivas de Felicie. Sobre elas, coloca um crucifixo e acende uma vela quando orares por ela.

— O bispo Gauden afirmou que ela morreu em odores de santidade, afirmou pensativa.

— Não, madre. Não. Não digas a ninguém sobre o conteúdo deste cofre, e que jamais esses objetos sejam vistos como relíquias. Por favor, não deixes que Felicie seja perseguida novamente.

— Não te preocupes, meu filho. Este segredo jamais sairá deste convento.

— Adeus, reverenda madre.

— Adeus, filho.

...

Em Paris, à mesma época, isolado e trancado numa cela conhecida por poucos, no Hôtel Dieu, Corton continuava sua luta contra demônios que o impediam de dormir. Durante os últimos três meses, sua barba crescera um palmo abaixo do queixo; os cabelos, totalmente brancos, caíam sobre os ombros e, à falta de penteá-los, mantinham-se armados pela terra e palha do colchão rasgado. Da veste encardida, com vários buracos, exalava o odor pútrido de fezes e urinas. O diagnóstico inicial dos médicos da Faculdade de Medicina foi de loucura, mas os exorcistas enviados por Gauden não tiveram dúvidas sobre a possessão demoníaca. Várias sessões de exorcismo foram realizadas por padres e confessores, que se revezavam, na esperança de libertar o brilhante teólogo da presença do maligno. Nada cessava seus gritos, e, agora, os gestos obscenos e as lembranças de seus amores aos jovens estudantes. Chamava-os um a um, por nome, e a seguir os amaldiçoava. Nada explicava de onde tirava tanta força, já que se recusava a comer. Uma jarra de água benta foi então colocada sobre a pequena mesa, em substituição à água comum, programando-se ainda um jejum de cinco dias. Essas medidas deveriam santificar o corpo e fortalecer o espírito do possesso, e assim diminuir a força do demônio, além de orações exorcistas diariamente.

Ao final do quinto dia, as caridosas medidas pareciam fazer efeito, pois Corton permanecia deitado, silencioso e calmo. O demônio dera uma trégua ao corpo enfraquecido pelo jejum, mas fortalecido pela fé.

— *Elói, Elói, lamma sabactáni?* Gritou de repente o envelhecido arcediago, para absoluto espanto do confessor e do monge auxiliar, que chegavam com outra jarra d'água benta para novas orações.

— Deus seja louvado, irmão. Ele foi curado e expulsou o demônio. Tão excitados e ansiosos ficaram para dar as boas-novas ao bispo e aos médicos, que deixaram sobre a mesa o pão e a vela acesa, saindo sem mesmo fechar a porta.

Várias versões foram apresentadas na tentativa de adivinhar o que aconteceu a seguir, mas o incêndio na cela de Corton só foi percebido mais de uma hora depois. A porta, trancada por dentro, bastante forte e resistente, impediu as pessoas de entrarem a tempo de apagar o fogo. Quando conseguiram derrubá-la, a negra fumaça demorou a dissipar-se até mostrar a cena que causava repulsa e horror. A mesa, cama e colchão queimados e, no meio da madeira em brasa, o corpo semicarbonizado do infeliz arcediago. Nada mais a fazer. Restou apenas uma triste história a ser apagada da memória.

— *Consumatum est,* exclamou o confessor.

FIM